Otto Rüdiger

Siegfried Bunstorp's Meisterstück

Erster Band.: Kulturgeschichtlicher Roman aus der Zeit der Zunftunruhen

Otto Rüdiger

Siegfried Bunstorp's Meisterstück
Erster Band.: Kulturgeschichtlicher Roman aus der Zeit der Zunftunruhen

ISBN/EAN: 9783743658776

Hergestellt in Europa, USA, Kanada, Australien, Japan

Cover: Foto ©Andreas Hilbeck / pixelio.de

Weitere Bücher finden Sie auf **www.hansebooks.com**

Siegfried Bunstorp's Meisterstück.

Kulturgeschichtlicher Roman

aus der Zeit der Zunftunruhen.

Von

Otto Rüdiger.

Erster Band.

———— ·=≻◆≺=· ————

Jena,

Verlag von Gustav Fischer,

vormals Friedrich Mauke.

1878.

Dem

Herrn Geheimen Hofrath

Dr. Gustav Freytag

in

Hochachtung und Ehrerbietung

gewidmet.

Einleitung.

Obgleich das Wort „Zunft" zu denjenigen gehört, die heute durch ihren bloßen Klang bei Vielen eine unangenehme Empfindung hervorrufen, so hat es der Verfasser doch gewagt, dem Publicum einen Roman aus der Zunftgeschichte vorzulegen, in der Hoffnung, daß gerade ein solches Unternehmen zeitgemäß sei. So viel wir uns auch um das Verständniß des „Geistes der Zeiten" bemühen mögen, er bleibt uns im Grunde ein verschlossenes Buch, wie Altmeister Goethe sagt. Wir verstehen von der Vergangenheit doch das am Besten, was unserm eigenen Leben, was unserer eigenen Zeit am Meisten entspricht. Unsere Interessen späht daher der Geschichtskundige stets in den vergangenen Zeiten auf, die Kenntniß der Geschichte bewegt sich daher und wächst parallel mit den treibenden Ideen der Gegenwart. Und welche Idee bewegt uns heute mächtiger als die sociale? Die unteren Schichten des Volks, die sonst in der Weltgeschichte wenig oder gar keine Beachtung fanden, beginnen mitzusprechen im Leben der Völker! Ist es daher ein Wunder, daß

auch Nationalökonomen und Historiker die Geschichte
in Bezug auf die sociale Idee durchforschen und über=
all Anklänge an unsere eigene Zeit finden? Mußte
nicht auf diesem Wege die alte, mit Recht zu Grabe
getragene Zunft die Aufmerksamkeit der Forscher be=
sonders anziehen? So hat man denn aus alten, wie
es schien, längst verschütteten Schachten neues Material
zu Tage gefördert, um das gewerbliche Leben der Ver=
gangenheit und Gegenwart zu verstehen, wie sich auch
der Verfasser redlich darum bemüht hat.

Aber Alles, was über das Leben des kleinen Volks,
der namenlosen, unberühmten Menschen von den Ge=
schichtsforschern geschrieben wird, gewährt uns historisch
nur ein unvollkommenes Bild. Wichtige, berechtigte
Fragen kann uns die Historie, darf sie uns nicht be=
antworten, wenn sie noch Historie sein will, wenn sie
nicht Dichtung werden will. Und in der Cultur=
geschichte, die auch das Leben der Namenlosen behandelt,
hat die Dichtung der Historie schon so oft helfend zur
Seite stehen müssen. Männer mit berühmtem Namen
haben sich nicht gescheut, die Dichtung zur Hülfe zu
rufen, um als Dichter das voll und ganz darzustellen,
was sie als Historiker nur unvollständig, matt und
vermuthungsweise hätten sagen können. So möge
man auch uns auf unserem Gebiet diese Freiheit
gönnen, wenngleich der Gelehrte dem Gelehrten selten
etwas schwerer verzeiht, als einen kühnen Streifzug
vom Gebiet der harten und nackten Wahrheit auf die
blumenreichen Gefilde der dichterischen Wahrheit, wo=

hin ihm auch die große Schaar der Ungelehrten folgen
kann.

Dichtung ist unsere Geschichte, aber sie beansprucht
Wahrheit zu sein. Sie zeigt dem Leser, wie auch vor
fünfhundert Jahren das Volk ebenso wie jetzt mit der
Noth des Lebens rang, nach dem irdischen Glück jagte,
aber dieses damals nicht Alles sein ließ. Vieles wird
den Leser daher anheimeln und anmuthen, wie ein
Stück Gegenwart, Anderes wieder befremden, wie aus
einer anderen Welt kommend. Auch die gute alte Zeit,
da die ehrwürdige Zunft noch bestand, hat ihre sociale
Frage gehabt. Die Zunft hat sie im Rahmen der
Stadt zu lösen gesucht, so gut sie vermochte, wie jede
Zeit die ihr gestellten Aufgaben lösen muß. Wir sehen
den biedern Handwerksmeister schlicht und redlich seine
Pflicht thun, sich selber ängstlich vor Schaden bewahren, seinen eigenen Vortheil suchen und Andere
engherzig von demselben ausschließen. Was nicht in
dem gewohnten Geleise sich bewegt, was nicht Hand-
werksbrauch ist, das verabscheut er als fluchwürdige
Neuerung, die die Welt vernichten wird, sei es nun
das erste Aufdämmern der Kunst, sei es ein Gewerbe,
welches frei ist von den Schranken der Zunft. Die
Keime dessen, was heute die sociale Frage ausmacht,
sehen wir schon damals wirksam. So soll dieser
Roman ein Spiegelbild sein unserer Zeit, reflectirt
auf der Geschichte des vierzehnten Jahrhunderts, kein
Tendenzroman. Dazu wird derselbe dem radicalen
Freund der alten Zunft nicht genug Lichter aufsetzen,

1*

dem Gegner des Zunftwesens nicht genug Schatten. Was Jedem im heutigen Leben das Wahre und das Beste scheint, das wird ihm auch im damaligen so erscheinen. Der Streit der Gegensätze von Ordnung und Freiheit, die sich stets einander ihre Härten vorwerfen, wird und kann niemals vollständig ausgesöhnt werden, das ist einmal die ewige Tragik des Lebens; sondern in stetiger Reibung, wobei bald das Eine, bald das Andere mächtiger ist, werden sie das Veraltete vernichten und das Neue aufwachsen lassen und so dem ewigen Fortschritt der Menschheit dienen.

Erstes Capitel.

Es war an einem Sonntagmorgen im August 1875, da kehrte der Malerknecht Siegfried Bunstorp nach siebenjähriger Wanderschaft aus Braunschweig nach Hamburg zurück. Er hatte in Braunschweig Meister werden wollen und dort schon einen Theil seiner Muthzeit[1]) abgedient, aber der große Aufstand der Braunschweigischen Gilden[2]) hatte ihn endlich genöthigt, diesen Plan aufzugeben und in seine Vaterstadt zurückzukehren. In Braunschweig konnten sich in Folge der schwierigen Zeitläufte kaum die alten Meister nähren, geschweige denn die neuen, die erst eine Kundschaft suchen wollten. Handel und Handwerk lagen danieder, nur Brauer und Schenkwirthe machten gute Geschäfte, wie in allen unruhigen Zeiten, wo der Bürger Zunge und Faust viel gebraucht. Aber am Meisten litten die Handwerke, die, wie dasjenige Siegfried's, mehr der Freude und Annehmlichkeit des Lebens als dem Nutzen dienen. Alle Marienbilder in der Stadt standen in verblaßten Kleidern da: das Blau war zu Grau geworden, und das Roth kam dem bleichen Gesicht ziemlich gleich. Der Christo-

phorus hatte sogar einen Fuß und das Christkindlein
auf dem Rücken desselben eine Hand verloren, aber sie
konnten zum Entsetzen aller Bildschnitzer und Maler
jetzt auch ohne dieselben fertig werden. Neue Bilder
wurden gar nicht mehr bestellt, und endlich ließ sogar
Niemand etwas anstreichen. Das mattfarbige Aus=
sehen aller öffentlichen Bilder, die im Regen und
Wetter standen, schien den Anhängern der Geschlechter
anzudeuten, daß sogar die Heiligen über den ruchlosen
Gildenaufstand zürnten. Meister Gerhard, bei dem
Siegfried bis dahin gearbeitet, hatte ihn, seinen tüch=
tigsten Knecht, — denn als Gildemeister hielt er drei
Gesellen, — so lange wie möglich behalten, da er
selber für die Stadt rathen mußte und für Einen Ge=
sellen gerade noch Arbeit genug vorhanden war. End=
lich als Siegfried die letzte Lade gestrichen und ge=
firnißt hatte, und als in vollen vierzehn Tagen keine
neue Arbeit kam, und die Farben im Topf schon ein=
getrocknet waren, da entschloß sich der Meisterknecht[3]),
seinen Meister um Urlaub zu bitten, den jener ihm
ungern gewährte, da noch einige Wochen bis Michaelis
fehlten. Denn in jener Zeit durfte man einen Ge=
sellen, selbst bei geringer Arbeit, nicht vor Ablauf der
festgesetzten Zeit entlassen, sondern man mußte ihm bis
dahin Essen und Trinken geben, wie einem nicht=
arbeitenden Kinde der Familie.

Siegfried aber hatte seinen Meister um Urlaub
gebeten, da er jetzt in Hamburg Meister zu werden
gedachte. Bevor er jedoch Braunschweig verließ, hatten

ihn die Gildemeister vor sich gefordert und ihm als einem zuverlässigen Mann Briefe an die Hamburgischen Aemter mitgegeben. So war Siegfried von Braunschweig fortgewandert, hatte noch in den letzten Tagen die gerade in schönster Blüthe prangende Lüneburger Haide durchwandert und war Tags zuvor spät am linken Elbufer angekommen. Er hätte zwar mit einiger Anstrengung noch an demselben Abend in Hamburg ankommen können, aber er hatte es vorgezogen, drüben zu übernachten, um am Sonntag seine Mutter zu ihrem Namenstage zu überraschen, vielleicht gerade dann, wenn sie aus der Messe der Maria-Magdalenen-Kirche käme. So war er früh nach der Insel Stilhorn, der jetzigen Wilhelmsburg übergesetzt und wanderte nun über die ebenen Marschfelder der Insel, die sich weithin ausdehnten, kreuz und quer von Gräben und Deichen durchschnitten. Er achtete wenig darauf, ebenso wenig wie auf das stattliche Rindvieh, das ruhig hie und da weidete oder, gemächlich wiederkäuend, im Grase hingestreckt lag. Er sah auch nicht auf die fast bis zur Erde herabhängenden Dächer der Bauernhäuser, die sich dicht hinter die Deiche drückten, gleichsam als scheuten sie den Anblick des Wassers, gegen dessen Uebermuth die Deiche sie schützen sollten. Er dankte gedankenlos, wenn ihm ein Melker oder eine Melkerin einen guten Morgen zurief, er sah nur hinüber nach Hamburg, das jetzt anfing, sich klar und schön in seiner ganzen Ausdehnung zu zeigen, wie man es nur im Spätsommer sehen kann. Jetzt hatte er die Erhöhung

—

eines Hauptdeiches erreicht und mit Freude haftete sein Künstlerauge auf dem herrlichen Bilde der Stadt.

Hell strahlte die Sonne am tiefblauen, wolkenfreien Himmel, selbst die entferntesten Gegenstände hoben sich deutlich vom Blau des Himmels ab, das in schönster Harmonie stand mit dem tiefen, satten Grün der Marschen und der Bäume. Da ragte stattlich in der Mitte der Stadt der spitze Domthurm in die Höhe und ihm zur Seite die nicht minder hohen Thürme der vier Pfarrkirchen, und wie verschämt lugten dazwischen die Thürmchen der Kapellen und die Dachreiter der beiden Klöster hervor. In langen Reihen zogen sich die spitzen, hohen Giebelhäuser dahin, nur selten noch mit Stroh gedeckt, sondern meistens im frischen, neuen Ziegeldache glänzend. In den Querstraßen, die gerade auf die Elbe zumündeten, konnte er deutlich an dem dunklen Schatten die Ueberhänge der einzelnen Stockwerke und die Erker erkennen. Er sah die Schieferdächer und die zinnernen Knäufe der Thürme vom Brook- und Schaarthor, während die übrigen Mauerthürme meistens versteckt lagen. Auf dieser Seite bot ja der Stadt den besten Schutz die Elbe, die sich links und rechts vor ihm hinzog, bis sie den Blicken am äußersten Horizont oder hinter einer Insel verschwand. Die hellblaue Farbe des Wassers war nur wenig durch eine frische Brise gedunkelt, die den Strom leicht kräuselte und die weißen Segel der Böte und Schiffe schwellte. Ein ziemlich großer Kauffahrer steuerte eben in den Hafen, der vielfach hinter

Gebäuden und Bäumen versteckt lag, aber leicht an dem Wald von Masten, Tauen, Raaen und Wimpeln kenntlich war, sowie an der Menge von Fahrzeugen, die im Eingang verschwanden oder daraus hervortauchten. Alles, das Wiedersehen der Vaterstadt, der frische, blaue Himmel, die reine, würzige Luft übten eine solche Wirkung auf Siegfried aus, daß er auf der Erhöhung des Deiches einen Augenblick stille stand, den Knotenstock vor sich hingestemmt und beide Hände darauf gelegt.

Feierlich klangen die Glocken von Hamburg herüber, die die Einwohner zum Gottesdienst riefen, und ein feines, silberhelles Glöcklein ertönte dazwischen und verkündigte den Andächtigen, daß in den Händen des Priesters sich soeben das Brod in den wahren Leib Christi verwandelte. Unwillkürlich nahm Siegfried seine Kappe ab, neigte sein Haupt und betete. — Es ist ein eigenthümliches Gefühl, welches den Menschen überkommt, wenn er nach langer Abwesenheit in die Heimath zurückkehrt und zuerst deren Glocken wieder hört. Diese Glocken klingen ihm immer am Schönsten: an sie hat sich das Ohr zuerst gewöhnt; so viel eindrucksvolle Ereignisse, freudige und traurige, sind mit diesem Klang unauflöslich verschmolzen und haben sich tief in die empfängliche Kindesseele eingeprägt, und jedes Mal, wenn er diesen Klang wiederhört, tönt etwas von diesen Ereignissen aus ihm heraus und wird wieder wach in des Menschen Seele. Als Siegfried Hamburg so in seiner ganzen Klarheit und Schönheit von der Elbseite sah, überkam ihn das Heimathgefühl mit siegender Gewalt. Es war ihm, als sollte er mit allen Sinnen die Luft der Heimath einsaugen, sie sehen, hören und fühlen. Ein behagliches Gefühl des Glückes durchströmte ihn, als er daran dachte, daß diese Stadt, die so in heiliger Sonntagsstille vor ihm lag, auch am Werkeltage vor den meisten Städten des Reiches sich durch inneren Frieden auszeichnete. Ueberall tobten die Kämpfe zwischen Geschlechtern [4] und Zünften, in den Städten am Rhein und an der Donau, noch zuletzt in Bremen und in Braunschweig. Hier in Hamburg schien ihm dies unmöglich zu sein, denn friedlich lebten hier Kaufleute ohne Geschlechterstolz mit den zufriedenen Handwerkern zusammen; selbst einige Rathsstühle waren gewöhnlich von Handwerkern besetzt. Er wußte nicht, was die Briefe der Braunschweigischen Gilden an die Hamburgischen Aemter enthielten, aber er glaubte dessen sicher sein zu können, daß jene Briefe nicht im Stande sein würden, das gute Einvernehmen zwischen Rath und Aemtern zu stören.

Da auf der benachbarten Wiese viele Blumen standen, so machte sich Siegfried daran, hier einen Strauß für seine Mutter zu pflücken. Im Suchen auf der Wiese neben dem Deich weiter gehend, fand er eine Frau, die er als die Ehefrau des Schmieds Schütt in Hamburg erkannte, der sowohl durch seine riesige Größe, als auch durch seinen gewaltigen Durst in der Stadt bekannt war. Diese, die mit Heilkräutersuchen beschäftigt war, — denn sie verstand sich auf das

Kochen heilsamer Salben und kräftiger Arzneien —, hatte von Siegfried kaum gehört, daß er Schwertfeger Bunstorp's Sohn aus der Garbraderstraße ⁵) sei, als sie die Schleusen ihrer Beredsamkeit öffnete und ihm Alles erzählte, was er wissen wollte und nicht wissen wollte. Sie erzählte ihm, daß in seiner Familie Alles wohl und munter sei, daß die Kleinen tüchtig gewachsen seien, daß einer seiner Brüder, Dirk mit Namen, beim Werkmeister ⁶) Unruh die Schneiderei erlerne, daß ein zweiter beim Vater Bunstorp Schwertfeger würde, und dann wunderte sie sich wieder darüber, daß er sich so verändert habe, daß sie ihn wahrhaftig nicht wiedererkannt hätte, wenn er ihr nicht gesagt, wer er sei. Endlich erzählte sie ihm, sich selber Vorwürfe machend, daß ihr das auch nicht gleich eingefallen sei, wie seine älteste Schwester Katherine kürzlich mit dem Schneiderknecht Hans Hesse aus Lübeck Verlöbniß gehalten habe und daß wohl nächstens die Hochzeit sein werde. Hans Hesse wäre ein Meistersohn aus Lübeck und diene auch bei Werkmeister Unruh, er sei ein Prachtschneider und hätte der Bürgermeisterin Krauel neulich ein Staatskleid gemacht, das säße ihr wie angegossen, und sie habe es selber gesehen. Dann erzählte sie ihm, nachdem sie ihn schon zum dritten Male gefragt, wie lange es schon her sei, daß er aus Hamburg gewandert, daß inzwischen in Hamburg Vieles anders geworden und daß in Hamburg ein neues Weißbier erfunden sei, das weite Reisen vertrüge, und daß die ganze Welt von Naugarten ⁷) in Rußland bis nach Flandern jedem anderen Biere vorzöge, und daß in Hamburg ein neues Brauhaus nach dem anderen angelegt würde, — es wären wohl schon an die fünf-hundert —, und daß die Brauer kein Amt aufgerichtet hätten und voller Stolz und Hochmuth wären, was alle Aemter über die Mäßen verdrieße. Alle diese Neuig-keiten unterbrach sie dann wieder mit einigen schönen Bemerkungen über Siegfried's frisches Aussehen und seinen stattlichen blonden Bart und mit einigen schlechten Bemerkungen über das viele Trinken ihres Mannes, der gar nicht an das Nest voll Kinder denke, das sie zu Hause habe, und daß sie schließlich noch einen un-echten Schwestersohn im Hause habe, der kein Hand-werk habe lernen dürfen und zum Geistlichen keine rechte Lust habe und nun als Schreiber sich mühsam durchschlagen müsse; aber eigentlich müsse sie ihn halb ernähren, denn ihrem Manne sei schließlich Alles ganz gleich, wenn die Zeit des Viertrinkens herankäme. Und an dem ganzen Unglück sei doch nur das neue Bier Schuld, das die Brauer reich, ihr eigenes Haus aber arm mache.

Endlich konnte sich Siegfried, der kaum im Stande war, dann und wann ein Wörtchen zu sagen, von ihr losmachen, nachdem sie ihm noch mit mancherlei Umschweifen gesagt, wo der Fährmann wohne. — Des Fährmanns Frau ergriff die Ruder, die vor dem Hause lagen, und ging Siegfried voran ans Ufer, auf welchem das Boot festlag, da gerade Ebbe war. Mit einiger Mühe arbeitete sie das Boot los und fuhr

hinüber zum Hafen. Weit hinaus vor dem eigentlichen
Hafen, der längst zu klein geworden, lag Schiff an
Schiff am Schaare oder Ufer. Dort, nicht weit vom
Baumhause, legte auch soeben das große Schiff an,
das Siegfried vom Deich aus hatte ankommen sehen.
Es war ein Bergenfahrer, der noch vor Kurzem einen
schweren Sturm bestanden und einen halben Mast ein=
gebüßt hatte. Schon waren die Zollwächter in ihrem
Boote neben dem Schiffe, und zu gleicher Zeit stieß
von diesem ein Boot mit einigen Bootsleuten ab, die
demselben Ziele zufuhren wie Siegfried. Im Binnen=
hafen, durch dessen engen Eingang sie jetzt fuhren,
lagen die kleineren Schiffe, Küstenfahrer und Elbkähne.
Aber heute schwieg auf und zwischen den Schiffen das
sonst so geräuschvolle Leben. Still und beschaulich saß
hier ein Bootsmann im frischen, reinen Sonntagshemde
auf dem Deck und ließ die Beine über Bord hängen,
dort saß eine fremdländisch gekleidete Oberländerin und
schabte Rüben für das Mittagessen. An einer hölzer=
nen Landungstreppe, die neben den beiden Thürmen
zu Ende des Rödingsflethes angebracht war, legten
beide Böte fast gleichzeitig an.

Die Bootsleute gingen auf die neue Kapelle zu,
die erst vor Kurzem für die Seefahrer zu Ehren der
heiligen Maria zum Schaare dort erbaut war, wie die
noch feuerrothen Backsteine zeigten, um hier ein in der
Noth des letzten Sturmes abgelegtes Gelübde zu leisten.
Nachdem Siegfried den Seeleuten einen Augenblick
nachgesehen und die neue Kapelle kurze Zeit be=

trachtet hatte, ging er auf den Rödingsmarkt. Aber wie staunte er, als er hier so Vieles ganz verändert fand. Zwar das besonders Charakteristische des Rö= dingsmarktes war noch vorhanden: das tiefe Fleth mitten in der Straße und die glockenförmig geschweiften Bohlendächer der Winden, die der ganzen Straße noch heute ein so malerisches Aussehen verleihen. Nur einige neue Winden fielen mit ihren hellen Dächern dazwischen auf. Aber jetzt war keine Lücke mehr vorhanden zwischen den Häusern. Alle Gärten und freien Plätze waren dort verschwunden. Ein stattliches Giebelhaus reihte sich an das andere und die mächtigen Biertonnen vor der Thür, sowie in den Schuten und Ewern[8] des Flethes zeigten Siegfried zur Genüge, daß die schwatzhafte Frau auf Stilhorn nicht ohne Grund den Aufschwung des Brauwesens in Hamburg gerühmt habe. Außerdem war ihm schon in Braunschweig davon Kunde geworden, welche Reichthümer Hamburg durch sein vorzügliches Bier zu erwerben anfinge. Auf= merksam betrachtete er Alles, während er in den Schatten der das Fleth einfassenden hohen Linden trat und in das fast versiegte Wasserbecken hinuntersah. Wie freute er sich des Glückes seiner Vaterstadt, wie fröhlich und doch so beklommen war ihm zu Muth, als er so viel Altes wiederfand und doch zugleich so viel verändert. Auch hier herrschte dieselbe Sonntags= stille, wie auf Stilhorn, im Hafen und am Schaar. Nur einzelne alte Leute saßen auf Freitreppen und Kellerhälsen, wenige Kinder redeten altklug miteinander oder spielten in sehr bescheidener, stiller Weise, während die Sperlinge lustig in den Linden zirpten und die Schwalben vor ihren Nestern, die sie massenhaft unter den Erkern und Ueberhängen der Häuser gebaut hatten. Unter dem Neuen fiel Siegfried zumeist das Straßenpflaster auf, das sich Hamburg in der letzten Zeit zugelegt hatte. Wie bewunderte er den sauber in der Mitte der Straße angelegten Rinnstein, und wie schien es ihm, als wolle Hamburg bald allen Städten Deutschlands vorangehen, denn das Straßenpflaster gehörte noch im vierzehnten Jahrhundert zu den Seltenheiten in den meisten deutschen Städten.

Nachdem Siegfried die Veränderungen auf dem Rödingsmarkt genugsam bewundert, begab er sich auf dem ihm wohlbekannten Wege ins Maria-Magdalenen-Kloster. Noch war der Gottesdienst nicht zu Ende. Er hörte deutlich die Stimme des Priesters, denn im Kreuzgang, der sich neben dem eigentlichen Kloster, dem Reventer und der Kirche mit den Nebengebäuden hinzog, regte sich Nichts. Siegfried ging vorsichtig, um kein störendes Geräusch zu verursachen, um den vom Kreuzgang eingehegten Platz herum, bis er an ein uraltes, fast verwittertes Maria-Magdalenen-Bild kam. Dort nahm er seine Kappe ab, legte seinen Blumenstrauß und Stock nieder, kniete und betete, für die glückliche Ankunft in der Heimath Gott und den Heiligen Dank sagend. Darauf schritt er wieder dem vordern Theil des Kreuzgangs zu, wo er auf einer Bank in einer Nische Platz nahm, um von dort die

aus der Kirche kommenden Leute beobachten und seine
Eltern überraschen zu können. Bald war der Gottesdienst zu Ende. Die Leute strömten aus der Kirche
und gingen nach der nahen Pforte, wobei Niemand an
Siegfried's Platz vorüberzugehen hatte, aber so aufmerksam Siegfried alle Gehenden musterte, seine Eltern
waren nicht darunter. Endlich schienen Alle die Kirche
verlassen zu haben, und schon dachte er selbst daran
zu gehen, da sah er auf der andern Seite aus der
Thür des Klostergebäudes eine stattliche Mädchengestalt
heraustreten und von dort nach der Pforte zugehen.
Als das Mädchen an dem Bild vorüberging, an dem
Siegfried soeben gebetet hatte, kniete sie ebenfalls eine
Weile vor demselben. War es Neugier, war es die
Freude des Künstlers an der schönen Gestalt, genug
er blieb sitzen, um sie, die ihn noch nicht bemerken
konnte, an sich vorübergehen zu lassen. Je näher die
Jungfrau kam, desto mehr wuchs seine Spannung und
Neugier, desto freudiger fühlte er sich erregt, denn es
war eine der anmuthigsten Erscheinungen, die er je
gesehen. Die Schritte kamen immer näher, aber als
das Mädchen um die Ecke des Kreuzgangs bog, entschwand sie einige Augenblicke seinen Blicken, doch um
bald in voller Deutlichkeit wieder in unmittelbarer
Nähe zu erscheinen. Es war eine hohe, stattliche Erscheinung mit einem Antlitz schön und frisch wie der
Morgen, den Siegfried draußen soeben genossen. Ihr
dunkles Haar fiel in langen Flechten über die Schultern,
und, was bei dunklem Haar eine große Seltenheit und

Schönheit ist, das Mädchen hatte ein rosiges Gesicht, aus dessen fein geschnittenen Zügen ein strahlendes dunkles Augenpaar hervorleuchtete. Der feine Mantel mit dem reich gestickten Rande, der kunstvolle Gürtel und die tief herabhängende Tasche verriethen sofort eine Tochter aus den ersten Familien. Mit der rechten Hand hob sie zierlich das Kleid auf, das so den Saum eines kostbaren, grünen Unterkleides sehen ließ, und in der linken Hand trug sie ein Gebetbuch. Siegfried bemerkte, daß oben aus dem Gebetbuch einige Vergiß=meinnicht heraussahen, die vor dem alten Bilde aus seinem Strauß gefallen sein mußten. Jetzt bemerkte die Jungfrau auch den Wanderer in der Nische, und als sie den vollen Strauß sah, aus dem jedenfalls ihre Blumen stammten, fuhr sie leise zusammen und ihr rosiges Ge=sicht überzog sich mit flammendem Roth. Siegfried war entzückt von der schönen Gestalt, die er am Liebsten an Stelle des alten verwitterten Maria=Magdalenen=Bildes gesehen hätte, um sie ewig zu betrachten, an=zubeten und zu — lieben; — er wagte es kaum zu denken! Aber ebenso erfreut war er, daß seine Blumen in die Hand der unbekannten Schönen ge=rathen waren, die ihm doch so bekannt schien, wenn er versuchte, sich ihre Züge zu vergegenwärtigen. Er wartete noch einen Augenblick und ging dann ebenfalls zur vorderen Pforte hinaus, in der Hoffnung, die Schöne noch einmal zu sehen. Aber sie war ver=schwunden!

Vom Kloster begab er sich auf geradem Wege nach

der Garbraderstraße,⁹) wo das Haus seiner Eltern
war. Es war ein Haus der Barfüßer, in welches
jene seinen Vater der Stadt gegenüber als Wirth ein=
gesetzt hatten, weswegen Schwertfeger Bunstorp die
Messe auch am Liebsten bei diesen seinen Herren hörte,
zumal sie auch bei allen Bürgern sehr beliebt waren.
Vielleicht war sein Vater in eine andere Kirche ge=
gangen. — Oder sollte derselbe krank sein? dachte
Siegfried jetzt. Die Sorge beflügelte seine Schritte,
und bald sah er die noch wegen des Gottesdienstes
geschlossenen Buden der Garbrader und das Hohe
Haus, ¹⁰) unter dem des Raths Weinkeller lag. Noch
durfte nicht geschenkt werden, darum standen des Wein=
zapfers Knechte müssig vor der Kellertreppe und freuten
sich des schönen, klaren Wetters. Alles unverändert,
wie früher! Da stand auch, starr und unbeweglich,
als stände er seit Ewigkeit da und wolle für die Ewig=
keit dort bleiben, der Roland, in der Linken den Schild
mit dem Hamburgischen Wappen haltend, in der Rechten
das erhobene Schwert. Mit einem flüchtigen Blick
hatte Siegfried Alles übersehen und ging dann schnell
durch den Gang neben dem Hause seines Vaters sogleich
auf den Hof. Niemand war dort, auch nicht in der
Werkstätte. Alles lag sauber aufgeräumt: Hammer,
Zangen und Feilen steckten in Reih' und Glied, nach
der Größe geordnet, an ihrem gewohnten Platz, wie es
schon vor Jahren jeden Sonntag gewesen war. So
übertam Siegfried das schöne Gefühl, wieder ganz
in denselben Verhältnissen im Vaterhause zu sein.

Nach wenigen Augenblicken, die er auf dem Amboß in der Mitte der Schmiede gerastet, fühlte er sich, als wäre er schon Tage lang heimgekehrt. Wer in ein bekanntes Haus zurückkehrt und findet dort Alles denselben ruhigen, sichern Gang gehend, wie vor Jahren, der ist dort bald wieder heimisch. Die Zeit der Abwesenheit tritt mit einem Male in weite Ferne zurück oder schrumpft in Nichts zusammen, und der Heimgekehrte wähnt, nur einige Stunden fortgewesen zu sein. Für den in der weiten, unsicheren Welt herumschweifenden Jüngling ist ein solches, auf sichere Grundlagen gebautes Elternhaus wie ein geschützter Hafen. Mag er die Welt durchwandert haben von einem Ende zum andern, mag das Wandern die Lust seiner Seele geworden sein, mag ihm Alles gleich gelten, das Vaterhaus ist doch der feste Mittelpunkt, worum sich Alles dreht, nach dem er die Entfernungen mißt, nach dem er die Himmelsgegenden bestimmt, wie der Schiffer nach dem festen Polarstern. Daher das behagliche Gefühl, das ihn durchströmte, als er Alles fand, wie er's verlassen: es war ihm, als wäre er kaum vor's Thor gegangen. Bei diesem ruhigen Gang der Dinge im elterlichen Hause konnte keine wesentliche Störung eingetreten sein, und so schwand schnell seine Besorgniß wegen der Eltern.

Im Nebengemach, der Küche, hörte er jetzt Geräusch, und da er voraussetzte, daß es seine während seiner Abwesenheit zur Jungfrau herangewachsene, schon verlobte Schwester sei, so beschloß er, in der glücklichen

Stimmung, in der er sich befand, als reisender, fremder Handwerksbursche zu erscheinen. In geschickter Weise führte er dies durch, nicht ohne der nichts ahnenden Schwester allerlei Schmeicheleien wegen ihrer Schönheit zu sagen u. s. w., bis sich endlich der fremde, etwas dreiste Handwerksbursch als der Bruder entpuppte. Groß war hinterher die Freude der Schwester über den gelungenen Scherz, denn die mittelalterlichen Menschen hatten eine wahrhaft kindliche Freude an allerlei Verkleidung und Mummenschanz. Auch die kleineren Geschwister kamen bald herbei, herab bis zur jüngsten siebenjährigen Schwester, die kaum geboren war, als Siegfried in die Fremde ging. Kaum konnten die Kleinen begreifen, daß sie plötzlich einen so großen Bruder bekommen, und nannten Siegfried daher, als er sie durch die aus Braunschweig, wie er sagte, mitgebrachten Süßigkeiten zutraulich gemacht hatte, nur Ohm. Die kleineren Geschwister, die den Eltern, die im Dom waren, bis vor die Kirchthür entgegen gehen wollten, erhielten von Katherinen die Weisung, nichts von der Ankunft Siegfried's zu sagen, da er noch einmal als reisender Handwerksbursch auftreten solle. Während die Kinder, die das Geheimniß streng zu bewahren versprachen, zum Dom gingen, setzten sich Siegfried und Katherine in die nach der Garbrader-straße hinausführende Vorderstube und tauschten die Erlebnisse der letzten Jahre mit einander aus.

„Du wirst nächstens schon Hochzeit machen?" sagte Siegfried. „Gott, wie das Alles wächst! Als ich in die Fremde ging, warst Du ja noch ein Kind von kaum zwölf Jahren."

„Warst Du denn damals viel mehr?" erwiderte Katherine. „Ein bartloser Junge, und jetzt zottig und haarig wie ein Bär? Aber woher weißt Du denn mein Verlöbniß? Wir haben's uns ja selber erst seit vier Wochen gesagt."

„O!" sprach Siegfried wichtig thuend, „ich weiß Alles. Gestehe nur gleich Deine große Verliebtheit ein! Dein Bräutigam heißt Hans Hesse, er ist Schneider, Meisterssohn aus Lübeck, arbeitet beim Werkmeister Unruh, wo Bruder Dirk lernt. Hans Hesse hat auch der Bürgermeisterin Krauel so schöne Kleider gemacht."

„Aber woher weißt Du das Alles? Siegfried, sag' mir's, ich bin zu neugierig," sagte die Schwester, indem sie ihm den Bart strich und, als er sich noch weigerte, ihr Alles zu offenbaren, fast vor ihm nieder= kniete.

„Ich sage Dir, ich weiß Alles. Aber Du bist wirklich gar nicht so übel geworden. Damit kann selbst ein Maler und Kenner, wie ich, zufrieden sein. Freilich gegen die, die ich heute in Maria=Magdalenen sah, kommst Du nicht auf."

Katherine wurde roth bis zum Haar hinauf und vergaß über die befriedigte Eitelkeit die Neugierde. Und sie war wirklich ein hübsches Mädchen geworden. Sie war kräftig und groß gebaut, denn obgleich sie kaum neunzehn Jahr zählte, so hatte sie doch die Größe und die Fülle einer Vierundzwanzigjährigen. Nur die glatten, noch nicht von des Lebens Ernst gehärteten Züge und ihr vieles Lachen zeigten sofort das halbe Kind. Ihr blondes, volles Haar war einfach geflochten, die Augen blau und groß. Die Wangen waren voll, wie ihre Gestalt. Doch das Schönste an ihr war das runde volle Kinn, dessen sich keine dreißigjährige Frau hätte zu schämen brauchen, und das ihr schon jetzt für künftig ein reizendes Unterkinn abzusetzen versprach. Lachte sie, wie es so oft geschah, so bildeten sich in Kinn und Wangen niedliche Grübchen. Aber nicht weniger schön war die kleine, hübsch aufgeworfene Unterlippe, die für das ganze Gesicht fast etwas zu klein war. Dieser Lippe konnte man es ansehen, daß sie oft hing und leicht schmollte, aber auch, daß die Inhaberin ebenso leicht und gern verzieh, kurz, daß sie nicht blos zum Schmollen und Lächeln da sei. Hans Hesse, der Bräutigam, wußte das wohl am Besten.

Die Kinder hatten das Geheimniß schlecht bewahrt, so daß die Eltern mit beflügeltem Schritte herbeigeeilt kamen, um den Sohn zu umarmen. Die Freude des ehrwürdigen Vaters und der Mutter war unbeschreiblich. Die Ankunft zum Namenstag wurde von der Mutter besonders hoch aufgenommen und ebenso der kleine Strauß von einfachen Feldblumen. Da ging es an ein Fragen und Erzählen, und so viel auch gefragt und erzählt wurde, noch immer war die Wißbegierde beider Theile nicht befriedigt. Als die Frauen sich dann endlich anschickten, das Mittagessen aufzutragen, gab der Sohn dem Vater einen Wink, und Beide gingen nach der Werkstätte, wo sie sich einriegelten und leise mit einander flüsternd über die Braunschweigischen Gildebriefe sprachen. Die Neugierde der Frauen war groß, besonders als der Vater zu Schluß des Mittagessens sagte: „Nun Siegfried, zieh' schnell Dein bestes Wamms an. Unsere Gänge dauern leicht einige Stunden. Wen wir nicht zu Hause treffen, den finden wir wohl später in Timm's Herberge. Da ist auch die beste Gelegenheit, Du weißt ja — —!" Die Frauen spitzten die Ohren, doch vergebens. Der Vater setzte dann ruhig hinzu: „Willst Du Meister werden, — und es wird Zeit, — dann mußt Du schnell in Arbeit, am Besten beim alten Bertram, Deinem Lehrmeister. Zwar solltest Du erst ein Muthjahr abdienen, doch mit einem Meisterssohn nimmt es ein fremdes Amt wohl auch nicht so genau."

Man stand auf, und Vater und Sohn zogen sich um. Bald traten dieselben wieder ein. War Siegfried's Erscheinung im Wanderkleide schon eine stattliche gewesen, so war sie jetzt schön zu nennen. Er hatte das etwas lange Haar hoch auf und aus der Stirn zurückgekämmt, so daß dieselbe ganz frei war. Die lebhaften, heiteren Augen und der weiche, volle Bart gaben ihm ein sehr einnehmendes Aeußere. Er trug, wie die damalige äußerst kleidsame Tracht war, ein enges Wamms von braunem Tuch, das bis auf die halbe Lende reichte. Vom Hals bis unten hin lief unter den Knöpfen ein rother Streifen, der das

Ganze schön theilte. Der Gürtel theilte es ebenfalls in entgegengesetzter Richtung in zwei Hälften. Es war ein einfacher Ledergürtel mit Messing beschlagen, auf dessen rechter Seite an zwei Oesen die Geldtasche hing. Seine Hosen waren aus gelbem Stoff und eng anliegend. Die Schuhe trug er mit etwas langer Spitze, doch ohne die närrische Uebertreibung, die die Stutzer übten. Der alte Schwertfeger hatte sein schwarzes Kirchenwamms abgelegt und trug jetzt ein dunkelblaues Wamms, nur daß es für ihn, den älteren Mann, etwas weiter und bequemer gemacht war. Seine Hosen waren dunkelroth. Beide setzten die Kogeln[11] auf, gaben den Frauen die Hand und sagten, daß sie wohl vor der Rathsglocke[12] nicht wieder kommen würden. Noch in der Thür trug Siegfried seiner Schwester auf, daß sie zum Abend ihrem Bräutigam Hans Hesse Urlaub geben solle. Jener würde ihn sicher in Timm's Herberge finden, was Katherine denn auch, wiewohl ungern, versprach.

————

Zweites Capitel.

Nachdem Vater und Sohn das Haus verlassen hatten, saßen Mutter und Tochter still am Fenster, denn man wollte den Sonntag nicht einmal durch Spinnen entweihen. Die Mutter klagte über die wilden Zeiten, wo in allen Städten Streitigkeiten zwischen Rath und Aemtern wären, und sprach ihre Befürchtungen aus, daß es auch in Hamburg dazu kommen könne. Nicht einmal den eben heimgekehrten Sohn könne sie einen Tag in Ruhe genießen. Die Heimlichkeiten, die er mit dem Vater gehabt, wollten ihr gar nicht gefallen, und dies schnelle Fortgehen müsse etwas zu bedeuten haben. Doch die lebens=frische Katherine, deren Herz vor lauter Liebesglück übermüthig war, hörte nur mit halbem Ohr auf die Klagen der Mutter, höchstens meinte sie, daß der Kampf den Schwertfegern mehr Nahrung gäbe als der Frieden. Ihr Herz weilte bei dem Geliebten, der heute, — und es war doch Sonntag, — so lange auf sich warten ließ. Die Worte der Mutter über=hörend und nicht beantwortend, sah sie meistens sehn=süchtig zum Fenster hinaus, aber der Bräutigam ließ sich nicht sehen. Sobald die Mutter hinausging, eilte sie an den Metallspiegel, glättete ihr Haar, zupfte ihr Mieder nochmals zurecht und betrachtete sich, indem sie sich selbst anlächelte. Als sie das an diesem Nachmittage schon verschiedene Male gethan hatte, sah sie endlich Hans von der Bäckerstraße her in die Garbrader=straße einbiegen.

Dem konnte man es schon von Weitem ansehen, daß er entweder ein vornehmer junger Mann oder ein Schneidergeselle sei, denn diese standen so leicht Niemand in der Kleidung nach. Alle Kleider=ordnungen und Zunftbestimmungen halfen nichts da=gegen. So stolzirte er stattlich einher, wobei er die Beine leicht wie ein Schneider warf, nur etwas lang=samer, als am Werkeltage. Aber diese Beine waren es auch werth, heute etwas bedächtiger gesetzt zu werden, denn er trug, wie die größten Stutzer der Zeit, halbirte Hosen, d. h. jedes Hosenbein hatte eine blaue und eine rothe Hälfte.[13]) Das sah natürlich höchst stattlich aus. Auch sein Wamms unterschied sich von dem gewöhnlichen Schnitte der Mittelklasse. Er trug ein hellblaues Wamms, das einen hellbraunen, ge=zottelten Saum hatte. Die Aermel reichten nur bis auf den halben Oberarm und hatten dort auch einen gezottelten Rand. Von da ab bis an die Handwurzel waren die Aermel gelb und an der Hand roth ein=gefaßt. Er bog bald hinüber zu Bunstorp's Haus. Indessen stellte sich Katherine mitten im Zimmer auf, um ihn mit einer Strafpredigt zu empfangen. Hans trat mit dem Gruß: „Guten Tag, Muhme!" zum Zimmer herein und wollte auf sie zugehen. Doch sie wehrte ihn mit der Hand ab und sprach, indem sie ernst zu sein versuchte: „Was? Ich heiße nicht Muhme! Und das wagst Du jetzt noch zu sagen, obwohl Du so spät gekommen bist." Der Name „Muhme" war nämlich ein Spottname für Katherine, weil sie ältere Bekannte und Freunde leicht mit Ohm und Muhme anredete. Da sie das auch bei Meister Unruh that, wo Hans in Arbeit stand, so war ihr Name dort auch zu den Gesellen gekommen, die sie schon eher so nannten, als Hans um sie gefreit hatte. Gewöhnlich nahm sie die Anrede „Muhme" ruhig hin, aber in schmollenden Augenblicken verbat sie sich dieselbe ernst= lich, so weit ihr dies möglich war.

„Jungfer Katherine, meine Herzallerliebste," begann Hans von Neuem, indem er eine zierlich gedrehte Ver= beugung machte, die ihm bei seiner Leichtigkeit auch sehr gut gelang. „Jungfrau Katherine," und dabei legte er die Rechte aufs Herz, „ich schwör's Dir bei allen Heiligen, ich konnte nicht eher kommen. Wir hatten hastiges Werk zur Hochzeit, und wir haben ausnahmsweise am Sonntag gearbeitet. Aber dafür habe ich morgen nicht nur Vormittag, sondern auch Nachmittag guten Montag. Und wenn's die Schwieger= mutter erlaubt, komme ich dann wieder." [13a]

Als Katherine von dem Hochzeitszeuge hörte, hellte sich ihr Blick auf. „Hochzeitswerk?" sagte sie. „Natürlich, das entschuldigt Alles."

Damit hatte Hans die Erlaubniß, näher zu treten. Er kam heran, schlang seinen Arm um ihren Hals, drückte ihr einen herzhaften Kuß auf den Mund und sagte: „Min Dern, bist Du mir noch böse?"

„Ne, min Jung," erwiderte jene, sich an seine Seite schmiegend. Darüber kam Katherinens Mutter. Man setzte sich zum Vesper. Die Kinder tranken ihr Bier schnell aus, aber ihr Brod nahmen sie in die Hand und gingen damit vor die Thür. Bald hatte sich denn Hans in die Beschreibung des Brautstaates vertieft, den er soeben angefertigt hatte, wobei die Frauen mit großer Andacht zuhörten. Er beschrieb jede Farbe, jede Falte, jeden Zwickel, die Länge, die Weite, die Schleppe und die Anzahl der Knöpfe, und das muß man ihm lassen, er that's mit Geschick. Er war ja ein Großstädter, denn er war in Lübeck geboren und er=zogen, und dort hatte er das Schneiderhandwerk er=lernt; und Lübeck war damals für die Schneider Nord=deutschlands gewissermaßen eine Hochschule.

Es war inzwischen sechs Uhr geworden, da gingen die beiden jungen Leute vor die Thür und setzten sich auf die Bank, die dort unter dem Ueberhange stand. Viel erzählten sie hin und her und betrachteten die im Sonntagsschmuck vorübergehenden Leute, wobei Hans es gewöhnlich nicht unterlassen konnte, einige Bemer=kungen über deren Gewänder zu machen. Die des Einen waren zu altfränkisch, die des Andern zu lang, und er meinte, sie seien auf den Zuwachs berechnet. Die des Dritten warfen ihm unten zu wenig und oben zu viel Falten. Frauen und Mädchen aber betrachtete er mit besonderer Aufmerksamkeit, aber jedes Mal, wenn er ein Mädchen in ihrem Staat bewundert hatte, holte er sich bei Käthchen Absolution durch einen zärtlichen Händedruck, und als es zu dunkeln anfing, mit einem Kuß auf die schmollenden Lippen. Es saß sich dort auch so traulich unter dem Ueberhange. Die Häuser des Dornbusches beschatteten schon den Platz, der ebenfalls gepflastert war, nur an den höchsten Stockwerken strahlte noch die Sonne auf die kleinen Fensterscheiben. Eine große Schaar von Kindern, darunter auch die Bunstorp'schen, Knaben und Mädchen bunt durcheinander, spielten am Fuße des Roland, denn dort hatten sie wie immer das Maal, wie vordem die Alten dort ihre Maalstätte gehabt und das Gericht gehalten hatten.

Da erschallte mit einem Male eine lustige Musik. Von der kleinen Bäckerstraße her kamen in phantastisch bunten Kleidern vier fahrende Leute mit Geige, Posaune, Pfeife und Trompete. Die Kinder hörten sogleich auf zu spielen und schlossen sich dem Zuge an. Die Spielleute stellten sich an der Rolandssäule auf und stimmten eine wohlbekannte Tanzweise an. Die Kinder sangen mit und fingen an, den Reigen zu tanzen, wie sie ihn noch bis auf unsere Zeit tanzen, indem sie sich Alle im Kreise anfaßten. In den Hausthüren standen die Mütter und ließen die kleinsten Kinder auf den Armen hüpfen, die lustig mit Armen und Beinen in der Luft herumfochten. Es währte nicht lange, so hatte sich auch eine Schaar von Erwachsenen bei den Spielleuten eingefunden, die gerade vor den Buden der Garbrader essend und trinkend standen. Andere wurden durch die lustige Musik aus dem Weinkeller unter dem Hohen Hause herbeigelockt. Auch Hans und Katherine waren näher getreten. Da machte ein lustiger Bursche, neben dem ein dralles Mädchen stand, den Vorschlag, auch einen Reigen zu treten. Er ergriff sein Mädchen bei der Hand, schwenkte das Bein verwegen in der Luft und stellte sich auf. Seinem Beispiele folgten viele Bursche und Mädchen, darunter auch Hans und Katherine. Bald tanzten die Reihen gegen einander, und Einer suchte es dem Andern in weiten und hohen Sprüngen voranzuthun. Als der Tanz zu Ende war, sammelten die fahrenden Leute mit der Kappe, und sie bekamen reichlich. Dann wurde das neue Lied von Lüneburg gespielt:

> Wille gi horen, wo dat geschach
> To Luneborg an einer Nacht? [14])

wobei fast die ganze Menge mitsang, denn die Heldenthaten der Lüneburger bei der Erstürmung der Burg waren noch in Aller Munde.

Soeben hatte der zweite Reigen begonnen und die Reihen tanzten wieder auseinander, da trat langsam und feierlich ein alter hagerer Rathsdiener in seiner grauen Kleidung zwischen die Tanzenden, erhob seinen Stab und rief: „Im Namen des Ehrbaren Raths von Hamburg, das Reihen auf Straßen und öffentlichen Plätzen ist verboten.“ Die Reihenden stutzten einen Augenblick und die Musik hörte auf zu spielen, denn die Fahrenden konnten jeden Augenblick der Stadt verwiesen werden. Außerdem war dieser Rathsdiener der gefährlichste und strengste, weswegen er auch allgemein der Kniper hieß. Aber der Vorsprecher, ein breitschultriger Knochenhauerknecht, rief: „Kinder, laßt Euch nicht stören; tanzt den Kniper um, wenn er nicht aus der Bahn geht." Ein schallendes Gelächter folgte seinen Worten. Dann sagte er die ersten Verse eines Tanzliedes, der ganze Chor sang nach und tanzte dazu. Wild flogen sie an dem Rathsdiener vorbei, der rathlos dastand. Und als sie zum zweiten Male vorübertanzten, da ließ der Vorsprecher sein Mädchen los, faßte den Rathsdiener bei der Hand und schleppte ihn mit, was ein großes Gelächter erregte. Endlich machte er sich los. Nochmals rief er: „Im Namen des Ehrbaren Raths — —", aber Niemand hörte auf ihn. Nachdem er den Ruf zum dritten Male vergeblich wiederholt, da rief er wüthend aus: „Wie kann man so neue Bräuche einführen!"

Da trat der Knochenhauerknecht dicht vor ihn, stellte sich breit auf seine Füße und focht mit seinem Zeigefinger in bedenklicher Nähe von Kniper's Nase umher, um seinen Worten mehr Nachdruck zu geben: „He! Neue Bräuche? Wer führt neue Satzungen und Schatzungen ein? Wir nicht! Das Reihen auf der Straße ist uralt. Aber der Rath führt neue Satzungen ein. Wie kann er neuen Schoß einführen?" [15]

Das war das rechte Wort für Alle. Vielstimmig

ertönte es: „Ja, der Schoß ist neu und ungerecht." Schnell hatten sich die Reihen gelöst, und bald umstanden Alle den Rathsdiener im dichten Kreise, während die Spielleute sich still davon machten und eine neue Ernte-stelle suchten.

Einzelne ließen Worte fallen wie: „Mit dem neuen Schoß, das setzt noch etwas." Und als der alte Kniper mit entrüsteter Amtsmiene fragte, was es setzen würde, da machte der Vorsprecher eine schlagende Bewegung mit der Hand, die nur zu deutlich war.

„Oho! Bursche, dafür sollt Ihr schön in die Brüche kommen! Wer seid Ihr?" rief sich ereifernd der Raths-diener. Er versuchte den Knecht zu packen, doch jener wandte seinen Arm fort und drohte: „Wag's nur! Der Werkmeister der Knochenhauer, Tideke Bickelstedt, ist mein Wirth. Was habe ich gethan? Ich habe ja nur so mit der Hand gemacht."

Da riefen verschiedene Gesellen, indem sie sich dicht an den Bedrohten drängten: „Recht, Hinnerk, Junge, lat di dat nich gefallen. Der Schoß wird nicht bezahlt." Lachend gingen darauf die Schreier fort und ließen dem Rathsdiener das Nachsehen. Er mußte schließlich wohl davongehen, aber nicht ohne noch einige Dro-hungen auszustoßen und zu murmeln: „Hätte ich Swertute nur bei mir; dann dürften sie solche Reden nicht wagen." Swertute aber war der stärkste aller Hansdiener, der die grobe Arbeit des Verhaftens und Einspundens am Sichersten ausführte, während Kniper seiner eigenen Meinung nach besser für das Ausspähen geeignet war.

Die Dunkelheit war indessen hereingebrochen. Die Luft war mild und der Himmel klar, und so saßen noch viele Leute auf den Freitreppen, den Kellertreppen und auf den Bänken vor der Thür und schwatzten über das Abenteuer mit dem Rathsdiener. Auch Hans und Käthchen hatten wieder ihren Platz eingenommen. Sie saßen jetzt nur etwas traulicher als am hellen Tage, Hand in Hand und Kopf an Kopf, und sprachen leise und wichtig; aber sie erzählten sich nur das Alte, was sie sich schon so oft erzählt hatten. Endlich machte sich Hans mit einigen Seufzern los, um seinen Schwager aufzusuchen. Er sagte der Schwiegermutter: „Gute Nacht," und verabschiedete sich nochmals an der Thür von seiner Braut. Noch einmal rief sie ihm zu: „Aber vergiß nicht morgen Nachmittag, und komme ja recht früh." Dann verschwand er um die Ecke.

———————

Drittes Capitel.

Unterdessen war Meister Bunstorp mit Siegfried
in der Stadt bei verschiedenen Werkmeistern umher=
gegangen. Doch Meister Bertram, den Maler, bei
dem Siegfried in Arbeit gehen sollte, hatten sie nicht
zu Hause gefunden. Sie hatten jedoch den Bescheid
zurückgelassen, daß er auf die Amtsstube der Maler
kommen sollte, dort würden sie sich aufhalten. Die
Amtsstube der Maler war nicht sehr groß, da das
Amt nur klein war, obgleich noch die Glaser, Sattler,
Zaummacher, Tuchsticker, Taschenmacher, Beutelmacher
und Harnischmacher dazu gehörten, und ihr Amtshaus
war nur gemiethet. [16]) Aber dafür war dort gewöhnlich
eine sehr bunte Gesellschaft von allen möglichen Meistern
und Gesellen. Diese Mannigfaltigkeit zeigte sich schon
außen an der Thür, denn die Schilder der sämmt=
lichen hier vereinigten Handwerke waren draußen an=
gebracht, um den zuwandernden Gesellen ihre Herberge
zu zeigen. Aber wie es sich gehörte, war die Stube
der Gesellen nach hinten hinaus und klein, die der
Meister nach vorn und groß. Die ganze Einrichtung
der Meisterstube war recht urwüchsig, wie damals in

allen Wirthshäusern. Große Eichentische, umgeben
von schweren Bänken, ein Schapp mit Kannen und
Krügen, sowie ein Gestell, worauf ein Faß ruhte,
machten die ganze Einrichtung des Zimmers aus. Das
Haus des Wirthes Timm war ein Brauhaus. Der=
selbe hatte kürzlich gebraut, und da die Bierprüfer des
Raths das Bier getrunken und ihm nach seinem Werthe
den Preis gesetzt hatten, so konnte er es jetzt verzapfen.
Deshalb hatte er gleich nach dem Essen einen Bier=
rufer ausgeschickt, der in Twieten und auf Plätzen
ausrief: „Meister Timm hat ein neues Bier aufgethan!
Schönes, weißes Weizenbier!" Zugleich hatte er einen
grünen Zweig an die Thür gesteckt, damit die Vorüber=
gehenden darauf aufmerksam würden. [17] Da dies
Weißbier damals das schönste Hamburgische Gebräu
war, so hatten sich eine Menge Gäste eingestellt aus
allen Aemtern, die bei ihm ihren Verkehr hatten und
nicht hatten. Als Meister Bunstorp mit seinem Sohne
dort ankam, waren die Tische fast alle schon besetzt,
so daß sie kaum noch einen Platz fanden. Da wurde
denn wacker gezecht: da klappten die Deckel, da trank
man sich ganze und halbe Krüge zu, denn es war eine
sonderliche Gabe Gottes an diesem Bier, daß Einem
das Haupt nicht danach weh that. [18] Der Wirth und
sein Knecht konnten kaum so viel einschenken, als ver=
langt wurde. Die Anwesenheit Meister Bunstorp's,
der als Schwertfeger zum Schmiedeamt gehörte, aber
dennoch mit den Helmschlägern hin und wieder in ge=
schäftliche Verbindung trat, war hier nicht ungewöhn-

lich. Als man erfuhr, daß sein Begleiter sein eben aus der Fremde heimgekehrter Sohn sei, da wurde ihm fleißig zugetrunken, und Siegfried that wacker Bescheid. Darauf wurden die Erlebnisse der Wanderschaft wieder aufgefrischt. Der Eine fragte ihn, ob er auch den Kölner Dom gesehen, der Andere, ob er auch den Eulenspiegel in Mölln, der Dritte, ob er das heilige Blut zu Wilsnack gesehen habe.[19] Dann fragte ihn der stämmige Knochenhauer Hauschild: „Wat makt denn de Bull von Bardowik?"[20] Schon lachten die Andern laut auf über diese Frage, und da Siegfried nicht antwortete, schickte sich Meister Hauschild an, die etwas derbe, unfläthige, landläufige Antwort zu geben. Doch unwillig fiel ihm der Werkmeister der Knochenhauer ins Wort und sagte: „Laß den Schnickschnack. Möge uns Siegfried die Geschichte von den Braunschweigern erzählen, da er ja dort gewesen ist; das ist besser als das alte dumme Zeug, womit Ihr auch jeden andern zuwandernden Knecht foppen könnt. Wir haben doch nur Verworrenes darüber gehört, besonders in der letzten Zeit, da die Braunschweiger nicht mehr in die Hansestädte kommen dürfen."

Tideke Bickelstedt, obwohl stämmig gebaut, wie alle Knochenhauer, hatte doch etwas Besonderes in seinem Wesen. Obgleich sein Gesicht die frische Röthe seines Handwerks zeigte, war es doch nicht ohne einen klugen und kühnen, unternehmenden Ausdruck. Er stammte aus einer alten Brauerfamilie und war ein reicher Mann. Nach seiner Aufforderung riefen Mehrere zu=

gleich über den Tisch: „Ja, Tideke, Ihr habt Recht. Siegfried, erzählt uns den Aufstand der Braunschwei=gischen."

Obgleich es ihm ein ängstliches Gefühl erregte, vor den Meistern zu sprechen, so entschloß er sich doch zu erzählen: „Es war in Braunschweig schon lange Zeit viel Murrens und Sprechens gegen den Rath gewesen, denn die Auflagen von Schoß, Ungeld und allerlei Lasten waren zu hoch.[21]) Die Rathmannen sprachen das Recht zu Gunsten ihrer Anverwandten und verwalteten der Stadt Gut nicht getreulich. Acht Rathmannen gingen zu des Rathes Rechenschaft und wußten der Stadt heimlich Ding, aber kein Anderer erfuhr je, wie tief die Stadt in Schulden stecke. Um die Gilden im Zaum zu halten, mußten die Gildemeister seit 1340 schwören, dem Rathe beizustehen und ihm zu berichten, so etwas gegen den Rath gesprochen würde. Aber die Geschlechter trieben es drum nur ärger. Oft ritten sie aus, um mit einem abligen Herrn eine Fehde zu machen, und ihre Feinde brand=schatzten nicht nur ihre Güter und Höfe, sondern auch die des gemeinen Bürgers und der Gildeleute, ob sie gleich keinen Theil an der Fehde hatten. Die Fehden der Stadt brachen nie ab. Da, am Matthiastage 1373, ritten die Braunschweigischen Geschlechter mit Herzog Ernst aus gegen die Magdeburgischen, weil sie der Stadt Mordbrenner und Verfestete hauseten und hegten. Herzog Ernst, der bis dato keinen Theil an der Stadt hatte, und die Geschlechter hatten es schlau angelegt,

des Erzstiftes Hauptmann Busse Dus einen Hinterhalt
zu legen. Aber es ging anders aus. Sie wurden
gänzlich geschlagen. Herzog Ernst und die reichsten
Bürger von Braunschweig geriethen in Gefangenschaft.
Die Gefangenen waren alle so angesehen, daß sie der
Erzbischof auf dem Markte zu Braunschweig nicht hätte
besser auslesen mögen. Da war großer Jammer in
der Stadt. Eben war die schändliche Fehde mit den
Wolfsburgern zu Ende, und jetzt sollte die Stadt für
das Lösegeld so vieler Geschlechter aufkommen. Oeffent=
lich sprachen die Bürger und Gildemeister, sie möchten
sich selber auslösen, und der Rath wagte es nicht,
ohne Weiteres neuen Schoß aufzulegen. Endlich war
die Sühne mit dem Erzbischof geschlossen. Die Stadt
sollte 4000 Mark bezahlen. Der Magdeburger Rath
hatte sich vorläufig dafür verbürgt, und schon im Vor=
aus war eine Menge der Gefangenen in die Stadt
heimgekehrt.

Da, am Montag nach Misericordias, versammelte
sich der Rath im Reventer [22]) bei den Brüdern und
berief die Gildemeister zu sich, damit sie sich zusammen
beriethen, wie sie den Magdeburgern für die 4000
Mark gerecht würden. Die Gildemeister waren fest
entschlossen, diesem Rathe nichts zu geben, wenn er
nicht verspräche, in Zukunft nicht wieder solche Reisen [23])
zu gestatten, denn das Stadtrecht verbot einem jeden
Bürger bei Strafe, solche Reisen zu machen, davon der
Stadt Schaden erwachsen könnte. In schlauer Weise
empfahlen die Rathmannen eine Kornzise, [24]) weil der

gemeine Bürger am Wenigsten darunter litte. Die Last
käme auf die Geschlechter, die ihre Güter draußen
hätten und Korn in die Stadt führten, auf die Ritter,
Pfaffen und Bauern, die zur Stadt kämen. Wenn die
Gilden darauf eingehen wollten, so sollten sie darüber
berichten, wüßten sie aber etwas Besseres, so sollten
sie es frei sagen, und man würde sich gern an ihren
Rath halten. Doch die Gildemeister hatten keine Lust,
darauf einzugehen, und es fielen heftige Worte gegen
die Rauflust der Geschlechter, daß die Schulden der
Stadt nicht erst von der Niederlage am Elme her=
rührten. Die Kassen der Stadt müßten schon längst
in Unordnung sein, denn sonst wäre kein höherer
Schoß nöthig gewesen. Hätten die Geschlechter der
Stadt Gut früher zu Rathe gehalten und nicht adlige
Gewohnheiten nachgeahmt, dann würde es jetzt besser
um die Stadt stehen. Besonders der Gildemeister der
Bäcker soll sich hervorgethan haben, indem er sagte,
der ganze Plan sähe nur so aus, als träfe er die
Geschlechter und die Fremden. In Wirklichkeit träfe er die
Bürger und die Aermsten am Meisten, denn Jeder
würde sein Korn an Bäcker und Bürger um die Zise
theurer verkaufen; dadurch würde das tägliche Brod
vertheuert. Dann könnte man zwar die Bäcker schelten,
wie gewöhnlich, und ihnen die Preise setzen. Aber
die Bäcker seien nicht Schuld, sondern der Rath, der
das Korn besteuere, und die Geschlechter, die diese
Steuern veranlaßt. Der ganze Vorschlag des Rathes sei
Betrug und Hinterlist, aber so wenig die von Magde=

burg in ihren Hinterhalt gegangen seien, würden die Gil=
den und die Gemeinde in diesen plumpen Hinterhalt gehen.

Da einige der Rathmannen selbst mitgefangen und
schon heimgekehrt waren, so setzten derlei Reden böses
Blut. Ein junger Rathmann trat dicht heran an den
Bäckermeister und fragte, ob er nicht wüßte, daß sie
geschworen hätten, nichts gegen den Rath zu sprechen.
Der aber erwiderte, die Stadt gehe über den Rath,
der Rath dürfe nichts zum Schaden der Stadt rathen
und thun. Böser Rath und böse That seien schlimmer
als bittere Wahrheit. Da entstand ein entsetzlicher
Lärm: alle Rathmannen sprangen auf und schrieen,
dann sollten sie etwas Besseres rathen. Draußen aber
vor den Thüren hatte sich eine große Menge Menschen
versammelt, die da hören wollten, was der Rath und
die Gildemeister beschließen würden. Einer der Gilde=
meister ging heimlich hinaus und erzählte, daß der
Rath sie anfahre, weil sie sich ihm nicht fügen wollten.
Da lief ein Kleinschmied in den Hagen und machte ein
Geschrei, daß man den Gildemeistern ans Leben ginge.
Darauf kam viel Volks herbei, und die Bauermeister[25]
riefen in den Reventer hinein, die Gemeinde komme
gelaufen und wolle den Rath erschlagen. Aber Nie=
mand gab viel darauf. Gegen Essenszeit gingen Alle
auseinander, aber unverrichteter Sache.

Es traf sich aber, daß die Gilden an demselben
Tage Morgensprache[26] hielten, die Schuster und
Gerber auf dem Altstadtmarkte. Dorthin gingen die
Gildemeister und erzählten ihnen, was geschehen. Das

Volk aber stand vor der Thür und lärmte laut, man solle den Rath absetzen. Da brachen die Schuster und Gerber heraus und stürzten auf des Bürgermeisters Tile vam Damme Haus los, das ganz in der Nähe lag, und ein großer Theil der Gemeinde eilte ihnen noch voraus. Da zerschlugen sie Fenster und Thüren, trugen das Geräthe heraus, den Kindern und Weibern rissen sie die Kleider herunter und stießen sie nackend aus dem Hause. Man suchte nach dem Bürgermeister, aber er war nirgends zu finden. Tile vam Damme selbst, ein schwerbeleibter Mann, der sehr vom Poda= gra heimgesucht war, hatte sich noch bei Zeiten über den Hof in ein Nachbarhaus bringen lassen, wo er sich versteckt hielt. Man glaubte aber, daß er in seinem eigenen Hause versteckt sei, darum steckte man das Haus an, und bald brannte es lichterloh.

Da lief der Frohnbote zu Kort Döring, dem zweiten Bürgermeister der Altstadt, der nicht weit da= von wohnte. Aber der war den Aufrührern nicht gar abgeneigt und that nichts, dem Aufstand zu steuern, trotzdem auch der Stadthauptmann mit andern guten Leuten zu ihm kam und ihn bat, die Sturmglocke zu läuten, wozu ja die helle Flamme mahnte. Da Nie= mand dem Aufruhr wehrte, so wuchsen die Volks= haufen immer mehr an vor dem brennenden Hause, und bald zog man auch den schwerfälligen Tile vam Damme hervor aus seinem Versteck und schleppte ihn in den Hagen, wo man ihn an eine Säule festknebelte. Bald wurden die Aufrührer Herren der Stadt, sie sperrten die Stadtthore und zogen nun von Weichbild zu Weichbild. Da füllten sich die Diebskeller und Stöcke der Stadt mit den angesehensten Leuten, mit Bürgermeistern und Rathsgenossen, mit Allem, was von den Geschlechtern mannhaft war. Die Frauen wurden mißhandelt und übel geheißen, zum Theil sogar gefangen gesetzt. Noch sieben Häuser plünderten und zerstörten die Bürger, besonders aber zerrissen sie die Rentebriefe des Rathes, indem sie meinten, mit ihnen wären sie auch der Schulden ledig. Ja, es wurden sogar Rufe gehört, die Rathhäuser zu ver=nichten, aber dazu kam es, Gott Lob, nicht. Aber wenigstens in die Weinkeller fielen die Haufen, ließen die Fässer auslaufen, betranken sich und erbrachen die Geldkisten, so daß, wer meist zugriff, am Meisten hatte.

Wenn Kort Döring gemeint hatte, er könne den Aufruhr vielleicht bändigen, wenn seine Gegner ge=züchtigt wären, — so hatte er sich geirrt. Sobald er sah, daß Niemand vom Rath Gnade finden würde, flüchtete er sich mit drei Andern auf den Thurm über dem Michaelisthore. Bald kamen Gilden und Gemeinde und riefen sie herab. Zuerst weigerten sie sich; als Kort aber unter dem Haufen solche stehen sah, die er zu seinen Freunden zählte, und als diese ihm Leib und Leben zusagten, kam er mit seinen Begleitern herab. Doch jene konnten dem Volk nicht wehren. Kaum unten, so wurden sie ergriffen und in den Hagen ge=führt. Dort wurden sie ebenfalls an Säulen festge=

bunden, und das Volk wachte in Harnisch und Waffen rings umher.

So wütheten sie in den vier Weichbildern. Nur das fünfte Weichbild, die Altewik, nahm keinen Theil daran, denn dort wurde der Rath meist aus den Lakenmachern gewählt. Dort stand die Gemeinde zu ihrem Rath, und als die Fluth des Volkes sich auch dorthin wälzte, gingen sie zu Harnisch, warfen die beiden Brücken über die Ocker ab und schlossen das Friesenthor und die beiden äußeren Thore. Somit hatte die Wuth der Gilden vorläufig ein Ziel, und sie bereuten die Mäßigung der Altewik nicht, denn deren Rath ging dem neuen Rath, der die Geschäfte nicht kannte, nachher treulich zur Hand und gab ihm An=weisung über der Stadt Gelegenheit.

Dies geschah am Montag. Schnell wurden die Häupter der Gefangenen angeklagt und, ohne viel Wesen zu machen, zum Tode verurtheilt. Am Mitt=woch zogen sie mit zwei Bürgermeistern, darunter den alten dickleibigen Tile vam Damme, auf den Hagen=markt und ließen ihnen die Köpfe auf weißen Braun=schweigischen Laken abschlagen. Da Tile vam Damme wegen seiner Dicke nicht niederknien konnte, so gestattete man ihm, auf seinem Sessel zu sitzen, auf dem er in besseren Tagen zu sitzen pflegte. Dann zogen sie in die Neustadt. Hier vor dem Weinkeller wurden auch zwei Rathsherren hingerichtet, zwei Bürgermeister ließen sie vor ihren eigenen Häusern tödten. Als aber bei dem Umzuge ihnen ein Bürgermeister mahnend und

strafend entgegentrat, schlugen sie ihn auf der Stelle
todt.

Während dies in der Frühe geschah, waren draußen
vor den Thoren Sendeboten der Räthe von Hildes=
heim, Goslar und Helmstedt eingetroffen, ebenso einige
Boten vom Bischof zu Hildesheim. Auch Herzog
Albrecht von Grubenhagen, der gerade in der Nähe
weilte, ritt herzu und begehrte Einlaß. Aber Allen,
selbst dem Herzog, wurde der Einritt verweigert. Er
erinnerte daran, daß die Stadt auch ihm mit Huldi=
gungseiden verbunden sei; er bat, seinen Rath und
seine Bürger nicht zu morden, und erbot sich, über
die Gefangenen nach Gebühr richten zu helfen: wenn
Einer ans Leben gebrochen, daß er's mit dem Leben
büße, wenn ans Gut, mit dem Gute, daß aber der
Unschuldige unschuldig bleibe. Die Hinausgeschickten
erwiderten, daß sie darum sprechen und ihm Antwort
bringen wollten. Doch statt des gewünschten Bescheides
erwiderten sie ihm, daß die Häupter derer, die er
retten wollte, gefallen wären. Da saß er auf und
ritt mit großem Jammer und Unmuthe von dannen.

Am Donnerstag traf ein Schreiben vom Kaiser
Karl aus Tangermünde ein. Von dorther mahnte
er ab von Mord und Ungericht und gebot, die Zwie=
tracht zum Austrage der Fürsten und Städte zu ver=
stellen. Aber man machte sich wenig daraus, denn
man wußte, wie der Kaiser für eine gute Verehrung
gern seine Einmischung unterlassen würde."

„Wann war denn hier in Hamburg die Nachricht?“ fragte der alte Bunstorp.

„Es war wie ein Lauffeuer durchs Land geflogen“, sagte Tideke. „Hier war die Nachricht am Freitag Morgen: ich schloß gerade meine Bude im Fleischschrangen auf, da erzählte mir der Frohn, in Braunschweig sei der Teufel los, er hätte es auf dem Rathhaus gehört.“

„Am Freitag war der schlimmste Tag,“ setzte Siegfried hinzu.

„Was, kömmt's noch schlimmer?“ sagte ein spindeldürrer Leineweber vom schmalen Werk,[27]) der noch immer bei der ersten Kanne saß und mit offenem Munde und ganz entsetzt zugehört hatte.

„Ha, ha,“ lachte Tideke, „seid nicht so furchtsam, es ist ja nur in Braunschweig. Oder was meint Ihr, wenn's auch hier losginge?“

„Wenn's Alles in Ordnung abgeht,“ meinte der Leineweber vom schmalen Werk, „und's Alle thäten, so würde ich auch mitthun. Der neue Schoß behagt mir nicht. Schmales Werk giebt schmales Geld, und der neue Schoß raubt Einem noch den letzten Trunk Bier.“

Siegfried begann darauf wieder: „Am Freitag wurde über den Bürgermeister Kort Döring und einen Rathmann Gericht gehalten. Diesmal hatten die Wortführer die Anklage in einer Schrift verzeichnet, und dieselbe lautete dahin, daß sie schädliche Neuerungen, Schoß u. dgl. gestiftet hätten.“

Bei dem Worte Schoß warf Tibeke dem Leine=
weber einen fragenden Blick zu.

„Das Urtheil war fest, ehe es gefragt wurde,‟
fuhr Siegfried fort. „Schon im Voraus hatte man
auf dem Marktplatz den Sandhaufen anfahren lassen.
Zuerst erlitt der Rathmann den Tod. Dann trat
Kort Döring heran mit weinenden Augen, und er
sprach mit so beweglichen Worten zum Volke, daß ich's
mein Leben lang nicht vergessen werde. Es ist mir,
als geschähe es jetzt. Er war zum Sterben bereit,
und so sprach er zum Volke mit freimüthigem Herzen
und lehrte sie so säuberlich mit klugen Worten, wie sie
der Stadt Bestes thun sollten. Vor Allem zur Ein=
tracht mahnte er. Die, welche noch ihrem Hasse nach=
trachten möchten, beschwor er, denselben nun beizulegen,
des Hasses sei genug geschehen und an ihm gerochen,
mehr als zu viel. Allen legte er ans Herz, von
Stund' an einen Rath zu küren, dessen die Stadt auf
keine Weise entbehren könne; auf der Hut zu sein vor
den Fürsten und vor dem Abel, denn bei denen sei
keine Treue und kein Glaube. Und dann bat er noch=
mals, und die ganze Noth seiner Seele sprach aus
dieser Bitte, daß sie Niemand mehr tödten möchten.
Zu viel Blutes sei schon geflossen, mehr als die Stadt
fürs Erste verwinden könnte. Zuletzt fragte er die
umstehenden Wortführer, was sie ihm Schuld gäben,
oder was sie ihm wüßten, darum er sterben sollte.
Die übelthätigen Leute schwiegen stille dazu und sprachen
nicht ein Wort. Da wandte er sich von ihnen ab zum

gemeinen Volke und bat demüthig: wenn er Jemand
erzürnt hätte bei Tornei, Stechspiel, Schauteufel,[28]
Tanz, oder wo es sonst wäre, daß es ihm vergeben
sei um Gottes willen, er wolle ja gerne sterben. Es
standen da wohl tausend Menschen, Männer, Weiber
und Kinder, und alle weinten. Da wurde den Wort=
führern wohl bange, daß das Volk ihn wieder befreien
würde, und sie riefen dem Scharfrichter zu: „Hau
ab! hau ab!" Da sprach er zu dem Scharfrichter:
„Thue, was Dir befohlen wird", kniete nieder und
ließ sich den Kopf abschlagen.

Kaum war Kort Döring todt, da that es Vielen
leid, und sie hätten wohl eine Tonne Goldes ge=
geben, um die Getödteten wieder lebendig zu machen.
Aber sie mußten denen folgen, welche weiter stürmten.
Zwar des Mordens war ein Ende, aber von Milde
war nicht viel die Rede. Viele der Geschlechter waren
über die Mauern entkommen, aber sie wurden auf
immer verfestet und friedlos gelegt. Ihre Häuser und
Güter nahmen die neuen Gewalthaber und nahmen
daraus, was ihnen anstand. Und die sie noch ge=
fangen sitzen hatten, deren mußten Etliche die Stadt
verschwören zehn Meilen im Umkreise. Aber von
diesem Eide löste sie Bischof und Papst, weil er in
Leibesnoth geschworen sei, und bald verkündigten dies
die Pfarrer von allen Kanzeln zu Braunschweig.
Einige begnadigten sie, aber sie mußten sich in ihren
Häusern halten, und der neue Rath enthielt ihnen ihre
Renten, die sie vom alten Rath gekauft hatten. Zu

den neuen Rath kamen die Leute aus allen Gilden, vor allen die, welche dies angehoben hatten mit großem Vorsatz und lange damit umgegangen waren. Nur in der Altenwik blieb der alte Rath.

Die Noth der Stadt war darum aber nicht geringer, denn die Verfesteten wurden gehaust und gehegt in allen Seestädten, wie Ihr ja am Besten wißt, denn ich höre, daß ihrer Etliche bei Rathmannen von Hamburg wohnen. Die Hansestädte schrieben Tage aus, daß die Braunschweiger sich verantworten möchten, aber sie gingen nicht dorthin. Endlich wurde Braunschweig verhanset. Wenn auch nicht aller Handel plötzlich aufhörte und viele Städte den Hansespruch nicht ausführten, wie Magdeburg, dem auch der neue Rath die 4000 Mark Lösegeld zu zahlen versprochen hatte, — es ging doch Alles zurück. Der Verdienst wurde knapper und die Auflagen größer, und man wußte nicht, woher man sie nehmen sollte. Man murrte über den neuen Rath noch mehr als früher über den alten. Viele Bürger sagten aus Noth die Bürgerschaft auf, damit sie ihre Nahrung mit Handelschaft draußen finden könnten. Andere sagten in Briefen aus weiter Ferne sich von der Stadt los. Dazu ward die Stadt schwer befehdet, und die Bürger wagten kaum aus den Thoren zu sehen. Ich selbst wäre gern in Braunschweig geblieben, um dort Selbstherr zu werden, — ich war schon meine zwei Jahre dort bei einem Meister hintereinander in Arbeit gewesen, — aber da ich in diesen schweren Zeiten dort meine Nahrung nicht finden konnte, so bin ich hierher zurückgekehrt, um hier das Malerwerk zu treiben.“

Siegfried’s Erzählung hatte eine große Aufregung hervorgebracht. Obgleich die Kunde von den Braunschweigischen Vorgängen nicht ganz neu war, so hatte man doch noch keinen Augenzeugen der Begebenheit gehört. Jetzt sollte diese Erzählung vor einer versammelten Menge die schon in Hamburg glimmende Unzufriedenheit noch mehr nähren. Wenn auch die Hamburgischen Verhältnisse denen Braunschweigs so ungleich wie möglich waren, wenn es in Hamburg auch gar keine Geschlechter gab, wenn auch im Rath zu Hamburg zuweilen einige Handwerker saßen, Unzufriedenheit herrschte doch unter den Handwerkern. Jeder Handwerker hätte gern dies und das zu Gunsten seines Amts geändert, aber alle waren gegen den neuen Schoß, der besonders in Folge des letzten großen Krieges gegen Dänemark nöthig geworden war. [29]) Nur dies war der eigentliche Grund der Unzufriedenheit der Handwerker, deren Verhältniß zum Rath sonst meist ein freundliches war. Das lange Nichtbefragen der Wittigsten, [30]) unter denen die Werkmeister durch ihre Ueberzahl die größte Bedeutung hatten, hätte man noch ertragen, wenn nur der Rath keine neuen Auflagen gemacht hätte. Aber der Zeitgeist hatte die Gemüther überall aufgeregt. Der Handwerker, der gewerblich mächtig und wohlhabend geworden war, wollte im Rath ebenso viel gelten wie der Kaufmann. Wohl hatte man diesen und jenen Handwerker in den Rath Hamburgs gekoren, aber einer oder zwei unter vierundzwanzig Kaufleuten schien den Aemtern doch zu wenig. Zuerst waren unbestimmte Nachrichten aus den süddeutschen Städten nach Norden gekommen, denn der wandernde Handwerksknecht trug die Geschichte des neuesten Aufstandes stets wie eine Zeitung mit sich. Doch jene Städte lagen gar zu fern, als daß jene Nachrichten mehr als eine angenehme Feierabendunterhaltung gebildet hätten. Aber bald waren auch die Hansestädte von dem neuen Geiste ergriffen. Köln hatte blutige Kämpfe, die aber 1369 mit der gänzlichen Niederlage der Weber endeten. Der Bremische Zunftaufstand von 1366 war ein böses Vorbild für Hamburg. Der Braunschweigische Aufstand und seine lange Dauer sollten endlich entscheidend sein für die Hansestädte. So hatte sich die böse Seuche der Empörung, wie der Rath sagte, von Süden nach Norden, von Westen nach Osten verbreitet. Ein kleiner Anlaß genügte, um die Flamme des Aufstandes hell auflodern zu lassen.

„Ja," sagte ein alter Wollenwebermeister, „es ist keine Gerechtigkeit, daß wir die Kosten des Krieges bezahlen sollen, weil der König von Dänemark die Privilegien des Kaufmanns verletzt hat. Der Krieg ist für den Kaufmann geführt. Mag der Kaufmann allein die Kosten tragen."

„Gewiß, Johann, Ihr habt Recht," sagte der Werkmeister Tidecke. „Hat der Kaufmann nicht die größte Nahrung. Warum will man die Kosten von unserer geringen Nahrung nehmen?"

„Noch dazu," fuhr Johann ffort, „schädigt der Kaufmann die gemeinen Aemter und das Wollenwerk zu allermeist. Die Englandsfahrer führen englische Laken ein zum Verderb unseres Amtes. Wir dürfen unsere Laken, die wir mit eigener Hand gewebt, nicht einmal ausschneiden, wie wir wollen. Die Wand=schneider, die im Rathsstuhl das große Wort führen, nehmen uns die beste Nahrung. Darf nicht jeder Amtmann die Arbeit seiner Hände einzeln oder im Großen verkaufen, wie er will? Warum nicht die Wollweber? Der Kaufmann soll nur im Großen ver=kaufen. Aber wo bleibt da die Gerechtigkeit?"

„Ja," sagte Tibeke, „wenn wir nur einige Amt=leute mehr in den Rath bekämen, dann sollte es bald anders werden! Doch dann müßt Ihr es machen, wie die Kölner Weber, und noch etwas tapferer drein schlagen."

„Es ist sonnenklar," fiel der Krugwirth Timm ein, „daß die Reichen uns unterdrücken. Wo ist es erhört, daß ein Kaufmann zugleich ein Handwerk betreiben darf. Da hat mancher Kaufmann seine Schiffe, die ihm überflüssige Nahrung über die See bringen, und noch dazu hält er sich Brauerknechte, die ihm in einem oder in mehreren Brauhäusern Bier für die See [31] brauen müssen. Aber selbst kann er kein Bier brauen! Wer hat das weltberühmte Hamburger Weißbier er=funden, das Bürger und Edelmann von Brügge bis

Stockholm für das beste halten, als wir gelernten Bierbrauer? Wir haben die Mühe der Erfindung gehabt, und der Kaufmann nimmt den Verdienst. Ich will nicht einmal für mich selbst sprechen. — Ihr kennt ja Alle mein Bier. Da wollte ich neulich zwei Brau Bier nach Gröningen schicken. Die Bierprüfer hatten das Bier vorzüglich gefunden und ihm die erste Marke gegeben. Der Spunder hatte die Fässer geschlossen und des Rathes Accise richtig eingebracht, — da nahmen sie mir das Bier am Hafen zu der Stadt Bestem. Denn wer ein Brauhaus hat oder miethet, sagt ein wohlweiser Rath, der soll es nur für die Stadt krugweise verzapfen oder tonnenweise landeinwärts verkaufen, aber er soll es nicht seewärts im Großen verkaufen."

„Meister Timm," sagte Tibeke, „wir kennen ja Alle Euer Mißgeschick. Geht es nicht allen Hauerbrauern [32] so? Was aber noch schlimmer ist, wie geht es Henning, der das neue Bier erfunden hat? So lange er gewöhnlich Bier braute, ging es ihm ziemlich. Da kam ihm der Gedanke, ein neues Bier zu brauen. Zwei Jahre lang hat er es versucht. Oft hat er Hopfen und Malz fuderweise daran verloren, bis er endlich die richtige Farbe, Schmack und Kraft heraus hatte. Aber sein Erbe war mit Renten belastet, daß er die Zinsen versaß und von Haus und Hof mußte. Jetzt ist er Brauerknecht und nährt sich und seine Kinder kümmerlich. Aber die reichen Brauhausbesitzer werden mit jedem Tage reicher. Stets werden neue

Brauhäuser gebaut. Und wer baut sie? Der Kauf=
mann, nur der Kaufmann! Wohin soll das führen?
Sie können das Bier wohl verkaufen und das Geld
einstreichen, aber erfunden hätten sie es nicht, und
wenn sie zehn Jahre lang hätten Flethwasser trinken
müssen. Es muß ein Braueramt aufgerichtet werden,
und Ihr sollt sehen, wie die Verhältnisse der Stadt
anders werden. Das Brauhandwerk kann über fünf=
hundert Meister und über tausend Knechte ernähren,
und den wollte ich sehen, der uns dann von den
vierundzwanzig Rathssitzen nicht gutwillig zwölf ein=
räumen wollte. Thut das Handwerk zu dieser Stadt
Bestem nicht ebenso viel wie der Handel?"

Ein allgemeiner Beifall folgte diesen Worten Ti=
deke's. „Ein Brauamt! ein Brauamt!" riefen viele
Stimmen. Timm aber war in solcher Erregung, daß
er das nächste Faß als Freibier gab. Timm stellte
Jedem einen frischen Krug hin, doch als er an den
behäbigen Böttchermeister Bump kam, legte dieser, wie
gewöhnlich, seinen Pfennig auf den Tisch.

„Verschmäht Ihr mein Freibier? Eigenes Gebräu,
Meister Bump," sagte Timm beleidigt.

„Ich trinke kein Aufstandsbier," erwiderte Jener.

„Was, Aufstandsbier? Hört, laßt mich das nicht
zum zweiten Mal hören. Ist das Aufstand, dem
Handwerksmann sein Handwerk zu lassen und dem
Kaufmann seinen Handel? Hat der Kaufmann nicht
Waaren genug, die er ein= und ausführen kann: Korn,
Holz, Asche, Rosinen, Pfeffer? Wer hat unsere Hand=

werke anzutasten! Darf ein Handwerksmann Handel
treiben, so lange er sich seines Amtes nicht begeben
hat? Ist es ungerecht, daß Jeder das verkauft, was
er arbeitet."

„Hört, Timm," erwiderte Werkmeister Bump,
„Tideke hat in vielen Stücken Recht, aber es hat Alles
seine zwei Seiten. Wißt Ihr nicht, daß der Handel
Hamburgs Reichthum ausmacht? Der Kaufmann führt
seine Güter, so weit die Schiffe und die Frachtwagen sie
führen mögen, dorthin und hierher. Weiter reicht sein
Blick über die Länder und über das Meer, besser wird
er die Dinge einer großen Stadt leiten als ein Hand=
werksmann, dessen Auge nicht über seine Stadt hinaus=
reicht, höchstens bis zu den Städten, deren Jahrmärkte
er besucht. Es ist würdiger, daß er seine Arbeit fleißig
verrichtet, als daß er sie auf dem Rathsstuhl versäumt.
Der Rath schützt Euren Erwerb in der Stadt, aber
der Kaufmann muß sich selber schützen vor Gefahr in
der weiten, unsichern Welt. Sein Reichthum giebt
Euch die meiste Arbeit, — nicht wahr? Groß ist
seine Gefahr und sein Abenteuer. Heute steht er hoch
und morgen ist er ein Bettler, wenn der Sturm sein
Schiff vernichtet oder die Straßenräuber seinen Wagen
auffangen. Billig muß er auch mehr verdienen als
ein Handwerksmann, dessen Verdienst sicher ist, Jahr
aus, Jahr ein, denn das Handwerk hat einen goldenen
Boden. Der Handwerker treibt sein Geschäft für seine
Eine Stadt; und für Eure Stadt und das Land rings
umher braut Ihr Euer Bier. Laßt es den Kaufmann

jeewärts im Großen verkaufen. Ein verlorener Brau
Biers schadet ihm nicht. Aber Euch, Meister Timm,
ist es ein großer Verlust. Verlaßt nicht den goldenen
Boden des Handwerks und begebt Euch nicht auf
Abenteuer, — gleich wie der Kaufmann. Seid zufrieden mit dem Verzapfen des Bieres in den Mauern
dieser Stadt und streicht Euer baares Geld ein."

Die ruhige Rede Bump's schien Viele zu überzeugen, und der Leinenweber Schmacht sagte: „Meister
Bump hat auch Recht!"

„Ach was!" erwiderte Tibeke aufgebracht, „dummes
Zeug! Entweder Keiner hat Recht oder nur Einer.
Ihr seid wie ein Rohr, das sich stets vor dem Winde
neigt, der es zuletzt angeblasen hat. Meister Bump
hat sehr richtig gesagt: Handwerk hat goldenen Boden,
denn es bleibt in der Stadt und der Umgegend, aber
der Kaufmann geht auf Abenteuer über See und Sand
und muß seine Gefahr selber bestehen. Woher kommt
denn der Schoß, als vom letzten Krieg? Ist denn
dieser Krieg nicht für die Privilegien des Kaufmanns
im Norden geführt? Dann mag er sich mit seinem
eigenen Gelde schützen. Nicht wahr, Meister Bump?
Muß er dann nicht die Kosten bezahlen?"

Meister Bump saß mit verdutztem Gesicht da und
wußte kein Wort der Erwiderung zu finden. Da erscholl die Stimme des Schmieds Schütt: „Ja, Tibeke
hat Recht. Der Kaufmann soll seine Privilegien selber
schützen und die Kosten tragen."

Darauf fuhr Bickelstedt fort: „Nach Eurer eigenen

Meinung ist also der Schoß gänzlich ungerecht, wenn er den Aemtern mit auferlegt wird. Ihr werdet also mit den gemeinen Aemtern gehen, wenn sich dieselben auflehnen."

„Nein, das Böttcheramt wird treu zum Rathe und zum Kaufmann stehen, von dem es seine größte Nahrung hat. Des Kaufmanns Reichthum ist unser Aller Wohlstand und Nahrung. Wir dürfen den Kaufmann nicht sinken lassen, denn sonst fallen wir mit ihm. Darum müssen auch wir billig unsern Theil zum Schoß mit beitragen."

„Oho! Daher bläst bei Dir der Wind?" rief der riesige Schmied Schütt, der fast Alle ohne Weiteres duzte. „Du fürchtest, Deine Nahrung gekränkt zu sehen. Darum fühlst Du Dich so viel dummer, als die reichen Brauer. Wenn Du Dich zu dumm fühlst für den Rathsstuhl, sei unbesorgt, wir wählen Dich nicht."

„Als ob Ihr was zu wählen hättet!" rief spöttisch der Böttcher. „Gott sei Dank, denn sonst würdet Ihr schön was zurecht wählen."

Der Schmied Schütt wollte erwidern, doch der Knochenhauer Hauschild kam ihm zuvor und sagte: „Nein, weil er so dumm ist, darum wählt ihn vielleicht der Rath zum Kumpan. Die Kaufleute mögen schlau sein. Der Handwerker im Rath ist der Beste, der stets „Ja" nickt und mit den Beinen baumelt. Wir sehen es ja an dem ehrsamen Gerbermeister im Rath."

Hauschild's Worte nicht weiter beachtend, wandte

sich der Böttcher wieder an Schütt, also fortfahrend: „Schütt, Schütt, wenn Ihr nicht einmal Euer eigen Haus besorgen könnt, — im Kruge thut man das wohl schwerlich, — wie wollt Ihr die ganze Stadt berathen?“

Die Anspielung auf Schütt's Zechlust machte selbst bei des Böttchers Feinden Eindruck und erregte ihre Heiterkeit, wodurch der Schmied nur noch gereizter wurde. Er erhob sich daher in seiner ganzen Länge und sagte ihm in befehlendem Tone: „Bump, ich sage Dir, stecke Dein Geld ein und trinke Timm's Freibier; zum Worklauben habe ich keine Lust. Aber wenn Du Lust hast,“ und dabei streifte er die Aermel seines Wammses bis etwa zum Ellenbogen zurück und streckte ihm seine gewaltigen Arme entgegen. „Hüte Dich, Kundschafter des Raths, herrenhaltiger Amtmann, Du! Künftiger Kumpan des Raths, nicht aus Würdigkeit, sondern aus Dummheit!“

„Kundschafter, Späher des Raths!“ rief es durch= einander. „Er trinkt Timm's Freibier, oder —“

Doch der Böttcher ließ hartnäckig das Geld liegen und trank nicht, und als er dann dasselbe Meister Timm sogar in die Hand steckte, warf es ihm dieser an den Kopf. Bump sprang wüthend auf, um den Wirth zu fassen. Doch jetzt rief Schütt mit gewaltiger Stimme: „Rollt ihn hinaus!“

Das war das Zeichen zu einem allgemeinem Lärmen. „Rollt ihn hinaus! Rollt ihn hinaus!“ riefen ein Dutzend Stimmen.

„Was,“ rief Bump, voller Würde auf seine Brust

zeigend, „mich, einen geschworenen Werkmeister, wollt
Ihr hinausrollen?"

„Nicht den Werkmeister," rief Knochenhauer Hau=
schild, „sondern Bump, den Verräther der gemeinen
Aemter."

Darauf ergriff Schütt den Böttcher von hinten
unter die Arme, hob ihn hoch und ließ ihn zum all=
gemeinen Ergötzen einige Augenblicke mit den Beinen
in der Luft zappeln, während Timm's Knechte schnell
die Tonnen und eine Planke herbeiholten. — Alles
stürzte sodann auf die Hausdiele, wo die Knechte in
einiger Entfernung zwei Tonnen zurecht= und eine
Planke darüber gelegt hatten. Schütt hob mit seinen
starken Armen den Böttcher trotz alles Sträubens auf
das Brett, und die Uebrigen machten sich unter höhnischem
Zuruf daran, die Tonnen zu rollen. Meister Bump
wollte sich aus seiner schimpflichen Lage befreien, aber
vergebens, Schütt drückte ihn von der einen Seite
nieder wie ein Kissen und Hauschild von der andern.
An der Schwelle erhielt die vordere Tonne einen
gewaltigen Stoß, so daß sie zurückrollte und des
Böttchers Beine fast gequetscht hätte, wenn dieser nicht
dieselben noch rechtzeitig auf das Brett gezogen hätte,
was Allen außer ihm viel Vergnügen machte. Die
Tonnen wurden dann über die Schwelle gehoben
und auf die Straße gerollt, wo man Meister Bump
seinem Zorn und der höhnenden Straßenjugend über=
ließ. Die Thür wurde hart hinter ihm ins Schloß

geworfen, denn ein Ausgerollter war in aller Form aus einer Trinkgesellschaft ausgestoßen.

Kaum hatte man sich über dies Ereigniß beruhigt und fing an zu überlegen, ob das Böttcheramt wohl an einem etwaigen Aufstand Theil nehmen würde oder nicht, als eine neue aufregende Kunde kam. Ein Lehrjunge Tideke's trat in die Herberge und sagte: „Meister, Ihr sollt geschwind nach Hause kommen. Kniper und Swertute sind da und wollen den Blockgesellen in die Frohnerei setzen."

„Was, meinen Blockgesellen Detlef von Lübeck?" fragte Tideke erstaunt, „ohne seinen Meister und den Werkmeister zu fragen? Was hat er verbrochen?"

„Er hat vor dem Roland einen Reigen getanzt."

„Weiter nichts?"

„Ja, und dann hat er auch noch den Kniper gescholten und böse Worte gegen den Rath gesagt."

Neugierig fragten Viele den Jungen über die näheren Umstände, doch ohne mehr erfahren zu können. Tideke stand auf, und indem er sagte, man möchte, wenn's Zeit sei, wohl zusammen halten, verließ er mit seinem Lehrjungen den Krug.

Damit hatte die Aufregung des Tages ihren Höhepunkt überschritten. Die beiden Hauptvertreter der feindlichen Parteien, der Knochenhauer Tideke Bickelstedt und der Böttcher Bump, die die Uebrigen bei Weitem überragten, bildeten den Mittelpunkt des Gesprächs. Neuankommende Gäste erzählten auch von dem Auftritt vor den Buden der Garbrader, natürlich mit den üblichen Uebertreibungen. Jetzt fanden Siegfried und sein Vater auch Gelegenheit, die Braunschweigischen Gildebriefe noch an einige Werkmeister abzugeben, sowie mit Meister Bertram zu sprechen, bei dem er nächstens in Arbeit treten sollte, um das Meisterstück zu machen.

Alles hatte dazu beigetragen, sowohl die Erzählung von dem Aufstand, als auch die Briefe aus Braunschweig und der Auftritt vor dem Roland, die Gemüther aufs Höchste zu erhitzen. Es wurde sogar davon gesprochen, daß die Aemter die Rathmannen zwingen müßten, die Braunschweigischen Geschlechter, die sie hegten und hausten, der Stadt zu verweisen. Siegfried's Name aber war in Aller Munde, denn er war der Augenzeuge des Braunschweigischen Gildeaufstandes und der Ueberbringer der bewußten Briefe.

Viertes Capitel.

Die Gäste in Timm's Herberge hatten schon mehrere Male gewechselt, auch Siegfried's Vater war schon fortgegangen. Er selbst war geblieben, um seinen Schwager Hans zu erwarten. Endlich kam dieser, und die beiden Schwäger begrüßten sich herzlich und waren bald mit einander so bekannt, als hätten sie seit Jahren zusammen gelebt.

Am Abend waren die Meister fast ganz aus der Herberge verschwunden, während die Gesellen sich zahl= reicher einfanden. Auch in der vordern Stube waren die Tische fast ganz von Gesellen besetzt, zu denen sich allerlei anderes Volk gesellte, Krahnzieher, Ewerführer und Lübeckfahrer. Hier und da wurden die Ereignisse des Nachmittags besprochen, besonders das Abenteuer von Bickelstedt's Blockgesellen; so auch an Siegfried's Tisch. Bald aber kam man auf die Hochzeit und das zu machende Meisterstück, und schnell hatte man sich in die Geheimnisse des Schneiderhandwerks und die neuesten Moden zwischen Rhein und Elbe vertieft, die Siegfried ebenso interessirten wie seinen Schwager; denn die Maler malten ja die Heiligen fast stets in

Kleidern nach der neuesten Mode, oder näherten sie wenigstens stark derselben an. Im Allgemeinen aber vertrieb man sich die Zeit mit Würfeln, trotzdem der Rath es erst neulich verboten hatte. Hell klapperten die metallenen Würfelbecher, und jeder Wurf ward von den freudigen oder ärgerlichen Rufen der gewinnenden oder verlierenden Spieler begleitet. Da ging manch Wochlohn in einer halben Stunde verloren. Ein leicht= sinniger Knecht verspielte sogar das Hemd unter dem Gürtel. Doch der Gewinner nahm es nicht an, weil solches bei harter Strafe vom Amt verboten war. Auch Siegfried und Hans wurden von ihrem Nachbar, dem Schreiber Klaus, aufgefordert, am Spiel theilzu= nehmen, aber sie lehnten es ab, freilich nicht aus Gewissensbedenken, sondern weil sie sich noch zu viel mitzutheilen hatten.

Das Spiel ward plötzlich unterbrochen, denn drei starke Schläge in sorgfältig abgemessenen Zwischen= räumen ließen sich an der Thür vernehmen. Sieg= fried rief einem bärtigen Gesellen zu: „Altgesell, man klopft als Panzerschmied!"

Der angeredete Altgeselle der Panzerschmiede trat hervor aus dem Gelag, [33]) stellte sich feierlich auf und rief: „Der fromme Platenschlägerknecht trete ein."

Die Thür öffnete sich, und das Tornister lose an Einem Riemen auf der Schulter tragend, die Kappe auf dem Kopf, den Knotenstock in der rechten Hand, trat ein Geselle herein. Er hatte krauses, rothes Haar und einen eben solchen kurzen Bart um Mund und

Kinn, seine Gestalt war untersetzt und stämmig, sein Anzug und seine Schuhe staubig von der Reise. Seine etwas aufgeworfenen Lippen und hellen Augen zeugten von großer Keckheit.

Beide, der Fremde und der Altgeselle, faßten sich gegenseitig bei den Schultern, und leise sagte jener diesem den Handwerksgruß ins Ohr, damit ihn kein Unberufener höre, und dieser hieß ihn unter dem üblichen Ceremoniell willkommen und wies den Krug-vater Timm an, ihm Nachtlager und Herberge zu geben.

Doch der fremde Knecht setzte sich noch nicht, sondern sagte: „Die ganze löbliche Panzerschmiedege-sellenschaft zu Straßburg im Elsaß läßt die löbliche Gesellschaft zu Hamburg grüßen und folgende Knechte als unredlich erklären." Darauf holte er aus seiner Geldtasche einen langen Pergamentstreifen hervor und las: „Peter Straubinger, weil er die Geheimnisse ver-rathen; Gottfried von Ulm, weil er seines Meisters Tochter verführt hat. — Ferner hat mir die Gesellen-schaft von Frankfurt am Main aufgetragen, Hinrik von Lübeck als unehrlich zu verkünden, denn er hat seinem Meister zu billig gearbeitet und täglich eine Stunde länger als Handwerksgewohnheit ist. Sollte Hinrik hier oder in den Nachbarstädten arbeiten, so —"

Hier unterbrach ihn der Altgeselle: „Die Knechte der wendischen Städte ³¹) bilden keine Gesellschaft. Wir haben keine Büchsenschaffer außer zu Processionen.

Sind diese vorüber, so verlieren die Schaffer ihr Amt. Auch haben die Knechte der Seestädte keine Neigung, einen Bund gegen die Meister zu machen, denn sie sind zufrieden mit ihrem Lohne."

„Ich weiß es", erwiderte der Fremde, „daß die Knechte in den Seestädten noch keinen Bruderbund bilden. Aber Eure oberdeutschen Brüder lassen Euch dringend bitten, Gesellenschaften aufzurichten, damit Ihr stark und mächtig werdet, auf daß Euch die Meister nicht ganz nach ihrer Laune behandeln. Der ganze Nordosten von Deutschland hinter der Elbe ist noch weit zurück. Die oberdeutschen Brüder von der Donau und vom Rhein sind Euch weit voraus; aber sie werden nicht eher ruhen, bis auch Ihr Euer Bestes eingesehen habt. Ist der Altgeselle nur dazu da, die fremden einwandernden Gesellen umzuschauen [35] und ihnen das Geleit zu geben? Nein! er soll auch die Rechte seiner Brüder wahren."

„Das ist uns schon einmal von einem wandernden Knechte gesagt worden; aber es hat keinen Zweck. Darum bemühe Dich nicht weiter, Bruder Platen=schläger, sondern ruhe Dich aus von Deiner Reise."

„Ich darf nicht eher ruhen, als bis ich alle Auf=träge ausgerichtet habe. Du unterbrachst mich vorher. Hier ist ein Scheltebrief der Lüneburger Gilde gegen den Schmiedeknecht Gerd von Winsen, der seinem Meister mit dem vorgeschossenen Gelde entlaufen ist und in Hamburg arbeiten soll." Er zog aus seinem Felleisen einen neuen Brief und überreichte ihn ver=

schlossen mit Schnur und Wachs dem Altgesellen. Zugleich holte er einen alt und schmutzig aussehenden Brief hervor, den er selbst entfaltete. „Hier," sagte er feierlich, „ist ein Brief der Gesellenbrüderschaft zu Straßburg an die Brüder in den Seestädten. Ich selbst bin zwar der hochdeutschen Sprache mächtig wie der sächsischen und wendischen, aber ich vermag nicht geläufig zu lesen, noch viel weniger die hochdeutschen Worte sogleich ins Sächsische zu übersetzen. Ist hier Jemand mächtig dieser Kunst, der möge denselben lesen."

„Klaus!" riefen mehrere Stimmen zugleich. Und neben Siegfried erhob sich eine schlanke Gestalt mit feinen, blassen Zügen und dunklem Haar und griff nach dem Brief. Doch der Altgeselle trat dazwischen und sagte: „Ich weiß nicht, ob ich es erlauben darf, einen Brief an uns lesen zu lassen. Die Werkmeister könnten mich des Amts für immer in Hamburg ent=setzen. Auch die Werkmeister öffnen nie selber ihre Briefe, sondern geben sie zuvor dem Rath."

„Bruder Altgeselle," rief der Fremde, „keine alte Gewohnheit und keine neue Satzung verbietet den Knechten, Briefe zu empfangen und zu lesen, denn selten kam ein Brief an Euch. Glaubt mir, ich kenne die Zunftrechte vieler Städte. Schmälert Euch nicht selber Eure Freiheit. Kannst Du hier nicht Selbst=herr werden, hat nicht das römische Reich viele herrliche Städte, worüber die Werkmeister von Hamburg keine Macht haben?"

„Laß ihn lesen!" riefen mehrere Stimmen, „kein Gesetz verbietet es. Hörst Du, Altgeselle?"

So sah sich der Altgeselle genöthigt, wider seinen Willen nachzugeben. Klaus hatte inzwischen den Brief durchgesehen und im Geist schon ins Sächsische übersetzt. Er begann jetzt unter großer Aufmerksamkeit der Gesellen:

„Allen, die diesen Brief sehen oder hören lesen, bieten Altgesell und Büchsenschaffer der Panzerer zu Straßburg im Elsaß ihren freundlichen Gruß zuvor. Lieben Brüder! Selten kommen Brüder der sächsischen Sprache in unsere Gegenden und selten von uns zu Euch, denn Eure Meister mögen nicht, daß Ihr weiter geht als in die Seestädte. Aber Ihr habt wohl dennoch gehört, daß die Brüder der oberdeutschen Städte gar viel Streit in diesen geschwinden Zeiten mit der Meisterschaft gehabt haben. Besonders aber wollen uns die Meister den guten Montag nicht zulassen. In einigen Städten haben unsere Brüder alle Jahr vier gute Montage erkämpft, oder noch mehr, an denen die Gesellen für sich selber arbeiten, damit sie ihre geringe Nahrung verbessern, oder sich ruhen. Aber Ihr wißt, die Meister geben nie gern nach, sondern immer nur, wenn sie müssen. Darum werden sie uns diese Montage wieder nehmen, wenn die Meister der anderen Städte nicht bald folgen. Dazu müßt Ihr das Eure thun, wie wir es zuvor für uns und Euch gethan haben. Schließt einen Bruderbund, um Eure kranken Brüder zu unterstützen und die todten Brüder christlich zur Erde zu bestatten. Haltet Auflage und schafft eine Büchse an. Sendet auch fleißig mit den wandernden Knechten die Namen der unredlichen Knechte und der widerwilligen Meister, damit wir sie mit unserem Recht zu unserem Willen zwingen. Schickt auch Abschriften dieses Briefes an die Knechte unseres löblichen Handwerks in die nächsten Städte, damit alle Knechte wissen, was im Reiche vorgeht. Eurer Antwort harren wir mit dem nächsten Knecht, der in unsere Stadt wandert."

Der Brief wurde aufmerksam angehört, aber nicht gerade mit großem Beifall begrüßt, denn die kühlere sächsische Art konnte nicht so schnell erglühen. Doch man wünschte, eine Abschrift von diesem Briefe in sächsischer Sprache zu haben, um zu wissen, was draußen im Reich vorginge. Der fremde Gesell hatte auch, wie es schien, vorläufig gar nicht mehr erwartet. Er setzte sich darauf unten an den Tisch neben Hans und Siegfried und begann sein einfaches Mahl von Brod und Speck zu verzehren. Klaus ging indessen an die Arbeit des Abschreibens. Sein Handwerkszeug hatte er bei sich. Aus seiner Geldtasche, die ihrem eigentlichen Zwecke selten genug diente, holte er ein kleines Hornbintenfaß heraus: am Gürtel hing ihm eine Büchse, ähnlich dem Pennal unserer Schulknaben, aus der er Gänsefedern, einen eisernen Griffel, Zirkel und ein kleines Lineal hervorholte. Aus einer innern Rocktasche zog er eine Rolle Pergament hervor, die schon vorher geglättet war. Er maß den Originalbrief und maß von seinem Pergament dieselbe Länge ab, obgleich es schmäler war; aber dafür war die sächsische Sprache kürzer und bündiger. Darauf nahm er das Federmesser, das er an einem Bande am Halse hängen hatte, und schnitt das Pergament zurecht. Durch Rollen nach der andern Seite verlor das Blatt seine Krümmung, und nachdem Klaus mit dem eisernen Griffel Linien hineingedrückt und seine Feder geschnitten und am Nagel des linken Daumens geprüft hatte, machte er sich an die Arbeit. Die nächsten Nachbarn zogen sich ein Wenig zurück, und Jeder hielt sich ruhig, damit der Tisch nicht gestoßen würde, und Alle sahen ihm eifrig zu. Zwar war das Lesen und Schreiben manchem Gesellen nicht unbekannt, aber ein Schreiber von Beruf hatte doch noch etwas ganz Besonderes: der las Alles schlank weg, ohne viel zu buchstabiren, der schrieb mit einer Leichtigkeit die schwungvollsten Buchstaben auf das Pergament, als schriebe er sie in die Luft. Sie selber schrieben, wenn sie es thaten, wunderbar verkrüppelte Buchstaben, denn ihre Hand war schwer von der täglichen Arbeit des Handwerks, und selbst ihre Namensunterschrift vermieden sie gern und setzten am liebsten die Hausmarke. Das sofortige Umschreiben vollends von einer Sprache in die andere schien ihnen fast unerhört zu sein. Bei manchen Stellen, die Klaus schrieb, stieß wohl Einer den Andern an, um ihn auf die besondere Schwierigkeit dieses großen Buchstabens aufmerksam zu machen. In einer Viertelstunde hatte Klaus seine Arbeit vollendet und

ein „Ach" des Erstaunens entfuhr manchen Lippen:
so sorgfältig und sauber hatte Klaus seine Arbeit vollen=
det. Ein Buchstabe war genau so hoch wie der
andere, und besonders die Anfänge der Zeilen standen
so senkrecht, wie ein gutgelothetes Haus. Die Ge=
sellen sammelten einige Pfennige und überreichten sie
Klaus, dem sie vortrefflich zu Statten kamen, da er
soeben den letzten Heller verspielt hatte. Die Hälfte
davon wollte er sogleich als Spielschuld zurückzahlen,
doch erließen ihm die Betreffenden dieselbe großmüthig
als ihren Antheil an den Kosten der Abschrift. „Nun,
da wäre wieder ein Abendessen verdient," sagte Klaus
vergnügt und ertheilte Timm seine Befehle für Brod,
Käse und einen Krug Bier.

Indessen hatte sich auf dem Hausflur ein Gepolter
bemerklich gemacht und, als der Tisch von den Schreib=
materialien befreit war, kamen viele Lehrburschen herein
und brachten den Gesellen ihrer Werkstätten das Abend=
essen auf zinnernen Tellern in den Krug. [36] Sieg=
fried's Bruder, der bei Meister Unruh das Schneider=
handwerk lernte, brachte es für Hans Hesse vom
Meister und für seinen Bruder von den Eltern. Ge=
sehen und begrüßt hatten sich die beiden Brüder schon
am Nachmittag, und so mußte Dirk, trotzdem sein
eigener Bruder und Schwager am Tische saßen, zurück
an die Thür, bis das Abendessen verzehrt war. Dort
tranken die Lehrburschen schnell stehend einen Krug
Bier für ihre eigenen Pfennige oder aus der Spende
ihrer Knechte. Die Gesellen gaben bald die Zinnteller

zurück, die Jungen banden sie in ihre Tücher und trollten sich von dannen. Der Altgeselle aber verließ auf einige Augenblicke das Zimmer und flüsterte indessen auf der Diele mit einem Lehrburschen. Mit einem forschenden Blick auf den fremden Knecht kehrte er wieder zurück und setzte sich an seinen Platz. Dieses war dem Fremden und Klaus nicht entgangen, da sie den Altgesellen aufmerksam beobachtet hatten.

Nach dem Essen begann die Unterhaltung auf's Neue, deren Mittelpunkt der Fremde bildete. „Nicht wahr," sagte der Altgeselle, indem er jenem einen halben Krug zutrank, „es ist ein herrliches Bier, das neue Hamburger Weißbier?"

Der Fremde that ihm Bescheid und sagte: „Alt= geselle, ich habe das Bier schon in Lüneburg getrunken und weiß es zu schätzen. Aber die Lüneburger Brüder trinken es mit besseren Formen und halten mehr auf Brüderlichkeit. Wem man zugetrunken hat, dem soll man nicht zürnen."

Der Altgeselle verfärbte sich und wurde verlegen. Siegfried fragte den Fremden jetzt, warum er die Lüne= burger Gesellen höher stelle, und der Fremde erwiderte, weil sie einen Bruderbund gebildet hätten. Die hohen Worte des Fremden nicht weiter beachtend, sagte Sieg= fried: „Warum hast Du jetzt Urlaub? Es ist doch Beizeit ³⁷) und keine regelmäßige Wanderzeit."

„Ich wandere," erwiderte Jener, „wenn ich Lust habe. Wenn draußen der Wald grün ist und die Haide blüht, kann ich's nimmer ein ganzes halbes Jahr beim

Meister aushalten. Mit meinem Tornister auf dem Rücken zog ich wohl über tausend Brücken, sah das ganze römische Reich und manches umliegende Land."

„Wie willst Du denn je Meister werden? Dann kannst Du ja nie Deine zwei oder drei Muthjahre ausdienen."

„Freilich die Meisterschaft zu erlangen, habe ich längst aufgegeben. In Nürnberg versuchte ich's zum zweiten Male. Drei Vierteljahr hielt ich's aus, doch die Wanderlust ergriff mich und ich mußte wieder weiter. Hier in den wendischen Städten ist mir überhaupt jede Aussicht auf die Meisterschaft verschlossen, da meine Mutter eine Wendin war. In Wismar, wo ich gelernt habe, schnüffelten die Werkmeister meine halbwendische Geburt heraus, als ich das Amt zum dritten Male eschte und meinen Geburtsbrief bringen sollte. Meine Geliebte verließ mich schmählich und heirathete vier Wochen darauf einen Meisterssohn. Seitdem kam ich nicht wieder zur Ruhe."

„Ein Wende!" riefen halblaut verschiedene Stimmen; und der Fremde, der als ein alter Stromer den Muttersöhnchen, die über Hamburg und die nächsten Orte nicht hinausgekommen, schon großen Respect einflößte, wurde jetzt mit noch größerem Staunen betrachtet.

„Ist ein Wende kein ehrlicher Mensch?" fuhr der Fremde fort. „Zum Lehrjungen und Knecht ist auch ein Wende gut genug; aber zum Meister ist er unfähig?"

Diese Wendung des Gesprächs war den meisten

Gesellen doch unangenehm. Wohl wünschten sie jähr=
lich einige gute Montage, wenn's anging, jede Woche
einen; aber Wenden zum Amt zuzulassen, das schien
auch ihnen unerhört, denn dies gehörte einmal zu den
Vorurtheilen jenes Zeitalters. Dann hätten ja bald
die Juden auch ein Handwerk treiben können. Das
Murren und Flüstern der Gesellen wurde durch Klaus
unterbrochen, der dem Wenden zutrank und sagte:.

„Ja, fremder Knecht, Du hast Recht. Die Städte
des römischen Reichs bieten nur dem ein glückliches
Loos, der seine Eltern vorsichtig gewählt hat. Was
macht es aus, ob Deutscher, ob Wende, sind wir nicht
Alle Menschen, und dienen wir nicht demselben Gott
und demselben Kaiser? Warum straft man an den
Kindern, was sie nicht gefehlt haben? Wollte man
die Thorheiten der Eltern an allen Kindern ahnden,
wo wäre Ein Gerechter auf Erden?“

Der Wende sah ihn freudig erstaunt an und sagte:
„Du bist ein braver Kerl, wer Du auch seiest. Solche
Sprache hörte ich selten in Niederdeutschland. Nenne
mir Deinen Namen, damit biedere Gesellen in der
Ferne Dich auch kennen lernen.“

„Ich heiße Klaus,“ antwortete Jener.

„Und welches ist Dein Beiname?“

„Ich kenne weder Vater noch Mutter. Auch ich
bin ein Ausgestoßener. Als gefundenes, vielleicht un=
echtes Kind sind mir alle Handwerke verschlossen. Ich
habe noch keinen festen Beinamen. Einige nennen mich
„Schüler“, weil ich durch ein Kloster gelaufen bin und

Lesen und Schreiben gelernt habe. Andere nennen mich
„Schreiber“, weil ich den Leuten für ihre Pfennige
allerlei Schriften schreibe. Noch Andere nennen mich
„Klaus von Harsefeld“, weil ich in Harsefeld in der
Klosterschule war und dort meine Jugend verlebte. Ich
höre auf alle drei Namen und Viele kennen mich unter
allen dreien oder doch einem derselben.“ [38])

„Nun, Klaus Schreiber,“ sagte der Wende, „laßt
uns Freunde sein. Es giebt viel Unrecht in der Welt,
selbst im Weichbildrecht, wo die Freiheit und Gleichheit
wohnen soll. Wall und Mauern allein machen die
Freiheit nicht. Wir freilich werden’s nicht erleben, daß
die Wenden und die Unehelichen Handwerksmeister werden
können. Aber wenn unsere Art es auch erst nach unserm
Tode erreicht, wir sollen darum nicht aufhören zu
streben, daß Alle gleich behandelt werden. Wenn wir
Ausgestoßenen uns nicht selber wehren, die, welche im
Fette sitzen und alle Rechte genießen, fühlen nie das
Unrecht, das auf dem Andern lastet. Nie werden sie
dem Armen freiwillig seine Last erleichtern oder ab=
nehmen, wenn er dieselbe sich nicht selber abschüttelt.
Und das nennen sie dann Frevel. Selbst machen sie
die Gesetze gegen die Unglücklichen, und übertritt er sie,
so schreien sie Zetermordio über Friedensbruch. Aber
diese Gesetze selbst sind das Unrecht.“

„Guter Freund!“ fiel ihm jetzt Siegfried ins Wort.
„Du bist ingrimmig und verbissen, und nennst Unrecht
Recht und Recht Unrecht. Du bist ein schlechter Bote
und Freund der oberdeutschen Brüder, die freilich

etwas hitziger sind und fortgeschrittener als die nord=
deutschen Knechte. Jener Brief ist mäßig genug. Auch
ohne Gesellenbrüderschaften haben viele Aemter jährlich
vier gute Montage. Krankenbüchsen und Seelmessen
für die Brüder sind wahrlich keine schlechte Sache.
Und wenn ich demnächst Meister werde, so werde ich
keinem Gesellen sein gutes Recht nehmen. Aber auch
der Meister, seine Frau und seine lieben Kinder wollen
leben. So lange der Geselle noch strebt, Meister zu
werden, so lange fügt er sich der Ordnung, die die
Meister setzen, und die auch ihn einst stützen wird. Es
ist recht traurig, daß Du ein Wende bist und kein
volles Zunftrecht erhalten kannst. Aber sei treu und
fleißig und vielleicht belohnt Dich der Rath dieser oder
einer andern guten Stadt für Deine Person mit dem
Platenschlägeramt. Da Du ja den Gesellen am liebsten
keine Arbeit giebst, so arbeitest Du sicher viel lieber
allein. Oder willst Du ihnen Brod und Bier, Dach
und Fach geben, wenn sie reihen und lustwandeln und
im Kruge sitzen?"

„Ah! Herr Meisterknecht," entgegnete der Wende,
indem er spöttisch seine Kappe abnahm und wieder
aufsetzte. „Ihr habt gut milde denken und reden.
Wäret Ihr an meiner Stelle, Ihr sprächet sicher
anders. Ich will das Amt nicht als Freimeister,[39])
nicht halb und aus Gnaden haben, sondern ganz mit
Knechten und Lehrlingen, weil ich dasselbe verstehe.
Es ist kein Knecht oder Meister in allen wendischen
Städten, der meine Arbeit schelten und bessern könnte.

Aber der Gesell, der nicht selbstständig werden kann und darf mit all' seiner Kunst, der muß unzufrieden werden; denn Jeder sehnt sich darnach, eigen Feuer und Rauch zu haben. Meisterknecht, der Wende strebt so gut als Ihr, selbstständig zu werden, aber er darf nicht. An Kunst nehme ich's mit dem ganzen Hamburger Amt auf."

„Prahler, alter Stromer," rief es jetzt von mehreren Seiten, und der Altgeselle athmete leichter auf, als sich ein allgemeiner Unwille wider den Wenden erhob. Schon mehrere Male hatte er ängstlich nach der Thür gesehen. Endlich hörte er schwere Fußtritte, Schwerterklirren und Stimmen von der Diele, und gleich darauf traten die beiden Werkmeister des Amts, der Platenschläger Giseke und der Malermeister Bertram ein, Beide in dunkelblauen Sonntagswämmsern, Letzterer sogar mit silbernem Gürtel.[39a] Beiden folgten die Rathsdiener Kniper und Swertute, der mit seiner stattlichen Leibesfülle und seinem struppigen Schnurrbart die gehörige Kraft und Energie verband und gewöhnlich nur von Kniper zur Verhaftung ganz desperater Kerle hinzugezogen wurde. Heute aber erschien dem Kniper nach dem bösen Abenteuer vor dem Roland jeder Handwerksknecht als ein gefährlicher Mensch. Der Platenschlägermeister fragte den Altgesellen: „Wo ist der verlaufene Knecht, der Aufwiegler? Wo sind die Schriften?"

Noch ehe der verlegene Altgesell antworten konnte,

erhob sich der Wende und sagte höhnisch: „Wird so
in Hamburg das Bruderbier getrunken?"

„Kniper und Swertute," sagte der Werkmeister,
„ergreift ihn und der Frohn möge ihm morgen am
Pranger mit Staupenschlag zeigen, was Hamburger
Recht ist."

Die Diener ergriffen ihn, was der Wende willig
geschehen ließ, und führten ihn ab. Viele Knechte ver=
ließen zugleich die Herberge und gaben ihnen das Geleit
zur Büttelei. Aber manche der zurückgebliebenen Knechte
murrten aus Furcht vor den Werkmeistern heimlich:
„Altgeselle, das war unredlich." Die Meister fragten
nach der Abschrift des Briefes, aber keiner der An=
wesenden wollte sie haben, sondern einer der fort=
gegangenen Knechte sollte sie bei sich haben. Indessen
fanden sie zu ihrer Freude das Original im Felleisen,
welches sie durch einen zuverlässigen Knecht fortschaffen
ließen; den übrigen Knechten geboten sie für heute
Feierabend zu machen, was jene ohne Widerrede
thaten.

Am Frohsten von Allen, die an den Ereignissen des
Tages Theil genommen hatten, war Timm. Er löschte
alle Fackeln bis auf eine und, nachdem er Haus= und
Stubenthür verriegelt und das Fenster sorgfältig ver=
hängt hatte, zählte er beim trüben Licht eifrig die
eingenommenen Pfennige zu Schillings= und Mark=
häuflein ab. Er war zufrieden. Wollte der Himmel,
dachte er, alle Tage zwei so biedere Knechte mit schönen
Märlein aus der Ferne in meinen Krug kommen lassen,

wie diesen Maler und diesen Wenden, und ab und an
einen kleinen Zunftaufstand werden und einigen Geschlechtern die Hälse brechen lassen, wenn's auch nur in
Braunschweig und in Bremen ist, dann läßt es sich
auch als Hauerbrauer in Hamburg leben.

Fünftes Capitel.

Seit vielen Jahren hatte man in Hamburg nicht so viel Wichtiges zu erzählen gehabt, als an dem Montage, der auf die erzählten Ereignisse folgte. Schon am frühen Morgen, als die Badstuben den Frauen geöffnet waren, wurden dort die verschiedenen Ereignisse besprochen. Und als um zwei Uhr die Männer zu baden anfingen, wurden die Erzählungen noch lebhafter. Daß es zu einem Ausbruche kommen würde und müßte, schien Allen gewiß. Auch Tidefe Bickelstedt begab sich in die Badstube und suchte die für den Aufstand günstige Stimmung zu schüren. — Aber auch die Gesellen waren merkwürdig erregt, denn es verbreitete sich das Gerücht, daß der wendische Geselle aus der Frohnerei spurlos verschwunden und in der ganzen Stadt nicht zu finden sei. Kniper hatte selbst den ganzen Keller und die ganze Stadt, sogar die Flethe untersucht. Kein Thorwächter hatte ihn gesehen; verschwunden war und blieb der Wende.

Malermeister Bertram, schon am frühen Morgen durch den Rathsdiener davon unterrichtet, hatte Siegfried die neue Kunde erzählt, als er ihm für den nächsten Tag die Arbeit anwies. Diesen Tag wollte Siegfried noch den Seinigen widmen. Als er auf dem Heimwege durch die Bäckerstraße ging, rief ihn sein Schwager Hans Hesse aus dem offenen Fenster an: „Guten Morgen, Siegfried, so eilig!" Der Angeredete sah auf und erblickte hinter dem offenen Fenster auf dem Schneidertische platt sitzend Hans Hesse, dessen Nebengesellen und seinen eigenen Bruder, die schon fleißig nähten. Im Hintergrunde stand Meister Unruh an einem Tische mit der großen Schecre in der Hand und grübelte, wie er für den etwas völligen Bürgermeister Krauel die Rundung des Leibes am Vortheilhaftesten für sich herausbrächte.

Siegfried trat ans Fenster und erwiderte den Gruß. Auch Meister Unruh trat heran und lehnte sich quer über den Tisch, damit er bequem aus dem Fenster sprechen konnte, und sagte, nachdem er Siegfried's stattliches Aussehen gebührend bewundert und gehört, daß er bei Meister Bertram das Meisterstück machen wolle: „Was meint denn Meister Bertram zu der Flucht des Wenden?"

„Bis jetzt weiß man gar nichts," erwiderte Siegfried. „Als der Frohn dem Gefangenen heute sein Brod und Wasser in den Kerker bringen wollte, war die Thür wohl verschlossen, aber das Nest war leer."

„Verschlossen — die Thür?" fragte Meister Unruh erstaunt. „Aber wie stand es denn mit der Kellerluke?"

„Auch die war unversehrt."

„Es ist ein Schwarzkünstler," sagte Hans, „er kann sich unsichtbar machen."

Indessen war auch der gegenüber wohnende Bäcker Düretieb aufmerksam geworden. Er überließ seiner Frau den Verkauf am Fenster und kam in seinem mehligen Schurzsack und in Holzpantoffeln über die Straße, und sein Werkgeselle folgte ihm neugierig.

Als Siegfried dies sah, ging er zu seinem Schwager in die Werkstelle, dem er Grüße von seiner Schwester bestellte, und mit dem er für den freien Nachmittag Allerlei verabredete. Düretieb aber, an das begonnene Gespräch anknüpfend, sagte: „Ach was, ich weiß es ganz genau: Ghese nämlich, des Kniper's Frau, die immer bei mir Schwarzbrod backt und Schön-roggen kauft, sagte, als sie heute Morgen da war: Kniper hat gesagt, sagte sie, es ist kein Anderer ge-wesen, als der Böttchergeselle, der Lübecker, der neulich warme Speise zu seinem Nebenknecht brachte, der drei Tage Brod und Wasser essen mußte. Aber die Werk-meister setzten ihn zu ihm und er mußte selber drei Tage Brod und Wasser genießen. Dieser Knecht, den Lübecker meine ich, hat ihn herausgelassen. Der kennt die Frohnerei von außen und innen und alle Knechte des Frohns."

„Hat ihn Jemand gesehen?" fragte Meister Unruh.

„Das sagte die Kniper'sche nicht. Aber, sagte sie, mein Mann kriegt Alles heraus; er weiß oft mehr als der ganze Ehrbare Rath. Und das müßt Ihr sagen, Meister Unruh, eine gewaltig feine Nase hat der Kniper. Was kein Mensch herauskriegt, selbst der weise Vogt nicht und der Frohn mit der eisernen Jungfrau, der Kniper sieht es den Leuten an den Augen ab. Wie oft hat er einen Bösewicht nur daran erkannt, daß er ihn nicht gerade ansehen konnte. Und das muß ich sagen, er versteht sein Handwerk so gut, als ich die Fast= und Weißbäckerei."

„Ach was, Düretied," erwiderte Unruh, „er läßt ja auch Alles bei mir machen. Neulich habe ich ihm noch seine neue, graue Joppe gemacht und soll ihm wieder seinen Wintermantel machen. Und wen ein Schneider unter Scheere und Nadel hat, den kennt er ganz genau. Der Kniper thut nur so, der weiß nichts, gar nichts, sage ich Euch. Er ist ein Prahler und ein Bangbüchs dazu. Da lobe ich mir den Hausdiener Swertute. Der sagt gar nichts, aber wen er faßt, den hat er fest, der kommt ihm nicht mehr aus der Stadt. Weil der Kniper nichts kann, darum giebt er sich immer den Schein, als wüßte er alle Geheimnisse des Raths. Aber der Rath bindet sie ihm gewiß nicht auf die Nase, wenn sie auch noch so lang ist. Nein, Düretied, ich sage Euch, der Kniper macht Flausen. Er hat ihn schlecht eingesperrt, und er will's nachher nicht gewesen sein. Düretied, seht, es ist gar nicht möglich, daß der Lübecker es gethan hat. Wer es einmal mit den Werkmeistern zu thun gehabt hat, der hütet sich wohl, uns zum zweiten Male in die Hände zu fallen, denn Ihr wißt, wir fackeln nicht lange. Was thut Ihr, wenn ein Geselle aufsässig ist,

Türetieb? Wenn Ihr ihn selbst nicht zur Vernunft bringen könnt, dann müssen's die Werkmeister. Und welchen Knecht könnten die Werkmeister nicht zwingen? Wer ein Mal die Frohnerei geschmeckt hat, der bleibt gern zum zweiten Male davon. Denn sonst verbieten wir ihm das Handwerk für immer in Hamburg. Und was hat er davon? Er bleibt ein Geselle sein Lebelang. Und macht er's zu arg und wandert fort, wir treiben ihn auf mit Scheltebriefen, daß es kracht, daß er in keiner Seestadt mehr bleiben darf. Nein, Türetieb, der Lübecker war's sicher nicht. Denn wer einmal mit uns Werkmeistern — —"

Der behäbige Bäcker Türetieb hätte gern diesen Wortschwall unterbrochen, aber Meister Unruh ließ ihn nicht zu Worte kommen. Endlich sagte er ehrfurchtsvoll: „Ja, ja, ich glaub's Euch gern, Meister Unruh, denn wenn die Werkmeister keinen Gehorsam mehr finden, was soll aus den ehrbaren Aemtern werden? Aber, Meister Unruh, wer kann es denn gewesen sein? Wo ist der Teufelskerl abgeblieben?"

„Ja, Türetieb, ich habe wohl so meine Gedanken, aber — beim heiligen Emwold[40]) — ich meine nur. Seht, wir Werkmeister sehen ein wenig weiter. Der Rath möchte den Aemtern gern ein wenig zu Leibe wegen der Braunschweiger. Ihr wißt doch, es sind gestern ganz wichtige Briefe von Braunschweig gekommen. — Auch Eure Werkmeister haben von der ehrsamen Bäckergilde zu Braunschweig einen Brief bekommen, daß wir ihnen helfen sollen."

„Das Hamburger Bäckeramt von Braunschweig einen Brief? Das ist ja unmenschlich weit.“

„Ja, ja, Düretied, seht Ihr, daß wir Werkmeister weiter blicken? Ich sage Euch, es wird die Zeit kommen, wo alle Aemter im ganzen heiligen römischen Reiche einen Bund bilden und wo wir mit den Gaffeln [41]) zu Köln Rath pflegen werden, als ständen ihre Gaffel= häuser auf dem Hopfenmarkt, und nicht dort hinten am Rhein, wo man nach Wälschland hineinfährt. Ich sage Euch, wären die Aemter einig, sie könnten ihre Werk= meister alle in den Rath schicken.“

„Beim heiligen Antonius, [42]) Meister Unruh, was redet Ihr? Daß es nur Niemand hört. Bedenket Eure Knechte.“

„Nein, Düretied, gerade die Knechte sollen es hören, damit sie einst wissen, wie sie als Selbstherren eines Amtes denken und sich fühlen sollen. Das ist's ja gerade, was der Rath will, er will uns die Knechte aufsässig machen. Ich sage Euch, der Kniper selbst hat den Aufwiegler, den Wenden, entspringen lassen.“

„Aber Meister Unruh,“ erwiderte Düretied entsetzt, „der Rath, eine hohe Obrigkeit, wird doch einem Diener so etwas nicht befehlen?“

„Mein guter Düretied! Ihr sprecht, wie Ihr's versteht. Hohe Herren sind nicht so gradezu und ehr= lich als Ihr. Ich seh's ja täglich an der Werkmeister= schaft. Man kann nicht Alles nur so mit dem Kopf durch die Wand machen, es geht von hinten herum oft besser. Der Rath hat's nicht gerade gesagt, aber so schlau ist der Kniper doch, dieser Schleicher, daß er merkt, was dem Rath wohl genehm ist. Man plinkt so mit dem einen Auge, ... versteht Ihr mich? Das heißt grade das Gegentheil von dem, was man sagt."

Düretied stand mit offenem Mund da und staunte über des Schneiders Kniffe und sagte: „Ja, ja, ich verstehe wohl."

„Seht Ihr," fuhr Meister Unruh fort, „so hat der Webbeherr [43]) es gemacht. Nun beschuldigt der Kniper einen ehrlichen Amtsknecht, der von uns Werkmeistern mit Wasser und Brod bestraft ist, damit der Rath nur nicht in den Verdacht kommt. Aber Knechte, steht Ihr zu den Aemtern, wenn es losgehen soll."

„Gewiß," sagten Hans und der Lüneburger.

„Strafe der heilige Antonius alle meine Schweine," sagte der Bäcker Düretied, „wenn ich etwas gehört habe. Meister, Meister, Ihr redet ja gegen den Ehrbaren Rath und seine Diener, das kann nimmer gut enden."

„Düretied, ich sage Euch, kein Härchen wird man mir krümmen. Der Rath besinnt sich wohl, bevor er etwas gegen einen Werkmeister unternimmt. Denkt an das große Blutgericht der Braunschweiger Gilden." Dabei öffnete und schloß er seine große Zuschneideschcere mehrere Male, daß sich Düretied entsetzte.

„Düretied!" rief jetzt eine Frauenstimme aus dem gegenüberliegenden Fenster über die Straße. „Das Fenster steht voller Kaufleute, komm, ich kann's nicht allein schaffen!"

„Gleich," rief Düretied, „aber Meister Unruh, wie kann's gut enden? Stets sitzt der Rath den Bäckern auf dem Halse, daß sie größer backen sollen. Und wenn man die Bursprake [44]) von der Laube des Rath= hauses kündigt, heißt es stets: Ein jeder backe nach der Zeit. Gott Lob, daß die Zeit billig ist. Aber strafe mich selber der heilige Antonius, wenn's nicht wahr ist, mein ganzer Boden liegt noch voll theuren Roggens. Und noch dazu liegen die verfluchten Buxtehuder den ganzen Dienstag mit ihrem Brod in Hamburg und nehmen uns unsere geringe Nahrung. [45]) Außerdem droht der Rath, die von Winsen und Bergedorf zu= zulassen, wenn das Brod nicht größer wird. Wir sind die Ersten, die der Rath bestraft. Und der Rath ist mächtig, Meister Unruh, die ganze Hanse steht ihm bei. Haben sie nicht die von Braunschweig verhanst und ihnen alle Nahrung entzogen?,,

„Ja, ja, Düretied, die Nahrung ist krank. Aber so lange die Aemter nicht selber ohne Morgensprachs= herren [46]) ihr Recht willeküren, wird's nicht anders. Wir dürfen die von Braunschweig nicht sinken lassen. Wodurch ist der gemeine Kaufmann so mächtig hier in dieser Stadt und in der Fremde?"

Düretied wußte die Antwort nicht und stand da wie ein Schulbube, der seine Lection nicht weiß.

„Ihr habt es ja selbst vorher gesagt. Durch den großen Hansabund! Den König von Dänemark haben sie von Land und Leuten gejagt und ihre Freiheiten im Norden vergrößert.⁴⁶ᵃ) Aber wer muß es bezahlen, Düretied?"

„Wir, wir," erwiderte Düretied, jetzt verständnißvoll sich hinter den Ohren kratzend.

„Ja, ja, die gemeinen Aemter," wiederholte Meister Unruh.

„Und der gemeine Kaufmann heimst den Gewinn allein ein, baut neue Brauhäuser und läßt durch Knechte ein Handwerk treiben. Es geht nimmer gut. Bleibe der Kaufmann bei seinem Kaufhandel und der Amtmann bei seinem Amt."

„Düretied," schrie jetzt die Bäckerfrau von Neuem über die Straße. „Zwei Schweine sind auf die Straße gelaufen."

Mit einem Satz war jetzt der beleibte Düretied hinter den Schweinen her, gewann ihnen einen Vorsprung ab und trieb sie wieder ins Haus. Siegfried aber, dessen Gespräch mit Hans beendet war, reichte Meister Unruh die Hand und ging in das Haus seiner Eltern. Meister Unruh trat an den Arbeitstisch zurück und schnitt sich durch einige Kunst trotz der Wohlbeleibtheit des Bürgermeisters ein gutes Stück zum Vortheil.

Sechstes Capitel.

Herr Vicko von Geldersen, bei dem Siegfried am
nächsten Tage arbeiten sollte, war einer der reichsten
und angesehensten Kaufleute und seit einer Reihe von
Jahren im Rathsstuhl. Seine Familie war vor drei
Menschenaltern aus dem in der Lüneburger Haide ge-
legenen Dorfe Geldersen nach Hamburg gezogen, wo
dieselbe durch Handwerk und Handel zu immer größerem Wohlstande gediehen war. Das zeigte auch das
Haus von Herrn Vicko in der Reichenstraße. Dort
in der Straße der Reichen standen auf der einen Seite
die ansehnlichsten Häuser der ganzen Stadt, die mit
ihrem Hofraum und den geräumigen Speichern bis an
ein großes Fleth ⁴⁶ᵇ) reichten, um alle Waaren leicht und
bequem aufnehmen zu können. Die Straße selbst aber
war wie alle Straßen der Stadt sehr schmal, noch
verengt und verdunkelt durch einzelne Bäume darin,
vorspringende Stockwerke und Kellertreppen. Herrn
Vicko's Haus war unter den stattlichen Häusern dieser
Straße das stattlichste. Der Giebel war bis an das
höchste Stockwerk hinauf ganz von Stein aufgeführt,
und das Dach mit Dachpfannen gedeckt, von dem eine

phantastisch geschmückte, weit hervorspringende Dach=
rinne bei Regenwetter das Wasser in kühnem Bogen=
fluß ableitete. Unter dem Hause erhob sich mit starken
Feldsteinmauern mehrere Fuß hoch über die Straße
der geräumige Keller, zu dem eine tiefe Treppe und
große Thür hinunterführte. Zum Hause hinauf führte
eine rohe Steintreppe, neben der sich rechts eine zwei=
stöckige Auslucht [47]) erhob, die aus ihren langen,
schmalen, mit zierlichen, runden, bleigefaßten Glas=
scheiben versehenen Fenstern nach drei Seiten hin eine
Aussicht gewährte: auf den Fischmarkt, über den Reß
mit dem Rathhaus, auf den Dornbusch mit dem Roland.
Siegfried kannte das Haus von Jugend auf und fand
es sogleich. Er stieg die vorspringende Treppe hinauf
und trat durch die offene Spitzbogenthür auf die Diele,
die sich endlos hinzog und im Hintergrunde sich im
Halbdunkel verlor. An einem der starken, vorspringen=
den Deckbalken hing eine große Wage, auf der einige
Handelsknechte die Waaren abwogen, welche an dem
Tau der Winde vom Boden durch alle Stockwerke des
Hauses herabschwebten und dann von den Trägern
ächzend über den Hof in den Speicher getragen wurden.
An den Wänden lagen die Güter in Fässern, Kisten
und Ballen hoch aufgestapelt. Ein Kleriker, den sein
längerer, faltenreicher, talarartiger Rock leicht kenntlich
machte, notirte auf Pergamentstreifen die gewogenen
Stücke.

Siegfried fragte einen der Knechte, wo der Herr
des Hauses zu finden sei, und der erwiderte, daß Herr

Vicko an den Hafen gegangen, um sein neuangekom=
menes Schiff zu besehen, aber er selber könne jedes
Geschäft abschließen. Doch als Siegfried sagte, daß
er nicht in Handelsgeschäften gekommen, sondern vom
Meister Bertram geschickt sei, um die gewünschten
Malerarbeiten zu fertigen — und dabei zeigte er auf
den Lehrjungen mit den Farbentöpfen und Pinseln, —
bemerkte ihm der Knecht, daß er darüber oben von
den Frauen des Hauses Auskunft bekommen werde.
Siegfried stieg die mit viel Raumverschwendung sich
um die Diele hinziehende Treppe hinauf, und traf auf
dem größten Absatz eine ehrwürdige, alte Magd, die
er sofort als eine alte Bekannte also anredete: „Abele,
wo ist die Hausfrau? Ich bin Meister Bertram's
Meisterknecht, der hier einige Tage arbeiten soll."

„Die Frau ist ins Maria=Magdalenen=Kloster ge=
gangen," erwiderte Jene, „aber Jungfer Marie wird
Euch Alles zeigen. Schon ist Alles vorbereitet. Doch
erlaubt mir die Frage: woher kennt Ihr mich? Denn
Ihr seid mir ganz unbekannt."

„Ich bin Siegfried Bunstorp vom Dornbusch und
gestern aus der Fremde heimgekehrt, und jetzt diene
ich beim Meister Bertram als Meisterknecht."

„Heilige Mutter Gottes, ich hätte Euch mein Leb=
tag nicht erkannt. Was habt Ihr Euch verändert,
was seid Ihr groß und schön geworden! Nun, es
war wohl eine rechte Freude für Vater und Mutter,
für Käthe und all' die Kleinen, daß Ihr endlich heim=
gekehrt seid. Wir dachten schier, Ihr hättet das alte,

gute Hamburg ganz vergessen und würdet nimmer heimkehren. Wißt Ihr auch schon, daß Eure Schwester Käthe nächstens Hochzeit geben wird? Ja freilich, was solltet Ihr das nicht wissen. Ihr kennt doch auch schon den Schwager? Ich sage Euch: ein Pracht= schneider. Wie angegossen sitzen die Kleider, die er gemacht, der Frau und der Jungfer. Doch, was schwatze ich? Ich erzähle Euch nichts Neues. Kommt, Jungfer Marie wird Euch sogleich Bescheid sagen. Aber Ihr werdet sie kaum wieder erkennen, so prächtig ist sie gediehen," fügte sie lächelnd hinzu. „Das Spielen auf dem Dornbusch am Roland ist nun für immer vorbei."

Damit stiegen sie den zweiten Theil der Treppe in die Höhe; Abele führte Siegfried in ein Zimmer und ging wieder, indem sie sagte: „Ich werde die Jungfer sogleich aus der Küche rufen."

Siegfried hatte kaum Zeit, sich im Zimmer umzu= sehen, als auch die Thür sich öffnete und im einfachen Hausrock und in weißer Latzschürze eine hohe Gestalt hereintrat, um sofort auf ihn zuzukommen. Doch kaum hatte Marie einige Schritte gethan, als sie, wie sich selbst besinnend, stehen blieb. Auch Siegfried that einen Schritt zurück. Beide dachten jetzt offenbar dasselbe. Er hatte das schöne Mädchen vom Kreuz= gang und Marie den Wanderer von dort erkannt. Beide erröteten. Doch schnell sich fassend, sagte Marie: „Seid willkommen in unserm Hause, Siegfried. Hätte Abele mir nicht gesagt, wer Ihr seid, nimmer hätte ich Euch als Siegfried Bunstorp erkannt.“ Und damit reichte sie ihm freundlich die Hand. Das „Ihr“ kam allerdings etwas ungewohnt und zögernd über die Lippen.

„Auch ich hätte Euch nicht als Herrn Vicko’s Tochter wieder erkannt, Jungfer Marie,“ erwiderte Siegfried, ebenfalls etwas bei dem „Ihr“ stotternd, „stände ich jetzt nicht in Eures Vaters Hause, und sagte mir nicht die Vergleichung mit den Jahren meiner Wanderschaft, daß Ihr jetzt im Alter von zweiund= zwanzig Jahren seid. Ihr habt Euch sehr verändert seit der Zeit, wo wir noch das Spielmaal am Fuße des Roland hielten und den alten, treuen Kumpan so oft umspielten, laufend und einander haschend, oder den Kinderreigen springend.

„Ja, Siegfried, jene schöne Zeit scheint für immer verschwunden. Mir ist’s, als wäre die Welt seit unserer Kinderzeit schlechter geworden in allen Dingen. Damals standen sich alle Bürger so nah; Alles war fast wie eine Familie, die Freud’ und Leid zusammen trug. Keiner war neidisch und mißgünstig auf den Andern. Aber jetzt in allen Städten des Deutschen Reichs, wohin man hört und sieht, Hader und Neid und Miß= gunst. Alles scheint mir grämlich und verdrießlich auszusehen. Oder war man als Kind zu thöricht, die Bosheit der Welt zu sehen und zu beachten? Nein, nein! Es war früher nicht so arg! Jetzt fängt es auch in dem bisher so friedlichen Hamburg an zu gähren. Siegfried, Siegfried,“ sagte sie, den Zeige=

finger drohend aufhebend, „auch Du, — auch Ihr seid schon ein Volksaufwiegler geworden. Die Rath=mannen haben schon von Euch gehört. Soll Kniper, oder gar Swertute Euch eines schönen Tages in die Frohnerei setzen? Was wird der Vater sagen, daß er, der Rathmann, den Unglücksboten im Hause zur Arbeit hat und an seinem Tisch?"

„Marie," erwiderte Siegfried sanft, „seit wann macht man den Boten verantwortlich für die schlechte Nachricht, die er bringt? Ich kenne Euren Vater als einen überaus verständigen Rathmann, der stets den Aemtern geneigt war, der seinen eigenen jüngern Bruder Bäcker werden ließ, da er dazu mehr Neigung hatte als zum Handel, oder auch zum Leben vom Müssig=gang als Rentner.[47a]) Sollte ich ihm nicht genehm zur Arbeit sein, so muß Meister Bertram selber kommen, denn nur ein erfahrener Meisterknecht kann Eure Arbeit thun. Der Meister aber hat selbst genug im Hause zu thun. Doch, Jungfer Marie, ich hoffe, die heilige Maria Magdalena, die gestern mir, dem Unglücks=boten, Euer Friedensangesicht als das erste bekannte und doch unbekannte entgegensandte, sie wird es fügen, daß ich hier trotzdem Gnade finden werde."

Marie erröthete von Neuem, als Siegfried die Begegnung vom vorigen Tage erwähnte, und sagte: „Auch ich hoffe auf den Schutz und die Hülfe der Maria Magdalena. Nein, Ihr seid kein Volksauf=wiegler, aber seid dennoch vorsichtig. Siegfried, Ihr seid kein Fremder, und ich kann daher offen zu Euch

sprechen. Ihr kennt der Mutter stolzen Sinn. Sie
ist ja eine Kölner Geschlechterin aus dem Hause Over=
stolt und möchte gern in dem schlichten, bürgerlichen
Hamburg etwas Geschlechterstolz groß ziehen. Ihr
größter Kummer ist's, daß ihr das weder bei dem
Vater, noch bei der ganzen Familie, außer bei dem
jungen Vicko, gelingen will. Der Bäckerohm kommt
nie in unser Haus. Nur der Vater geht zu ihm, und
wir Kinder verschweigen unsere Besuche bei demselben
der Mutter. Ich bewundere den Vater, wie er stets
vor der Welt noch den Frieden aufrecht zu erhalten
weiß, und mit welcher Geduld er der Mutter Stolz
und Hochmuth erträgt, und wie er uns trotz alledem
das Leben im Hause angenehm macht. Ich glaube,
weiß sie es, sie wird Euch Eure böse Botschaft nicht
vergeben, es müßte denn wunderbar zugehen. Der
Vater ist verständig, ja weise, und nimmt großen
Antheil an Eurem ganzen Hause und an allen Aemtern.
Vielleicht ist's Thorheit von mir, aber ich bilde es
mir ein, es giebt keinen klügeren Rathmann in Ham=
burg und in den Seestädten als meinen Vater, und
ich darf hinzusetzen, keinen bessern Menschen. Er ist
Kaufmann, und der eigene Vortheil ist die Seele des
Handels. Aber stets geht ihm der ganzen Stadt Wohl
über seinen eigenen Vortheil. Nie würde er bei Korn=
theuerung das Korn zurückhalten, um die Preise zu
treiben, nie würde er bei allgemeiner Noth sich aus
der Armuth Pfennigen Reichthümer sammeln. Also
seid vorsichtig. Und nun, Siegfried, da Ihr mich

doch erkannt habt und unser gestriges Begegnen er=
wähntet, so muß ich Euch noch ein verlorenes Gut
wiedererstatten."

Darauf ging sie an die Lade, holte einen Gesang=
buchsbeutel hervor und daraus ein für damalige Zeiten
zierlich zu nennendes Gebetbuch. Aus demselben nahm
sie zwei Vergißmeinnicht hervor und sagte, sie Sieg=
fried reichend: „Hier, Siegfried, nehmt die verlorenen
Blümlein zurück."

„Jungfer Marie," sagte Siegfried zurücktretend,
„würdet Ihr sie nicht behalten haben, wenn Ihr den
fremden Wandersmann nie wieder gesehen hättet?"

„Gewiß, so lange sie im Buch geblieben wären;
vielleicht hätte ich dieselben auch sorgfältig aufgehoben."

„Und jetzt bitte ich Euch, sie von mir als ein
unabsichtliches Geschenk zu nehmen, so lange sie zu=
sammen halten."

„Wie stellt Ihr Eure Worte auf Schrauben? Ich
glaube, selbst die stolze Mutter könnte sich um dieser
Worte willen von einem Amtmann ein Geschenk gefallen
lassen. Nun, Siegfried, ich werde die Blümchen hegen
und Euch hoffentlich mit einem absichtlichen Geschenk
vergelten."

Siegfried wollte noch erwidern, doch Marie führte
ihn jetzt in das zunächst ausgeräumte Zimmer und
zeigte ihm die auszubessernden Bilder. Sie ging
wieder in die Küche und er an seine Arbeit. Aber
die Gedanken Beider weilten bei einander, doch weniger
im förmlichen „Ihr" als im traulichen „Du" der

Kinderzeit, als sie noch am Fuß der Rolandssäule
mit einander spielten. Immer wieder mußte Marie an
die vergangenen Zeiten denken, und besonders erinnerte
sie sich lebhaft dessen, wie Siegfried ihr einst ein kleines
Bild des Roland auf Pergament geschenkt hatte, das
noch in einem ihrer Bücher lag, und das ihr von
Zeit zu Zeit immer wieder in die Hände gekommen
war. War es Zufall gewesen? oder war es ihr Wille
gewesen? Sie wußte es selbst nicht, aber sie freute
sich, daß das Bild noch Siegfried's Heimkehr über=
dauert habe. Besonders sann sie über den wunder=
baren Zufall nach, daß Siegfried's Blumen gerade bei
seinem Bilde zu liegen gekommen waren. Wie wünschte
sie, die nichts vom Hochmuth ihrer Mutter, sondern
das schlichte, offene Wesen ihres Vaters geerbt hatte,
daß ihre Mutter dem Malerknecht, dem Ueberbringer
der bösen Briefe, nicht stolz begegnen möchte, aber sie
hielt es kaum anders für möglich.

Siebentes Capitel.

Siegfried hatte einige Stunden gearbeitet und die
Wände des Zimmers zunächst gelb gestrichen, denn der
Maurer hatte seine Arbeit schon gethan. Eben machte
er sich daran, mit Hülfe der Schablone die blauen
Muster auf die Wand zu malen, als er draußen ein
Poltern hörte und gleich darauf zwei Knaben unge=
stüm die kleine Treppe ins Zimmer hinabeilen sah.
Beide trugen ein Butterbrod in der Hand, welches sie,
soeben aus der Domschule heimgekehrt, von ihrer
Schwester empfangen hatten. Der ältere der beiden
Knaben, nach seinem Vater Vicko genannt, war ein
stattlicher, schlanker Knabe von etwa vierzehn Jahren,
mit hellen, lebhaften Augen, schnell wie ein Hirsch.
Der jüngere war verwachsen und daher im Alter
schwer zu schätzen. Sein Körper hatte kaum die
Größe eines neunjährigen Knaben, obgleich er zwölf
Jahre alt war, aber sein Gesicht zeigte jenen eigen=
thümlich schwermüthigen, klugen Ausdruck, der die
Verwachsenen in der Jugend nicht recht jung und im
Alter nicht recht alt erscheinen läßt. Es war ursprüng=
lich ein schönes, feines Gesicht, und Niemand konnte

diese Gestalt ohne Wehmuth durch die Unvernunft der blindwaltenden Natur verrenkt sehen. Noch hatte aber dies körperliche Gebrechen dem Gesichte nicht jenes listige, schlaue Aussehen verliehen, das die Verwachsenen so oft auszeichnet. Es war das Antlitz noch kindlich glatt und heiter, nur die ersten leisen Spuren der künftigen Züge fingen an, sich um den Mund festzu=setzen. Siegfried sah mit großer Theilnahme den un=glücklichen Knaben an, der aber, wenig an sein Unglück denkend, mit einer für den kleinen Körper ungewöhn=lich starken Stimme freudig ausrief: „Vicko, der Maler, der Maler!“

Schon war Vicko unten angelangt, mehr springend, als gehend. Der Kleinere war, die rechte Hand auf's Knie gestützt, langsamer heruntergestiegen, denn dies Stützen der rechten Hand auf's Knie war ihm stets nöthig bei rascher Bewegung, wenn auch nur schnell vorübergehend. Die Beine trugen ihn an und für sich schnell genug ohne Krücke.

„O, Hartwig,“ erwiderte Jener, „was hat er schon Alles fertig gemacht! Sieh, er malt schon die Blumen.“

Hartwig war jetzt näher herangetreten und sagte zu Siegfried: „Bist Du wirklich Schwertfeger Bun=storp's Sohn?“

„Gewiß, mein Junge.“

„Wie lange bleibst Du denn bei uns?“

„Ich denke, drei, vier Tage, bis ich mit den Stuben und den Bildern fertig bin.“

„Ach, Du brauchst Dich nicht so zu beeilen. Sieh, ich zeichne und male auch sehr gern. Du kannst mir zeigen, wie ich's machen muß. Sieh!" Und dabei holte er eine schwarze Holztafel hervor und zeichnete ein Gesicht in Seitenansicht von rechts leicht und sicher hin und daneben ebenso schnell zwei andere Gesichter mit andern Zügen, jedoch von derselben Seite. „Sieh!" fuhr er fort, indem er Siegfried die Tafel reichte, „so geht es recht gut. Aber von links wollen die Gesichter gar nicht recht kommen. Kannst Du das?"

Siegfried nahm ihm darauf die Tafel ab und zeichnete mit eben solcher Leichtigkeit von links als der Kleine von rechts drei Gesichter mit ganz verschiedenem Ausdruck.

„Herrlich!" rief der Kleine, den Maler verwundert betrachtend. „Aber wie machst Du das nur?"

„Das macht nur die Uebung. Zeichne einige Tage alle Figuren nur von links, und es wird bald gehen."

„Das will ich thun!" Und sogleich zeichnete er langsam und bedächtig ein Gesicht von links. Im Uebermuth setzte er in diese Seitenansicht zwei Augen hinein, wie in eine Vorderansicht. „Sieh mal, Siegfried," sagte der Kleine schlau lächelnd, „wie findest Du das?"

„Ganz falsch natürlich; wenn die Nase vorne steht, sieht man ja nur ein Auge."

„Aber so zeichnen Vicko und viele andere Jungen immer die Gesichter. Siehst Du, Vicko, ich habe doch Recht!"

Der ältere Knabe, der aufmerksam zugesehen hatte, sagte jetzt: „Ja, ja, mein guter Hatty, im Zeichnen und Malen bist Du uns ja Allen voraus. Kommst Du mit in den Hafen an unser Schiff? Soeben ist die Schute hinten am Speicher leer, und ich fahre jetzt auf dem Fleeth mit und mit der nächsten vollen Schute komme ich zu Mittag wieder.“

„Ach, Vicko, ich bleibe hier und sehe dem Maler zu. Sei aber nicht zu wild, wenn die Schute hoch beladen ist, damit Du nicht ins Fleeth oder gar in die Elbe fällst. Nachmittag fahre ich mit.“

„Hatty, wie dumm! Nachmittag ist ja Ebbe. Da kann man nicht fahren. Komm lieber gleich!“

„Nein, Vicko, dann bleibe ich auch Nachmittag bei Siegfried.“

Damit lief der ältere Knabe, der jetzt, wie sein Bruder, das Butterbrod verzehrt hatte, die kleine Treppe hinauf und eilte durch den Speicher ans Fleeth und fuhr mit der Schute zum Schiff. Hartwig blieb bei Siegfried und sah ihm neugierig zu, that auch allerlei Fragen über dies und das, guckte in die an der Erde stehenden Farbentöpfe, rührte auch darin herum und that Alles, was Kinder bei solchen Gelegenheiten zu thun pflegen.

„Siegfried,“ sagte er nach einiger Zeit, „malst Du eigentlich lieber Stuben und Häuser oder herrliche Bilder?“

„Welche Frage, Kind, natürlich Bilder!“

„Aber warum malst Du nicht lieber lauter Bilder? Das ist ja weit schöner.“

7*

„Mein Herzensjunge, man kann nicht immer das thun, was man will, sondern man muß meistens das thun, was man soll. Darum heißen wir ja Amtleute. Jeder muß den Bürgern der Stadt arbeiten, was sie haben wollen. Und wer's nicht thut, der ist ein böser Amtmann. Dem verbieten die Werkmeister die Arbeit ganz und gar. Auch kann ein Maler vom Bilder=malen allein nicht leben. Er muß streichen, was ihm vorkommt, Häuser, Stuben, Straßen= und Wasser=bäume, Schiffe, Leuchterbäume [48]) und Schilder, und dann muß er auch Bilder malen, wie sie die Leute fordern. Von der gewöhnlichen Arbeit müssen wir uns nähren. Hat man die ganze Woche im Schweiße seines Angesichts gearbeitet, dann können wir allenfalls einmal zu unserm Vergnügen ein schönes Bild malen. Doch Bilder werden nicht viel verlangt. Wer thut's? Der Rath, die Kirchen, die Klöster und einige reiche Leute. Nein, ein Maler könnte nie allein davon leben."

Mit großen Augen sah der Kleine Siegfried an, als verstände er Alles, was Siegfried sagte, und er erwiderte:

„Höre, Siegfried, ich habe da einen herrlichen Plan. Du wirst ja nächstens Meister. Dann möchte ich bei Dir in die Lehre gehen. Ich glaube, Vater hinterläßt mir einmal so viel Renten, daß ich ziemlich davon leben kann. Aber der Vater sagt stets, kein Mensch soll müssig gehen, sondern ein Jeder soll etwas zum Nutzen der Stadt thun, entweder mit Singen und Beten, oder mit Handel, oder mit Handwerk.

Ich aber möchte lauter große, herrliche Bilder malen, wie das jüngste Gericht auf dem Rathhause, oder den Todtentanz bei den Barfüßern. Wenn die Leute die Bilder nicht bezahlen können, dann mache ich sie ihnen um Gottes willen. Was meinst Du, Siegfried, möchtest Du mich wohl in die Lehre nehmen? Meinem Vater kommt es auf das Lehrgeld nicht an. Auch habe ich Antheil an zwei Stücken Laken."

„Mein guter Hatty, es ist ein unerhörter Fall bis jetzt. Du mußt erst das Anstreichen und das Schablo=niren lernen; es geht nicht anders. Doch komm her und versuche es. Hier unten in der Ecke schadet's nicht, weil eine Schlafbank davor stehen soll. Streiche nur durch die Schablone."

Der Kleine that's, aber da er die Schablone nicht festhalten konnte, waren die Blätter theils nicht voll=ständig, theils zu groß und unklar geworden.

„Ja, ja," sagte Siegfried bedenklich. „Ich dachte es mir wohl. Kein Ding ist so einfach, es gehört Kunst und Wissenschaft dazu. Doch brauchst Du viel=leicht nur ein Jahr mit diesen Dingen zuzubringen. Bei Deiner Anlage, Hatty, wirst Du hoffentlich schnell zum Bildermalen kommen."

„Ja, ja, Siegfried, nur zu!" flehte der Kleine, als sollte es sogleich vor sich gehen, und zupfte ihn am Rock. „Ich denke, der Rath wird sicher ein gutes Wort beim Amt für mich einlegen, denn Vater gilt viel auf dem Rathhause. Wenn die Herren etwas von den Werkmeistern wünschen, schlagen sie es selten ab."

Siegfried war so gerührt von dieser zutraulichen Rede, daß er den drolligen Kleinen auf den Arm nahm, wo er sogleich den einen Arm um Siegfried's Nacken schlang und mit dem andern seine Auseinandersetzungen begleitete. „Gewiß," sagte Siegfried darauf, „die Werkmeister handeln nicht gern gegen die Herren."

„Aber," fuhr der Kleine sich besinnend fort. „Sieg= fried, darf das Maleramt einen Verwachsenen auf= nehmen? Bucklige Schuster und Schneider habe ich schon gesehen, aber noch nie einen buckligen Maler. Das wäre schade, wenn mich mein Schaden auch hier hinderte. Ach, Siegfried, Du weißt gar nicht, wie un= glücklich ein Verwachsener ist! Nicht einmal zum Spielen ist er ordentlich zu gebrauchen. Man kann nicht ordentlich mitlaufen; und wenn man ins Maal getrieben wird, dann müssen die Andern immer so vorsichtig sein, wenn sie Unsereinen schlagen, oder sie müssen uns so laufen lassen. Aber das ist doch gar kein ordentliches Spiel, wenn man sich nicht ebenso wie die Andern schlagen lassen kann. Um so mehr quälen sie Einen mit Worten. Aber das kann man sich schon abwehren, denn sie müssen sich immer mit der Zunge und dem Kopf wehren, da sie es anders nicht können. Das lernt man denn bald. Freilich 's ist Sünde." Und dabei traten ihm die Thränen in die Augen. „Aber ich glaube, dort im Himmel werden wir ohne Buckel, ge= rade wie ein Licht, mit dem lieben Herrgott und allen seinen Heiligen fröhlich sein. Nicht wahr?" Damit wischte er sich die Thränen mit seinem Kittelschoß aus den Augen.

„Gewiß, mein lieber, kleiner Hatty," sagte Siegfried, indem er ihm mit der Hand über Stirn und Wangen strich. „Was hienieden krank und gebrechlich ist, das wird droben frisch und herrlich einherschreiten. Beruhige Dich nur darüber. Ein Buckel ist so wenig ein Hinderniß für den Eintritt ins Maleramt, als für die Seligkeit des Himmels."

„Sonst," fuhr der Kleine altklug fort, „ist ja noch eine ehrliche Abkunft nöthig. Aber, Siegfried, unsere Familie ist wohl ehrlich genug für das Maleramt. Sie haben ja Vaterbruder Klaus auch mit Freuden ins Bäckeramt aufgenommen."

„Du drolliger Kauz, was thust Du für Fragen!" sagte Siegfried. „Nicht nur ehrlich ist Eure Familie, sondern Ihr ehrt die Aemter aufs Höchste, wenn Einer von Euch ins Amt eintritt. Und —" Schon wollte Siegfried hinzufügen: „Nicht weniger ehrenwerth ist es, daß Euer Haus die Aemter für ehrenwerth genug ansieht, darin einzutreten. Nicht nur der Müssiggang und der Handel sind ehrenwerth, jede Arbeit ist anständig und ehrenhaft." — Da unterbrach ihn eine Frauenstimme mit folgenden Worten: „Wohlgesprochen, junger Malerknecht."

Erschrocken blickte sich Siegfried um, er wollte den Knaben zur Erde setzen, er wollte sich verbeugen, aber er konnte zu keinem von allem kommen. Oben auf der höchsten Stufe der kleinen Treppe stand eine hohe, stolze Frauengestalt, die er sogleich als Frau Geldersen erkannte. Es war eine stattliche Erscheinung, von jener angenehmen Fülle, die den Frauen um die Vierzig herum so gut steht. Doch trug das Gesicht die Züge großer Willensstärke und Energie, die nur bei freudiger Erregung einem sanftern Ausdruck weichen, im Ernst aber oft abstoßend hervortreten. Ehe Siegfried noch irgend etwas unternehmen konnte, war Frau Geldersen, die ihren Sohn und Siegfried mit wohlwollender Miene betrachtete, die Treppe hinunter gestiegen und stand jetzt vor Siegfried. Sie war soeben von ihrem Ausgang heimgekehrt und hatte noch nicht einmal ihren Hoyken⁴⁹) abgelegt. Siegfried wollte den Knaben zur Erde setzen, doch er streckte die Arme nach dem Halse seiner Mutter aus, die ihn sofort zu sich hinübernahm.

„Mutter," unterbrach nun Hartwig die Stille, „unser Maler ist ein Meisterknecht, der bald Meister werden will. Nicht wahr, ich soll doch bei ihm Maler lernen? Sieh!" Mit diesen Worten machte er sich los von seiner Mutter und reichte derselben die Tafel. „Sieh die schönen Gesichter von links," sagte er freudig. „Der kann's viel besser als Meister Bertram selber."

„Mein lieber Hatty," sagte die Mutter mit ihrem freundlichsten Blick, „das hat noch lange Zeit. Der neue Meisterknecht scheint ein verständiger junger Mann zu sein. Wir werden das ja Alles sehen."

„Nein, Mutter, mach' es lieber gleich mit ihm ab, denn sonst nimmt er einen andern Jungen in die Lehre."

„Aber, Kind, das hat ja noch Zeit, bis er Meister ist."

„Aber, Mutter, Du mußt es ja thun. Und heute darf ich doch den ganzen Tag bei Siegfried bleiben?"

„Ja, mein Kind! Und Ihr," sagte sie zu Siegfried gewandt, „Ihr braucht Euch nicht so zu eilen. Der Kleine wird Euch viel stören und Euch fragen über Euer Handwerk. Der arme kleine Bursche ist so von Gott gestraft. Warum? ich weiß es nicht. Er hat's sicherlich nicht verschuldet. Er denkt an weiter nichts als an Schnitzen, Zeichnen und Malen. Uns hat er schon oft die Wände verdorben mit seinen Kohlenzeichnungen. So gern ich's hinderte, es wird doch wohl nur ein Maler aus ihm. Aber er braucht das Handwerk nicht um des täglichen Brodes willen zu üben; er wird dann malen, um Kirchen und Rathhäuser zu zieren. Ich denke, daß das Geschlecht der Overstolte zu Köln es mir verzeihen wird, daß eine Overstolt ihren Sohn Maler werden läßt."

„Verehrte Frau," erwiderte Siegfried, dreister geworden und wohl an Mariens Worte gedenkend. „Ich denke selbst, die Overstolte in Köln würden keinem ihrer Söhne verbieten, die Kunst des Malens zu üben. Eine so große Fähigkeit und Anlage unterdrücken, heißt einen geistigen Todtschlag begehen. Und wann hätten die Overstolte nicht die Kunst begünstigt? Sind sie nicht die Schenker des schönsten Bildes im Dom zu Köln? Ist nicht ein Overstolt selbst in der Bauhütte zu Köln?"

Freudig betroffen blickte die Frau den jungen Mann an. „Seid Ihr in Köln gewesen? Kennt Ihr das Geschlecht der Overstolte und ihr stattliches Haus? Kennt Ihr das heilige Köln? O, wie lange ist mir Niemand begegnet, der in meiner geliebten Vaterstadt gewesen ist. O, Ihr müßt mir erzählen, wie es jetzt dort aussieht, was die Leute machen. Lebt die alte Ursula noch?"

„Sie starb vor drei Jahren sanft an Altersschwäche; sie liegt bei den Vätern des Benedictinerklosters begraben, die sie auch in ihr Gebet aufgenommen haben."

„So ist auch diese gute, treue Seele dahin! Sie war unsere Magd, seit sie ihrer Eltern Haus verließ. Es geht doch nichts über die Stadt Köln. Obwohl ich nun schon dreiundzwanzig Jahre in Hamburg bin, noch immer fühle ich mich nicht ganz heimisch hier. Die Stadt und die Menschen sind so ganz anders hier als daheim. Auf der einen Seite sind die Menschen hier zu zutraulich und zu dreist, auf der anderen Seite zu blöde und zu kalt."

„Wie meint Ihr das? Ich halte von meiner Vaterstadt Hamburg zu viel, als daß ich nicht mit ihr zufrieden sein sollte. Wer Freundschaft sucht, er findet sie auch hier. Allerdings im Süden und Westen von Deutschland schließen sich Freundschaften leichter. Der fröhliche Sinn der Menschen verbindet sie schneller, aber ebenso schnell ist eine geschlossene Freundschaft vergessen. Die Menschen der sächsischen Art sehen äußerlich ernster aus, und nicht so leicht erglüht ihr

Herz. Aber ist es einmal erglüht, so pflegt eine wohlthuende Wärme lange, ja für immer vorzuhalten. Freundschaften werden hier nicht leicht geschlossen, aber sie dauern für die Ewigkeit. Nicht sind unsere Lands= leute so launig und so witzig als die Euren, aber eine sanfte, warme Empfindung und ein kerniges, gediegenes Urtheil beherrscht all ihr Denken und Sprechen, wenn es auch nicht immer auf den ersten Blick sichtbar ist."

„Junger Meisterknecht!" erwiderte die Geschlechterin. „Die warme Vertheidigung Eurer Landsleute macht Euch Ehre und mißfällt mir nicht, aber überzeugt habt Ihr mich noch nicht. Nun, vielleicht können wir unsere Ansichten über die Rheinischen und Elbischen Menschen ein ander Mal besser austauschen. Es freut mich, daß Ihr die Eigenart meiner Landsleute wohl zu würdigen wißt. Hartwig und ich wollen Euch jetzt nicht länger versäumen. Hartwig, komm," sagte sie dann zu dem Knaben, der zwar der Mutter gehorchte, aber sich nur mit einem sehnsüchtigen Blick auf Siegfried von ihm trennte. — Dann schritt die Kölner Geschlechterin mit ihrem Sohn an der Hand stolz und majestätisch die Treppe hinauf und verschwand.

Achtes Capitel.

In mancherlei Gedanken verloren ging Siegfried
wieder an seine Arbeit. Er nahm eins der Tafel=
bilder vor, welches die heilige Maria darstellte, deren
goldner Strahlenglanz stark verblichen war, und deren
Kleid an einigen Stellen durch Unvorsichtigkeit gelitten
hatte. Das Kleid stellte er durch einige Pinselstriche
sofort wieder her. Die Vergoldung konnte er nicht
sogleich vornehmen, weil er nicht die nöthigen Stoffe
mitgebracht hatte, und sich diese Arbeit am Besten in
der Werkstätte thun ließ. Ein anderes Tafelbild stellte
den Roland mit einem Durchblick auf die Reichenstraße
dar, warauf das Geldersen'sche Haus nicht zu ver=
kennen war. Auch dieses Bild hatte durch Unvor=
sichtigkeit gelitten, und sofort besserte Siegfried die
Mängel aus. Aber er konnte sich nicht enthalten, in
eins der Fenster des Geldersen'schen Hauses mit wenigen
leicht andeutenden Strichen ein Frauengesicht zu malen,
worin man mit einigem guten Willen das Gesicht der
Frau von Geldersen erkennen konnte, und ebenso vor
dem Roland zwei einander greifende Knaben anzu=
bringen, nämlich Vicko und Hartwig, von denen Letzterer

an Gestalt und sogar Gesicht außerordentlich ähnlich
war. Soeben hatte er diese Figuren vollendet, als
sich die Thür von Neuem öffnete und Hartwig eilig
die Treppe herunterkam, dem die kräftige Gestalt seines
Vaters, des Rathmanns, auf dem Fuße folgte.

„O! Vater, sieh!" rief der Kleine begeistert, „da
hat Siegfried Vicko und mich gemalt, wie wir Greifen
spielen, und wir haben ordentlich unsere wirklichen Kittel
an. Und da hinten im Fenster, das ist Mutter; das muß
sie sehen und Vicko auch." Damit stürmte er die
Treppe hinauf und von dannen.

Inzwischen hatten sich der Rathmann und der
Malerknecht begrüßt. Die herzliche, wohlwollende Art
und Weise, die gegen den stolzen Dünkel seiner Frau
vortheilhaft abstach, beseitigte schnell alle Befangenheit.
Bald war man in ein Gespräch vertieft über Altar=
bilder und bunte Kirchenfenster, und mit einem kühnen
Sprung wandte der Rathmann sodann das Gespräch
auf den Braunschweigischen Gildeaufstand, von dem er
einzelne Ereignisse sich genauer erzählen ließ. Siegfried
gab auf alle Fragen unbefangen Antwort. Nur daß
er dieses Mal, sich fast selbst unbewußt, die Verhältnisse
ein klein wenig für die Geschlechter günstiger darstellte.

Mittlerweile war Hartwig mit Vicko und seiner
Mutter zurückgekehrt, denen bald die alte Abele folgte.
Alle bewunderten die in das Bild gemalten Figuren,
und stießen einen Ruf der Bewunderung nach dem
andern aus, worin auch die jetzt herankommende Tochter
des Hauses und die ihr folgende junge Magd Mechtild

einstimmten, so daß Siegfried fast beschämt dastand. Alle stimmten darüber überein, daß Meister Bertram an diesem Knecht seinen Meister gefunden, und daß ein Ehrbarer Rath Kirchen und Kapellen künftig nur bei Siegfried Bunstorp malen lassen dürfte. Nachdem man sich an den Figuren satt geschaut, forderte man Siegfried auf, mit zu Tisch zu kommen, denn es war fast schon elf Uhr, und Meister Bertram hatte ihn auf Tagelohn mit Kost vermiethet. Die junge Magd Mechtild hielt schon ein Waschbecken bereit, worin Siegfried sich sogleich waschen konnte, und ebenso sein besseres Wamms, nach dessen Anlegung er der Familie zu Tisch folgte.

Im größten Gemach des Hauses, das fast ein Saal zu nennen war, war eine große Tafel gedeckt, um welche herum schon eine Menge von Männern stand, die Siegfried fast alle unbekannt waren. Es waren die Handlungsknechte und Lehrlinge, die in Herrn Vicko's Diensten standen, und seine drei geistlichen Schreiber, die heute alle beschäftigt waren, weil das vor Kurzem von Bergen angekommene Schiff und dessen Löschung alle Kräfte des Geschäfts in Anspruch nahm. Unter diesen Schreibern bemerkte Siegfried auch den ihm vom vergangenen Abend bekannten Klaus. Außerdem hatte Herr Vicko den Schiffsherrn [50] und den Steuermann, sowie den ältesten Bootsmann seines Schiffes eingeladen. Am oberen Ende der Tafel saßen der Kaufmann und seine Gattin, zu seiner Rechten zunächst die drei Schiffer und die drei Schreiber, auf

der anderen Seite saß zur Linken der Hausfrau Sieg=
fried und neben ihm Hartwig, der sich nicht von ihm
trennen konnte. Darauf folgte Marie, Vicko, die
Handelsknechte und Lehrlinge. Am unteren Ende der
Tafel saßen die beiden Mägde, aber meistens ab= und
zugehend, gewärtig des stummen Winkes ihrer stolzen
Gebieterin. Die Küche hatte nichts Besonderes geleistet,
welches Herr von Geldersen nach dem Tischgebet ent=
schuldigte. Nur Rheinwein und Malvasier war zu
Ehren der Ankunft des Bergischen Schiffes auf die
Tafel gesetzt.

Das Mahl wurde schnell mit verhältnißmäßig ge=
ringer Unterhaltung eingenommen. Aber als die letzte
Schüssel, Käse, Butter und Brod, sowie Aepfel und
Nüsse aufgesetzt wurden und der Wein seine Wirkung
zu üben begann, wurde die Unterhaltung lebhafter,
denn man ahnte, daß diese feierliche Tafel nur der
Anfang einer noch größeren Festlichkeit sein sollte. Der
Kaufherr erhob sich jetzt mit seinem Becher und sprach
zunächst den wackeren Schiffern seinen Dank aus, daß
sie in seinem Dienst sein Schiffchen durch alle Gefahren
von Wind und Wetter und Ebbe und Fluth glücklich
ins Trockene gebracht hätten. Der Gewinn der Fahrt
sei ein reichlicher, und darum sollte sein ganzes Haus
heute fröhlich sein, besonders aber die Männer, die
mit Leibesgefahr sich für sein Haus bemüht hätten.
Damit ließ er die anwesenden Schiffer und sein ganzes
Schiffsvolk leben, worin alle Anwesenden herzhaft ein=
stimmten.

„Sagt den Schiffskindern," fuhr der Kaufmann fort, „daß sie sich heute am Bord ihres Schiffes auf meine Kosten mit den Krahnziehern, Ewerführern [50a] und Trägern einen guten Tag machen. Hamburger Weißbier und Essen sei ihnen gewährt, so viel als sie begehren; Badegeld außerdem. Alle diejenigen aber, die jetzt an meinem Tische sitzen, bedenke ich ebenfalls mit einem Badegelde und lade sie für heute Abend ein zum fröhlichen Schmause und Tanz. Des Raths Spielleute aber sollen, die Höge [51] zu vermehren, dazu aufspielen."

Der älteste Handelsknecht wollte einige Worte des Dankes sagen, aber das allgemeine, unwillkürlich ausbrechende Hoch verhinderte ihn daran. Alle erhoben sich zugleich und gingen freudig erregt auf den Hausherrn zu, um mit ihm und seiner Gemahlin anzustoßen. Als sich die Familienmitglieder und die Gäste wieder gesetzt hatten, wollte die Stimmung nicht wieder in ihr voriges ruhiges Bette zurückfließen, sondern wurde immer lebhafter und angeregter. Der Hausherr besprach sich mit den Schiffern über Bergen und das dortige Kontor, besonders aber über die Gefahren, denen das Schiff noch in den letzten Tagen auf der Elbe glücklich entronnen war. Die Frau des Hauses aber unterhielt sich mit Siegfried über ihre Vaterstadt und schien von der allgemeinen Stimmung so mit fortgerissen zu sein, daß Siegfried kaum begriff, wie man diese Frau für stolz halten konnte, und daß er, angeregt durch ihre Leutseligkeit, alle Schüchternheit ablegte und, sie fast noch an Rheinischer Launigkeit übertreffend, alle Schleusen seines Herzens öffnete und von seinen Erlebnissen am Rhein, von Basel hinab bis nach Köln, erzählte, als spräche er zu einem staunend horchenden Jungknecht; nur daß er hier die derbe Gesellensprache in eine zartere Sprache für Frauen umsetzte. Frau Geldersen war von seiner Lebhaftigkeit, Launigkeit, ja von seiner Schalkhaftigkeit so angenehm berührt, daß sie sich nicht enthalten konnte, zu äußern, wenn sie nicht wüßte, daß er ein Hamburger wäre, dann würde sie ihn sicher für einen Rheinländer halten.

Auch der Nachtisch war jetzt verzehrt, und der Kaufmann winkte dem ältesten Handlungsknecht und einem der Kleriker, die darauf verschwanden. Bald darauf kehrten sie zurück, der Eine mit einem großen ledernen Geldbeutel, der Andere mit dem großen, in Schweinsleder gebundenen Geschäftsbuch.[52]) Der Handelsknecht zahlte sodann einem Jeden sein Badegeld aus, dem Schiffsherrn für die ganze Schiffsmannschaft. Darauf sagte der Kaufmann schmunzelnd: „Ich habe mit Verschiedenen meines Hauses Kumpanie gemacht in etlichen Tuchstücken. Sämmtliche Laken sind günstig in Norwegen verkauft. Abele, Du hast Antheil an drei Stücken Tuch; nimm hier Deinen Theil des Gewinnes."

Darauf erhielten einer der Kleriker und zwei der Knechte den Antheil ihres Gewinnes von ihrem eingeschossenen Gelde, sodann die junge Magd Mechtild und endlich die beiden Söhne des Hausherrn, die durch diese Kumpaniegeschäfte schon früh in die Geheimnisse des Handels eingeweiht wurden. Vicko und Hartwig empfingen jubelnd vor Freude ihr eingeschossenes Geld nebst dem Gewinn.

Nachdem Jeder seinen Antheil empfangen hatte, fragte der Kaufmann sie, ob sie ferner mit ihm Geschäfte machen wollten, und als sie das bejaht hatten, hieß er sie zuerst ein Scherflein für arme Schiffer abgeben, weil Gott der Herr ihr Eigenthum so gnädig durch die Hand der anwesenden Schiffer bewahrt hätte, und dann ihr Capital wieder in die gemeine Büchse des Handlungshauses einlegen, damit er es nach bestem Ermessen für neue Unternehmungen verwenden könne. „Ich selbst aber," fuhr er in sichtlich erregter Stimmung fort, indem er sich erhob, „ich habe Gottes Segen am Reichsten an mir verspürt, darum soll mein Dank gegen ihn auch billig der größte sein. Hier, Schiffsherr, steckt das in die Büchse für arme Schiffer," und damit drückte er ihm einige Rheinische Gulden in die Hand. „Gott aber und seine Heiligen will ich dadurch ehren, daß ich im Kloster der Väter zu St. Maria Magdalenen eine neue Altartafel stifte zu Ehren Gottes und der Nothhelferin dieses Klosters. Zur guten Stunde hat uns der Herr diesen geschickten Meisterknecht aus der Fremde heimkehren lassen. Dieser Altarschrein möge sein Meisterstück sein. So sind, wie ich hoffe, Alle unter meinem Dach heute glücklich und zufrieden, wie ich es selbst bin. Wer es nicht ist, der sage es frei heraus. Kann ich ihm helfen, ich helfe ihm gern.“

Alle schwiegen und sahen heiter auf den Kaufherrn, nur Einer blickte finster und trübe vor sich hin. Es war Klaus, der Schreiber. Herr Vicko bemerkte es wohl und sagte: „Klaus, kommt nachher in mein geheimes Sprechzimmer und sprecht mir frei von Eurem Kummer; kann ich ihn stillen, ich thue es gern. Euch aber, Kinder, groß und klein, Knechten und Mägden, möge der Herr die Mahlzeit gesegnet sein lassen.“

Darauf erhoben sich Alle von ihren Sitzen. Noch rief der Kaufherr den Schiffern zu, die mit den Hamburgischen Einrichtungen weniger vertraut waren: „Bis zum Schlag des Zeigers zwei Uhr sind die Badstuben nur den Frauen geöffnet, von da ab den Männern. Vertheilt Euch auf verschiedene Badstuben, damit Ihr die eine nicht zu sehr bekümmert.“

Alsdann ging die Gesellschaft auseinander. Herr Vicko aber ging mit Klaus, dem Schreiber, noch einige Treppen hinauf in sein kleines Gemach, wo er mit den andern Rathmannen und mit fremden Sendeboten der Stadt Heimlichkeit zu besprechen pflegte. Nachdem er die Thür sorgfältig hinter sich verriegelt und verschlossen hatte, sagte er theilnehmend: „Klaus, wie gerne sähe ich heute nur heitere Gesichter um mich! Kann ich etwas dazu thun, Euch heiter zu stimmen?“

„Herr Vicko,“ erwiderte der Schreiber, indem ihm vor Rührung die Augen feucht wurden und die Stimme zitterte: „Ich weiß, Ihr würdet mir gerne helfen, wenn's nur auf Euch ankäme," und damit ergriff er des Rathmanns Hand mit seinen beiden Händen und drückte sie. „Aber weder Ihr, noch irgend ein anderer Mensch kann mir helfen. Ich bin ein Ausgestoßener. Ich kenne weder Vater noch Mutter. Mir wird nie ein reines Glück blühen. Stets nur werde ich meine Füße unter fremder Leute Tisch stecken müssen. Unverständige Menschen — und die meisten sind es, — werden mich nie für voll halten. Dieser Kummer drückt schwer auf mich und anderer Leute Freude kann mich nicht erheitern."

„Klaus," erwiderte der Kaufmann, „ich fühle das mit Euch, wie schwer es für die Kinder ist, die Thorheiten der Eltern zu büßen. Aber es ist einmal der Lauf der Welt, und Ihr und ich und Viele der Verständigen werden es nicht ändern. Eine vollständige Gerechtigkeit scheint für uns arme, schwache Menschenkinder nur frommer Wunsch zu sein. Nur der Herr der Herren, der Herzen und Nieren prüft, waltet nie fehlend der Gerechtigkeit. Wir aber, Rathmannen, Fürsten, Bischöfe, und Könige, wir willküren das Recht, so gut es in unsern schwachen Kräften steht. Würde die Welt nicht aus Rand und Band gehen, wenn unechte Frauen und Kinder dieselben Rechte genössen als die echten? Ich hab's mir oft durch den Kopf gehen lassen, wie man's ändern könnte, aber mir ist nichts Besseres eingefallen, als unsern weisen Altvordern. Der vernünftige Mensch unterscheidet sich einmal dadurch von der unvernünftigen Creatur Gottes, daß Alles, was er thut und leidet, und sei es das Natürlichste, wie Essen und Trinken, Geborenwerden und Sterben, nach einer bestimmten Ordnung geschieht. Seine Handlung ist wild, wie die Woge des Meeres und die wilden Kräuter des Feldes, wenn nicht die Mutter Kirche und die geweihte Satzung der Menschen ihren Stempel darauf gedrückt. In meinen jungen Jahren dachte ich über Manches anders und schalt Kirche, Könige und Herren wegen ihrer wunderlichen Ordnungen. Aber seitdem ich im Rathsstuhl sitze und scheiden und schlichten soll, sehe ich ein, wie viel weiser des Rechts ein ganzes Volk ist, als der Wille und die dreiste Meinung der Einzelnen. Wir stecken Alle in den Banden der Sitte und der Gewohnheit und sind Alle von Fleisch und Blut. Beides steht oft im Widerspruch zu einander, aber was steht höher? Die wilde Freiheit der Natur, die in jedem Menschen steckt und sich mitunter tobend Bahn brechen will, oder die heilige Ordnung Gottes und des ganzen Volkes? Alle Ordnung hat ihre Härten, aber sie schränkt jeden Menschen wohlthätig ein zum Nutzen des Andern, damit ein Jeder Raum zum Leben habe. Wäre es nicht also, dann würden wenige Starke aufschießen wie die Riesen und den Raum für sich nehmen, und tausend Kleine finden kaum Platz zwischen ihren Füßen und müssen jeden Augenblick fürchten, zertreten zu werden, wenn sie nicht die Knechte der Riesen werden wollen. Aber von der heiligen Ordnung gezwungen,

stehen sie leiblich neben einander in derselben Größe.
Sie reiben sich ein wenig, aber sie erdrücken sich nicht
gegenseitig. Hielte Jeder unverbrüchlich die einmal
gesetzte Ordnung, das Leben würde viel leichter und
ohne manche traurige Störung dahinfließen. Aber was
ist's, das das Leben so qualvoll, so ungerecht und so
bitter macht? Ist's nicht die wilde Freiheit der Einzelnen? Stört nicht schon das Uebermaß Weniger,
die die gesetzten Schranken überschreiten, das Gleichgewicht der Welt? Wie sollte es aber werden, wenn
Jeder seinen wilden Neigungen folgen dürfte? Würde
es nicht ein wildes Durcheinander des menschlichen
Lebens werden? Oder wißt Ihr etwas Anderes,
Klaus? Sagt es mir dreist. Ich will es vorbringen
im Rathsstuhl; vielleicht findet es Beifall und diese
gute Stadt hat den Ruhm, eine große Ungerechtigkeit
der Welt zuerst zu vernichten."

Klaus schwieg darauf. Erst nach einer langen
Pause schlug er die Augen auf und sagte: „Herr
Vicko, so sanft und milde und gerecht, wie Ihr die
Welt beurtheilt, beurtheilen sie wohl Wenige. Auch
ich weiß wenig bessern Rath."

„Nun, so laßt es denn gut sein," erwiderte der
Rathmann. „Genießt das Leben, so gut Ihr könnt,
und laßt Euch den Kummer nicht anfechten, der nun
doch einmal unabwendbar ist. Soviel an mir liegt,
ich will Euch zu schreiben geben, sowie meine Kumpane, die meinen Rath hören wollen. Aber ist das
wirklich der Kummer, der Euch drückt? Ihr müßt

 seiner längst gewohnt sein. Ist's nicht etwas Be=
sonderes, dem ich helfen könnte? Mögt Ihr nicht zu
diesem Feste in meinem Hause kommen?"

Klaus erröthete bis an die Stirn und sagte: „Ja,
Herr, ich mag wohl." — Er dachte: Eure Gattin
ist so stolz gegen unser Einen; aber er sagte: „Mein
Kleid ist so wenig hochzeitlich."

Doch kaum hatte er dies gesagt, so schämte er sich
dessen. Keck und dreist hatte er über die Welt und
ihre wunderlichen Satzungen schelten wollen, aber die
Waffen versagten ihm gegen diese ruhige, milde Welt=
anschauung. Statt mit kecken Worten, war er mit
einer Bettelei hervorgekommen. Obgleich stets in
Noth und gewohnt, zu borgen und sich kläglich von
Tag zu Tag durchzuhelfen, so war er doch zu stolz,
um hier in der abhängigen Stellung sich selbst zu
demüthigen.

„Nun, wenn es weiter nichts ist," sagte der
Rathmann, „diesem Kummer will ich schon abhelfen.
Kommt in diesem Gewand, in dem Ihr mir manchen
Brief geschrieben habt. Es ist hochzeitlich genug.
Außerdem aber habe ich noch einen kleinen Stuben
englisches Laken, den ich Euch gern ablassen will."

Klaus wurde von Neuem verlegen, aber der
Rathmann ließ ihm keine Zeit mehr, dieser Ver=
legenheit Worte zu geben, sondern klopfte ihm ver=
traulich auf die Schulter und sagte: „Zu heute wird
es freilich kein Schneider mehr anfertigen können,
aber das Wamms kommt Euch wohl ein ander Mal

zu Statten. Geht nur hinunter zu Eler und laßt
Euch den Rest von dem blauen Tuche geben, wovon
er und die Lehrknechte ihre letzten Wämmser ge=
schnitten haben. Und zum Abend bringt vor allen
Dingen eine gute Laune mit.“

Neuntes Capitel.

Das Badegeld des Rathmannes wurde von allen
Hausgenossen und Gästen benutzt, zuerst von den
weiblichen Personen, sodann von den männlichen.
Gegen sechs Uhr Abends stellte sich schon die ge=
ladene Tischgesellschaft ein, wozu noch einige junge
Mädchen aus der Nachbarschaft und der Stadtschreiber
Johann Tunderstede nebst seiner Frau kamen. Des
Stadtschreibers Frau war in den vornehmen Kreisen der
Stadt eine ebenso auffallende als begehrte Erscheinung,
zumal sie es verstand, sich selten zu machen. Sie
war eine getaufte Jüdin, [53]) eine große Schönheit,
und stammte aus dem Bisthum Kammin, wo ihr
Vater des Bischofs Leibarzt gewesen war, den die
Herzöge von Pommern, die Hochmeister des Deutschen
Ordens, die Großfürsten der Litthauer und Russen
und die polnischen Könige oft bei gefährlichen Krank=
heiten zu Rathe gezogen hatten. Magister Johann
Tunderstede, der ein Mann von großer Schönheit,
Liebenswürdigkeit und Gelehrsamkeit war, hatte die
schöne und gelehrte Rahel einst auf einer Reise in
Stettin kennen gelernt, wo er dieselbe so zu fesseln

wußte, daß sie zum Christenthum übertrat und ihm
als seine Ehefrau nach Hamburg folgte. Da die Stadt=
schreiber früher meistens Geistliche gewesen waren und
mithin unverehelicht, so hatte dies Ereigniß seiner Zeit
im Rath und in der ganzen Stadt großes Aufsehen
erregt, zumal es in Hamburg gar keine Juden gab.
Der Rath hatte dem weltlichen Magister Tunderstede
die Ehe nicht versagen können und als die Herren die
neugetaufte Jüdin an der Seite ihres stattlichen Stadt=
schreibers in Hamburg sahen, fanden sie diese romantische
Neigung sehr begreiflich. Man hatte ihm darauf eine
größere Wohnung neben dem Schafferhaus angewiesen
und seiner Gattin alle Ehre erzeigt. [54] Als ärztliche
Helferin hatte sie sich in vielen Fällen außerordentlich
verdient gemacht, so daß man sie fast höher schätzte,
als des Raths Wundarzt. Ueber alle Frauen Ham=
burgs, selbst die Nonnen und Beginen, [55] ragte sie
durch ihre sonstige Bildung hervor, um die man
aber die Jüdin weniger beneidete, als man sonst bei
einer Christin sicher gethan hätte. Der zudringlichen
Neugier — denn oft lud man sie nur zur Schau für
allerlei Besuch ein, — wußte sie vortrefflich aus dem
Wege zu gehen, und sie zog es vor, ihrem Gatten in
seinem gelehrten Beruf zur Seite zu stehen, wozu sie
volle Muße hatte, da sie kinderlos war. Im Hause
Geldersen's sah man sie häufig, zumal sie mit der
Tochter des Hauses innig befreundet war. Dort lud
man sie auch fast nie vergebens ein.

Außerdem hatte die Frau des Hauses noch durch=

gesetzt, daß ein Braunschweigischer Geschlechter, Godeke
Porner mit Namen, eingeladen würde. Er war einer
der aus Braunschweig Verfesteten, der sich beim Bürger=
meister Krauel aufhielt und in Hamburg und Lübeck
dafür wirkte, daß die Hansen gemeinsame Schritte
gegen Braunschweig thäten. Er war ein junger Mann
von noch nicht ganz dreißig Jahren, von keineswegs
einnehmendem Aeußern und unangenehmer Sprache.
Diese Mängel aber suchte er durch eine übertriebene
Zierlichkeit der Gewänder und der Worte zu verdecken.
Frau Geldersen schätzte an ihm besonders die Zierlich=
keit der Kleidung und Rede und sein vornehmes Wesen.
Aber bei den übrigen Mitgliedern der Familie war er
keineswegs beliebt, so daß es erst zwischen den beiden
Ehegatten einen kleinen Wortwechsel gekostet hatte,
bis Herr Vicko in seine Einladung einwilligte. Be=
sonders peinlich war dem Rathmann der Schluß dieser
Unterhaltung gewesen, wodurch er sich genöthigt sah,
nachzugeben. Seine Frau nämlich äußerte, daß ein so
vornehmer Herr, wie Godeke Porner, doch gewiß eher
ein Recht hätte, berücksichtigt zu werden, als der ver=
laufene Schreiber Klaus, dessen Heimath und Eltern
Niemand kenne. So hatte der Rathmann endlich ein=
gewilligt, den Braunschweiger einzuladen, obwohl er
wußte, daß sich weder dieser wohl unter seinem Volke,
noch daß sich sein Volk wohl in dessen Gesellschaft be=
finden würde, denn man erzählte sich in der ganzen
Stadt Allerlei von den Lächerlichkeiten gerade dieses
Braunschweigers. Er hatte die Hamburger Kaufmanns=

und Brauersöhne so unendlich gewöhnlich und unritter=
lich gefunden, weil diese mehr Lust an Wasserfahrten
und Seereisen empfanden, als an allerlei Ritterspiel.
Nur eine verhältnißmäßig geringe Zahl junger Brauer
und Kaufleute hatten vor kurzer Zeit zwei Buhurdir=
kumpanien [56]) gebildet, die sich untereinander im Lanzen=
stechen übten und gelegentlich gegen einander buhur=
birten. Als er es mit seinen Prahlereien gar zu arg
trieb, hatte man ihn aufgefordert, doch in einer der
Buhurdirkumpanien seine Künste zu zeigen. Er war
in die vornehmere eingetreten, — wie er wenigstens
meinte, — in die der jungen Kaufleute, und häufig
genug spottete er über die Buhurdirkumpanie der
jungen Brauer. Zunächst war es ihm nicht allzu gut
ergangen bei den Uebungen seiner Kumpanie, aber
man war wenigstens glimpflich mit ihm verfahren.
Aber als einst beide Kumpanien auf des Rathes Wiese
vor dem Mühlenthor [57]) gegen einander buhurbirten,
da hatten es die jungen Brauer gerade auf ihn ab=
gesehen, denn er wurde verschiedene Male in den Sand
gestreckt und hatte sich den einen Fuß dermaßen ver=
staucht, daß er einige Wochen im Zimmer sitzen mußte
und noch lange Zeit hinkte. Selbst in seiner eigenen
Kumpanie hatte er wenig Theilnahme gefunden, und
die gottlose Hamburger Jugend sang beim Reigen ein
böses Lied auf den ritterlichen Braunschweiger. Nur
Frau von Gelbersen bekundete stets eine ausgesprochene
Theilnahme für ihn, und während der Zeit, da er
das Zimmer hütete, hatte sie die Gelegenheit benutzt,

die Bürgermeisterin Krauel öfter zu besuchen als ge=
wöhnlich, um den Braunschweiger Geschlechter zu trösten.
Sie hatte auch stets die Hoffnung bei ihm lebendig
erhalten, daß die Verfesteten bald in ihre Stadt zurück=
kehren, und daß die Braunschweiger Geschlechter mit
den Gilden abrechnen würden, wie die Kölner in der
Weberschlacht. Theilnahme erregt Theilnahme, und so
war der junge Braunschweiger nach und nach in ein
Verhältniß zu Frau von Geldersen getreten, das sich
vom Hofmachen wenig unterschied. Eigentlich war es
nicht so ernstlich gemeint, aber da sich die jungen
Mädchen gar bald vor dem eingebildeten Manne scheu
zurückzogen, so war es ihm eine gewisse Genugthuung,
etwas bei den älteren Frauen zu gelten. Ja er war
in seinen Gedanken schon so weit gegangen, eine Heirath
mit Marie Geldersen für eine leichte Sache zu halten,
da er ja bei der Mutter einen so großen Stein im
Brett hatte, und da nach der Sitte der Zeit Heiraths=
angelegenheiten meistens geschäftsmäßig mit den Eltern
abgeschlossen wurden. Sobald es daher sein Fuß
einigermaßen erlaubte, ließ er sich öfter im Geldersen'=
schen Hause sehen, und er fing an, in seiner zierlichen,
gekünstelten Weise der Tochter des Hauses den Hof
zu machen, allerdings mit sehr wenig Erfolg. Dieser
Mißerfolg hatte ihn hier bedenklicher als gewöhnlich
gemacht, zumal dieses Mal seine zierlichen Reden ernst
gemeint waren. Die Mutter aber, der er sein Leid
geklagt, ermunterte ihn immer von Neuem, denn ihre
Tochter sei wohl noch schüchtern und blöde, diese

Zurückhaltung würde bei häufigerem Verkehr wohl weichen u. s. w. So hatte er seine Werbungen, wenn auch nur ganz aus der Ferne, immer wieder erneut. An kleinen Aufmerksamkeiten gegen Tochter und Mutter hatte er es nicht fehlen lassen, denn er hielt es mit dem Grundsatz, daß man die Mutter gewinnen müsse, wenn man die Tochter erlangen wolle. Die Mutter ihrerseits, stolzer auf die Wirkung ihrer eigenen Schönheit und Liebenswürdigkeit, als sich für ihr Alter gebührte, hatte ihn immer mehr ermuntert, so daß er es gar nicht bemerkte, wie sein Verkehr in diesem Hause eigentlich ganz zwecklos war. Der nachsichtige Hausherr hatte es oft genug versucht, des jungen Mannes thörichten Geschlechterstolz zu dämpfen, doch selbst die leiseste Andeutung, daß die Braunschweigischen Gilden wohl einige Ursache zur Unzufriedenheit mit dem Regiment der Geschlechter gehabt hätten, brachte jenen gewöhnlich in eine unnöthige Hitze. Aber Frau von Gelderseu pflegte ihn dann hinterher in ihrer Weise wieder zu begütigen, so daß er trotz der sichtbaren Abneigung des Hausherrn wieder kam. Marie zeigte ihre Abneigung und Kälte ganz unverhohlen, und von ihr und ihrem Vater ging diese Stimmung auf das ganze Gesinde über, hinunter bis zur jungen Magd und bis zum letzten Lehrling. Vicko und Hartwig aber hatten sich auf eigene Hand ihre Meinung von dem Braunschweiger gebildet, denn sie hatten seiner Zeit dem großen Buhurd vor dem Mühlenthor zugeschaut, wo die Stimmung so allgemein für Godeke

Vorner ungünstig gewesen war, daß sie natürlich ebenso dachten. Außerdem war er im Hause besonders gegen den buckligen Hartwig so wenig gewinnend gewesen, daß sie ihn stets lieber gehen als kommen sahen. Aber stolz hatte die Hausfrau gegen das ganze Haus ihren Kopf darauf gesetzt, die Vorzüge des Braunschweigers ins hellste Licht zu setzen und seine Werbungen um ihre Tochter zu ermuthigen.

Die Frauen in Herrn Vicko's Hause waren den ganzen Nachmittag überaus geschäftig gewesen, um das Festmahl für den Abend zu bereiten. Und als die Gäste gegen Abend nach und nach sich einfanden, strömten ihnen schon aus der Küche die köstlichsten Wohlgerüche entgegen. In besondern Gemächern empfing die Hausfrau und ihre Tochter die ankommenden Frauen und der älteste Handelsknecht die Männer, denn Herr Vicko hatte noch nothwendig mit seinem Kleriker in der geheimen Kammer zu arbeiten. Endlich kam er mit demselben herunter, in einem bessern Gewande ebenso wie die Gäste. Herzlich begrüßte er die Männer, besonders Herrn Johann Tunderstede, mit dem er in flüsterndem Ton noch einige Dinge verhandelte. Der Stadtschreiber hatte eigentlich nicht der Einladung Folge leisten wollen, weil seine Arbeiten es ihm nicht erlaubten. Besonders machte ihm viel Mühe eine große Aufrechnung aller Auslagen und Kosten, welche die Stadt Hamburg seit Jahrhunderten für die Grafen von Holstein getragen hatte, eine Aufgabe, die seine regelmäßigen Geschäfte störend unterbrochen hatte. Er

wollte sich deswegen an diesem Abend sehr früh zurück=
ziehen, damit er am andern Morgen noch schnell einige
eilige Sachen erledigen könnte. Der Rathmann aber
beugte dem vor, indem er ihm rieth, seinen Schreiber
Klaus am nächsten Morgen, wie in der nächsten Zeit
zu beschäftigen. Er wolle schon dafür sorgen, daß
ihm der Rath für diese Hülfe eine kleine Verehrung
zu Theil werden lasse. Damit machte er die beiden
Männer miteinander bekannt. Der Reihe nach sprach
der Rathmann jetzt mit den Uebrigen einige Worte,
während die Andern sich gruppenweise unterhielten,
der Braunschweiger aber besonders mit Siegfried, um
noch einige Neuigkeiten aus seiner Vaterstadt zu hören.
Endlich trat Abele herein und forderte die Gäste auf,
ihr zur Tafel zu folgen.

Es war mittlerweile dämmerig geworden und durch
vorgezogene Teppiche hatte man das Zimmer vollends
verdunkelt. Aber einige zwanzig Wachskerzen ver=
breiteten von dem buntbemalten Leuchterbaum fast
Tageshelle über das ganze Gemach. Die Tafel war
festlich gedeckt: [58]) zuerst mit einem Unterlaken, darüber
Handlaken, deren Zipfel nach den einzelnen Plätzen
herabhingen, damit Jeder sie für seine Hände benutzen
könne. Darüber war ein blendend weißes Leinentuch
ausgebreitet. Die auf dem Tische stehenden zinnernen
Teller hielten die einzelnen Handtücher fest, daß sie
nicht herabfielen. Vor jedem Platz stand ein zinnerner
Teller und ein platter aus Brod geformter Teller,
der dazu diente, daran die Finger abzuwischen; außerdem

verschiedene Metallbecher und grüne Gläser zu den
verschiedenen Weinen. Als die Hausgenossen und die
Gäste Platz genommen hatten, wurde zuerst geröstetes
Zuckerbrod herumgereicht und Malvasier eingeschenkt.
Alsdann folgte Schweinebraten, Kuhzunge, Hühner=
braten, Entenbraten, Grapenbraten,[59]) getrockneter
Bergischer Fisch mit Butter, Mandelmuß, gewürzter
Kuchen, zuletzt Texter Käse, Aepfel, Nüsse und Krull=
kuchen. Malvasier wurde während der ganzen Tafel
getrunken, weniger und nur von Einzelnen Rheinwein.
Von einem um einige Stufen höher liegenden Gemache,
dessen Thür geöffnet war, erscholl zur Tafel eine lieb=
liche Musik, die eines Ehrbaren Raths Trompeter,
Pfeifer und Fiedler zum Besten gaben, so daß Alle
in der muntersten Stimmung waren. Je näher man
dem Schluß der Tafel kam, die wohl etliche Stunden
währte, wo man mehr naschte als aß, desto lebhafter
wurde die Unterhaltung.

Als nun die Spielleute eine größere Pause machten,
um sich selbst an Speis und Trank zu stärken, da
erscholl von der großen Diele des Hauses herauf eine
fast noch lieblichere Musik, als die, welche die Raths=
pfeifer bereitet hatten. Alle horchten auf, und Bicko
wie die Lehrlinge, unter denen er saß, riefen wie aus
einem Munde: „Hört, fahrende Spielleute!"

Man schickte eine Schüssel mit Braten und einige
Humpen Weins hinunter, um sie zu belohnen, und auf
den allgemein geäußerten Wunsch lud der Rathmann
sie ein, das heutige Fest mit verherrlichen zu helfen.

Es waren dieselben Spielleute, die am Sonntag zuvor beim Roland aufgespielt hatten, und die dort durch den Kniper verscheucht waren. Sie waren die Spielleute des Bischofs von Verden, die eine kleine Rundreise machten, um die Freunde ihres Herrn zu beehren. Auch Herr Vicko war einer von diesen, denn der Bischof borgte häufig bei ihm Tuch, Heringe, Wachs und allerlei Waaren, ja mitunter gegen gutes Pfand auch baares Geld. [60]) Unter diesen Umständen konnte Herr Vicko nicht umhin, selbst hinunter zu gehen und dem Vorspieler eine kleine Verehrung zu überreichen und für ihre Rückreise einen schönen Gruß an den Herrn Bischof aufzutragen. Es wurde beschlossen, daß beide Banden, die Verden'sche und die Hamburgische, einander ablösend spielen sollten, damit hinterher die Pausen zwischen den einzelnen Reigentänzen nicht zu groß wären; denn es hatte sich jetzt eine solche Tanzlust Aller bemächtigt, daß des Raths Trompeter sie allein nicht befriedigen konnten.

Die Tafel wurde darum bald aufgehoben und, damit man möglichst schnell zum Reigen käme, eiligst beseitigt, wobei die eingeladenen jungen Mädchen und selbst die Lehrlinge hülfreiche Hand anlegten. Freilich war das größte Gemach des Hauses, das fast einem Saal glich, kaum groß genug, um der tanzlustigen Menge zu genügen. Aber der älteste Handlungsknecht hatte dafür gesorgt, daß die große untere Diele aufgeräumt worden war. Nur wenige Fässer und Kisten standen an der Seite, die zugleich als Sitzplätze dienen konnten. Die Wage war ganz beseitigt worden und das Tau der Winde seitwärts befestigt, so daß die Diele der beste Raum zum Tanzen schien. Einstimmig erklärte sich das junge Volk dafür, dort zu reihen, und Herr Vicko, der in seiner glücklichsten Stimmung war, konnte heute Niemand etwas abschlagen. Die Hamburgische Musikbande nahm auf dem großen Treppenabsatze Platz, während unter demselben auf dem hinteren Theil der Diele Stühle für die Herr= schaft hingesetzt wurden, sowie ein Tisch mit Wein= krügen und Bechern. Die Verden'sche Bande aber nahm Platz auf verschiedenen Fässern an der Seite der Diele. Nur ein Uebelstand war vorhanden, daß die Diele nicht hinlänglich erleuchtet war, und den herrlichen Lichterglanz des oberen Gemaches wollte die tanzlustige Jugend ungern entbehren. Aber die Jugend, weniger bedenklich in Allem, was sie thut, schlug sogleich vor, den Kronleuchter abzunehmen und unten an den Haken der Wage zu hängen. Doch Herr Vicko machte ein höchst bedenkliches Gesicht dazu, denn wie leicht konnte der kostbare Kronleuchter dabei be= schädigt werden. Seine Gemahlin jedoch, welche gern die ganze Herrlichkeit des Hauses entfalten wollte, war dafür. Da ihr nun der Rathmann erreichbare Dinge nicht gern abschlug, und Siegfried, der als Maler mit Leuchterbäumen Bescheid wußte, sich dafür ver= bürgte, zusammen mit dem ältesten Handlungsknecht den Leuchterbaum glücklich an den Wagehaken zu be= fördern, so willigte Herr Vicko ein. „Aber," sagte er

9*

lächelnd und mit dem Finger drohend zu seiner Frau, „geschieht ein Unglück dabei, und zerbricht der kost= bare Leuchterbaum, Du bekömmst keinen neuen wieder."

So machte sich Siegfried mit dem ältesten Knecht daran und brachte den Leuchterbaum, nachdem die Lichter ausgeblasen waren, von dem einen Haken herunter, ebenso vorsichtig tragend die Treppe hinab und an den Wagehaken. Als nun die Lichter wiederum angezündet waren und im hellsten Glanze strahlten, da erscholl ein brausendes Hoch auf das Wohl von Herrn Vicko und seiner Gattin.

Während der Zurüstungen auf der Diele hatte sich eine große Menge neugieriger Menschen vor der offenen Hausthür eingefunden, die jetzt jubelnd in das Hoch der Gäste und den schmetternden Tusch der beiden Musikbanden einfielen. Dann begann der erste Reigen, zu dem selbst Herr Vicko und seine stattliche Gattin antraten, der Braunschweiger Geschlechter mit des Rathmanns Tochter, Siegfried mit der alten Magd Abele und die Andern je nach Neigung, oder wie der Zufall es fügte. Die Hamburgische Bande spielte ihren langsamsten und würdigsten Reigen, den auch ältere Leute im richtigen Tacte mittreten konnten, während die Verden'schen Spielleute auf den Tonnen rasteten und essend und trinkend zuschauten. Würde= voll tanzten die Reihen gegeneinander, reichten sich die Hände und ließen sich wieder los, verloren sich bald untereinander und fanden sich wieder, und die bekannten Mädchen und Jünglinge drückten einander

die Hände und sahen sich lächelnd an. Am Zierlichsten
aber, wenn auch nicht am Schönsten, trat der Braun=
schweigische Geschlechter den Reigen, faßte zart die
Hand seiner Tänzerin, warf ihr schmachtende Blicke
zu und manch Seufzer entfloh seiner Brust, als seine
Tänzerin gar nichts davon bemerken zu wollen schien.
Desto mehr aber bemerkte die neugierige Menge an
der Thür davon. Einer stieß den Andern an, und
man hatte nicht übel Lust, laute Bemerkungen darüber
zu machen. Doch der Kniper hatte sich innerhalb der
Thür aufgestellt, und obgleich er gerade mit großem
Behagen eine Entenkeule verzehrte und ein Glas Mal=
vasier dazu schlürfte, war sein Gesicht doch mit einer
solchen Amtswürde umgeben, daß sich keine unehr=
erbietige Bemerkung hervorwagte. Nachdem der erste
Reigen beendet war, spielte die Verden'schen Bande
eine schnellere Weise, nach der nur das junge Volk
tanzte, während die älteren Leute im hinteren Theile
der Diele saßen, plauderten und zuschauten.

So vergnügte man sich bis über die zehnte Stunde
hinaus, und das Volk vor der Thür konnte sich nicht
satt sehen. Als man einige Stunden tüchtig gereiht,
auch verschiedene Lieder gesungen hatte, zogen sich all=
mälig immer mehr vom Reigen zurück, denn der
Rathmann hatte mit diesem und jenem zu sprechen,
wie sich sonst hier und da Gruppen bildeten. Siegfried
stand einige Zeit lang plaudernd bei Marien, Klaus
unterhielt sich mit den Mägden des Hauses und den
Knaben, der Rathmann aber redete mit dem Stadt=

schreiber, und der Braunschweiger mit der Hausfrau.
Der Rathmann besprach mit dem Stadtschreiber gerade
den neuen Altarschrein, den er für das Maria-Magdalenen-Kloster stiften wollte. Es sollte ein großes, herrliches Bild werden mit zwei Thüren. Die innere
Fläche sollte das Leben des Grafen Adolph IV. von
Schauenburg darstellen, und zwar in verschiedenen
kleineren Bildern auf den Flügelthüren. In der Mitte
aber sollte der letzte entscheidende Augenblick der Schlacht
von Bornhöved dargestellt werden, und in den Wolken
schwebend die heilige Maria Magdalena im Glorien-
scheine. Die äußeren Seiten der Flügelthüren sollten
in verschiedenen Feldern das Leben der heiligen Maria
Magdalena darstellen. Es war die Frage, welche Ereignisse man aus dem Leben Adolph's und der Heiligen
wählen solle. Der Rathmann bat nun den gelehrten
Stadtschreiber, er möchte die alten Chroniken und
Legenden fleißig studiren, damit man sich bald mit
dem Maler über die einzelnen Bilder einigen könne.
Zu diesem Zweck sollte der Stadtschreiber, der Guardian des Barfüßerklosters, der ein Vetter des Hausherrn
war, und der Meisterknecht Siegfried in den nächsten
Wochen öfter eingeladen werden, damit Herr Johann
und der Guardian die Geschichte Adolph's und die
Legende von der heiligen Maria Magdalena vorläsen
und daß Siegfried seine Meinung darüber sagte. Dafür aber, daß er ihm noch neue Arbeit auferlege zu
des Raths Aufträgen, wolle er ihm seinen Schreiber
Klaus für einige Wochen leihen. Er wolle die Sache

gleich mit Siegfried besprechen, während der Stadt=
schreiber sich mit Klaus über die Hülfe einigen möge.
Hartwig, der mit leuchtenden Augen die Unterhaltung
seines Vaters über das neue Bild angehört hatte, lief,
kaum den Wink seines Vaters erwartend, zu Siegfried
hinüber und rief ihn von Mariens Seite zu seinem
Vater. Der Stadtschreiber aber, der sich jetzt von
den Ehegatten und dem Braunschweiger verabschiedete,
ging zu Klaus, der im vordern Theil der Diele stand.

Da jetzt bei der müderen Stimmung und den vielen
plaudernden Gruppen kein vollständiger Reigen mehr
zu Stande kam, riefen Einzelne den Musikern zu, einen
Rundtanz zu spielen. Die Rundtänze nämlich waren da=
mals noch äußerst selten und kamen erst auf. 60a) Man
hielt sie nicht für recht schicklich und sittsam; besonders
in den oberen Ständen verhielt man sich sehr ablehnend
dagegen. Zu Hamburg waren sie noch so wenig üblich,
daß man in der neuesten Hochzeitsordnung nicht einmal
für nöthig gehalten hatte, sie zu verbieten. Als jetzt
Einzelne einen Rundtanz begehrten und die jungen
Männer einige Mädchen dazu aufforderten, verweiger=
ten es einige geradezu, zwei aber ließen sich endlich
nach vielen Bitten herbei, dazu anzutreten. Tief er=
röthend ließen sie sich von ihren Tänzern um den Leib
fassen, was freilich beim Reigen oft in noch viel derberer
Weise geschah, und die Paare gingen nun Arm in
Arm einige Schritte die Diele entlang, den Körper
nach der Weise der Musik hin und her wiegend und
den Fuß nach dem Tacte langsam durch die Luft be=

wegend, bis sie endlich in den gehörigen Schwung gekommen zu sein schienen, die ledigen Hände zusammenlegten und nun schnell wie ein Kreisel über die Diele dahin wirbelten. Die flotten Tänzer erregten bei den Zuschauern außen und innen die größte Bewunderung und ernteten reichen Beifall. Auch Klaus, der seine trübe Stimmung vom Vormittag bei all der Heiterkeit überwunden hatte, schaute lächelnd den Paaren zu, und knüpfte mit einer Schönen soeben eine Unterhandlung an, ob sie nicht mit ihm einen Rundtanz wagen wollte. Doch wurde er darin von dem auf ihn zukommenden Stadtschreiber unterbrochen, mit dem er jetzt bald in ein ernsteres Gespräch vertieft war.

Der Braunschweiger und die Hausfrau hatten den Rundtänzen aufmerksam zugeschaut und sich an den zierlichen Bewegungen der beiden Paare ergötzt, denn in Braunschweig und Köln war diese Sitte schon weiter vorgeschritten. Soeben machte sie Herr Godeke auf das junge Mädchen aufmerksam, der Klaus lächelnd einen Rundtanz anbot, die aber nicht recht zu wissen schien, ob sie es wagen solle oder nicht.

„Seht, geehrte Frau,“ sagte Herr Porner, „wie schön sich dieses Paar in seinem Bitten und Sträuben macht. Wer ist denn dieser dunkelhaarige, blasse Mann? Sein Gewand ist dürftig und am Wenigsten hochzeitlich. Seht nur, wenn er dort so ernst und würdig mit dem Herrn Stadtschreiber spricht, hat er nicht eine große Aehnlichkeit mit Eurem Herrn Ehegemahl? Ist es etwa ein Verwandter von Euch aus einer Seitenlinie?“

Frau von Geldersen fühlte sich tief verletzt von dieser Rede, aber da sie die Aehnlichkeit nicht finden konnte, suchte sie ihren Aerger zu verbergen und sagte, sich zum Lächeln zwingend: „Er ist ein Schreiber; fragt ihn selbst nach seiner Herkunft, wenn es Euch am Herzen liegt." Und ohne des Braunschweigers Einwilligung abzuwarten, winkte sie dem jungen Vicko, der gerade in der Nähe stand, den Schüler herbei= zurufen.

Der Stadtschreiber hatte sich soeben von Klaus entfernt, nachdem er ihm noch einmal eingeschärft, am andern Morgen um Fünf bei ihm zu sein, da forderte ihn Vicko auf, zu Herrn Porner zu kommen. Als ihn Herr Porner gleich darauf vor sich sah, war er in nicht geringer Verlegenheit, wonach er ihn fragen sollte. Klaus erkundigte sich in bescheidener Weise, warum man ihn gerufen, worauf Frau Geldersen mit triumphirender Miene wiederholte: „Nun, Herr Porner, wolltet Ihr nicht den Schreiber Klaus nach seinem Geschlecht und seiner Heimath fragen?"

Klaus erbleichte, und mit bebender Stimme sagte er dem Braunschweiger: „Herr, wüßte ich meine Heimathstadt, sicher hätte ich mich so betragen, daß ich nicht daraus verfestet wäre. Sagt mir doch Eure Heimath. Braunschweig ist's doch nicht, und es soll Euch schwer fallen, in dieser guten Stadt eine neue Heimath zu gründen. Euer Uebermuth scheint durch die Verfestung noch nicht gebrochen zu sein."

Der Braunschweiger erhob sich jetzt, und seine

Hand an das Messer an seinem Gürtel legend, rief er: „Unverschämter Bastard, wer auch immer Dein Erzeuger gewesen sein mag, fühlte ich mich nicht zu stolz, mich mit Deinem gemeinen Blute zu beflecken, Du solltest Deine Frechheit schwer büßen. Aber ein ritterlicher Mann, wie ich — —"

„Ein ritterlicher Mann?" wiederholte Klaus, ihn von oben bis unten betrachtend und seine Faust erhebend, als wollte er ihm einen Schlag versetzen. „Doch," unterbrach er sich besinnend, „was soll ich meine Hand damit beflecken, einen verfesteten, heimathlosen Mann anzutasten, auf den die Kinder mit den Fingern weisen, dessen feinen Ruhm die Weiber in allen Twieten singen. Hört Ihr die Reigenweise?" — Es wurde nämlich gerade der Reigen gesungen und getanzt, in den man jenen Spottvers auf den Braunschweiger eingefügt hatte, und soeben wollte man einen neuen Vers beginnen. — Klaus aber unterbrach den Vorsänger, der überdies schon auf den lauten Wortwechsel des Schreibers und des Braunschweigers aufmerksam geworden war, und stimmte den Spottvers an, worin sofort alle Tanzenden einstimmten. Die Wuth des Braunschweigers kannte jetzt keine Grenzen, und Klaus einen Stoß gegen die Brust versetzend, daß er von der Erhöhung herunter= taumelte, rief er: „Kniper, setzt diesen Mann in die Büttelei!" Doch in demselben Augenblick kam der Hausherr herbei und sagte mit ruhiger Stimme zu dem schon an Klaus herangetretenen Kniper: „Diener,

Dein Platz ist an der Thür. Ich bin der Herr des Hausfriedens.“

Den stillstehenden Tänzern und den pausirenden Spielleuten sagte er darauf: „Meine Freunde, ich glaube, wir machen für heute Feierabend. Ein jeder Gast soll in meinem Hause dasselbe Recht genießen.“ — Dann aber wandte er sich mit erregter Stimme an Klaus und sagte: „Klaus, Ihr dürft mein Haus nicht mehr betreten, da Ihr nicht versteht, Maß zu halten und den Hausfrieden zu wahren. Herr Porner, mit Euch habe ich besonders zu sprechen.“

In wenigen Augenblicken waren die bestürzten Gäste bereit zum Fortgehen und zündeten ihre Horn= laternen an. Der bestürzte Klaus stand noch wie wartend auf der Diele und fragte: „Ich soll Euer Haus meiden, Herr Vicko, ohne daß Ihr die Gründe meines Be= nehmens gehört habt?“

„Klaus,“ erwiderte der Kaufmann ruhig, aber fest, „ich denke Euch unzweideutige Beweise meines Wohl= wollens gegeben zu haben. Ein Euch in meinem Hause zugefügtes Unrecht hätte ich sicherlich gut gemacht, hättet Ihr Euch an mich gewandt. Aber Ihr über= botet das Unrecht mit größerem Unrecht.“

„Herr Vicko,“ erwiderte Klaus jetzt höhnisch, „der Wurm krümmt sich, wenn er getreten wird, aber ein Mensch soll schweigend Alles über sich ergehen lassen. Der unechte Mann ist auch in Eurem Hausfrieden nur ein Mann mit halbem Recht. Ich dachte, daß das Recht, daß Ihr in Eurem Hause setzen könnt,

Niemand kränken würde. Aber ich sehe, daß die Hamburger Rathmannen nicht mehr gar zu fern von dem Uebermuth der Geschlechter entfernt sind.“

Als sich Klaus trotzig ohne zu grüßen entfernt hatte, unterredete sich der Kaufmann noch mit dem Braunschweiger und seiner Frau. Obgleich Keiner recht mit der Sprache heraus wollte und die volle Wahrheit sagte, so sah der Rathmann doch ein, daß sowohl Porner überflüssige Bemerkungen gemacht, als seine Frau sich in übel angebrachter Weise gerächt hatte. Und als sich Herr Porner empfohlen hatte, gab es zwischen den beiden Ehegatten noch einen heftigen Wortwechsel, worin der Rathmann seiner Frau ihren alten Hochmuth vorhielt, und sie ihm seine schädliche Herablassung zum gemeinen Manne. Sie warf ihm vor, daß er die Schuld hätte, weil er den Schreiber eingeladen, er ihr, weil sie darauf gedrungen, den lächerlichen Braunschweiger einzuladen. Wie es in solchen Fällen zu gehen pflegt, kein Theil mochte sich überzeugen lassen. Aber der Rathmann behielt dies Mal das letzte Wort, indem er seiner Frau sagte: „Die schönsten Tage unsers Lebens hast Du fast immer durch einen Mißklang gestört. Wer weiß, wohin Dich diese Fehler noch führen können. Möge der Allmächtige Dich nicht in seinem Zorn endlich zur Einsicht bringen, da Güte und Nachsicht doch nichts bei Dir fruchten.“

Aber auch bei Marien hatte der Tag, der so fröhlich begonnen, keine heitere Stimmung hinterlassen, als sie sich auf ihr Zimmer begab. Noch eine geraume Zeit

daß sie bei der Wachskerze und gedachte der eben ver=
lebten Stunden. Der Braunschweiger, der sie so sehn=
süchtig beim Reigen angeblickt, war ihr längst zuwider,
so sehr ihn die Mutter auch rühmte; heute war er ihr
vollends verhaßt geworden, da er den armen Schreiber
so schändlich gereizt, obwohl sie die Veranlassung des
Wortwechsels nicht genau kannte. Sie ahnte aber,
daß ihre Mutter mit daran Schuld sei. Um so mehr
mußte sie sich wundern, daß Siegfried so viel Gnade
vor den Augen ihrer Mutter gefunden. Unwillkürlich
stellte sie Vergleiche zwischen ihm und dem Braun=
schweiger an. Sprach nicht Alles für Siegfried?
Seine schöne Gestalt, sein frisches, heiteres, offenes
Wesen. Aber, es war ein Handwerker! Sie wagte
nicht weiter zu denken, sie wollte nicht weiter sinnen!
Doch immer kehrten ihre Gedanken auf denselben Punkt
zurück, und endlich nahm sie ihr Gebetbuch hervor und
betrachtete die gefundenen, jetzt breitgepreßten Vergiß=
meinnicht und das Bild vom Roland, das ihr Sieg=
fried einst als Knabe geschenkt hatte. War es nicht
wie eine Fügung, daß Beides so zu einander gekommen?
War nicht noch mehr von der Vorsehung beschlossen?
War es nicht ebenso wunderbar, daß Siegfried nach
seiner Heimkehr zuerst in ihrem Hause arbeiten mußte?
Daß er sein Meisterstück im Auftrage ihres Vaters
malen sollte? Sie freute sich, daß sie ihn in Folge
dessen häufiger sehen würde; sie freute sich, daß die
Mutter Wohlgefallen an ihm gefunden. Aber konnte
es schließlich nicht ebenso enden, wie dieser so fröhlich

begonnene Tag? Noch lange beschäftigten sie diese Gedanken wachend, und dieselben verfolgten sie bis in ihre Träume vom süßen Liebesglück, das plötzlich jäh von ihrer Mutter gestört wurde.

Zehntes Capitel.

Der Rathmann war früh aufgestanden, denn die Aufregung des vergangenen Abends hatte ihn zeitig geweckt, und sein Kleriker für Rathsangelegenheiten, der für diesen Morgen eine weniger gute Laune voraussah, hatte es vorgezogen, lieber eine halbe Stunde eher zu erscheinen. Herr von Geldersen öffnete ihm selbst, in seinen Schafpelz gehüllt, die Thür und begab sich sogleich mit ihm in seine Geheimkammer. Dort gab er ihm den Inhalt verschiedener Schriftstücke an, wofür er selbst die Notizen niedergeschrieben hatte, besonders eine Berechnung alles Getreides in der Stadt. Für einige andere Dinge, womit er allerdings nicht beauftragt war, hatte er ebenfalls einige Zusammenstellungen gemacht und durch seine Kleriker machen lassen, denn Herr von Geldersen stand in dem Rufe, der fleißigste und urtheilsfähigste Rathmann zu sein. Kämmereiherren, Mühlsteinherren, Weinherren und Weddeherren, mit deren Geschäften er gerade nichts zu thun hatte, konnten selten ihre Berichte so genau machen, daß Herr von Geldersen nicht noch irgend eine Lücke darin gefunden hätte. Häufig stießen seine beiläufigen

Bemerkungen den ganzen Bericht des betreffenden Be=
arbeiters um. Neben seiner eigenen Umsicht in allen
geschäftlichen Dingen leistete ihm sein Kleriker, ein
Hamburger Kind von niedriger Herkunft, der die Stadt
in geistlicher und weltlicher Beziehung bis ins Kleinste
kannte und durch seinen jahrelangen Verkehr mit dem
Rathmann seinen Blick unendlich geschärft hatte, eine
bedeutende Hülfe. Dieser arme Kleriker verstand
es, die vielen Aufträge des Rathmanns mit solcher
Geschicklichkeit zu lösen und alle Erkundigungen so
genau einzuziehen, wobei er selbst die Geheimnisse der
Beichte, wenn auch ohne Namen, benutzte, daß seinem
Spürsinn fast nichts innerhalb des Weichbilds von
Hamburg entging. Alle diese Dinge wußte er seinem
Herrn, dem Rathmann, stets so vorzutragen, mit
Hervorhebung der schlagendsten Einzelheiten, daß dieser
wiederum mit seiner lebendigen Auffassungsgabe in
einer halben Stunde besser über verwickelte Angelegen=
heiten unterrichtet war, als mancher Rathmann nach
wochenlangem Bemühen. Es war daher nicht aus=
geblieben, daß Geldersen fast immer mit den schwierigsten
Aufträgen bedacht wurde, die er auch stets mit weniger
Sträuben annahm, als seine Kumpane. So war es
denn geschehen, daß der Kaufmann Geldersen eins der
wichtigsten Mitglieder des Rathes geworden war.
Bevor er in den Rath gekoren war, hatte er als einer
der Wittigsten viel gegen den Rath gesprochen. Es
hatte sich diese Neigung aber sehr bald gelegt, wie die
Meisten genöthigt sind, die Grundsätze der Ordnung,

die eine Obrigkeit befolgt, und die sie vorher selbst
heftig bekämpft hatten, in der Folge, wenn sie ein Mit=
glied derselben Obrigkeit geworden sind, selber anzu=
nehmen. Nicht als wenn ihre Ueberzeugung durch
Gunst und Gaben erkauft wäre, sondern weil sie vorher
die Verhältnisse nicht gehörig überschauten. Bei Herrn
Geldersen hatte sich diese Wandlung nur etwas schneller
vollzogen, als bei schwachen Gemüthern, die es nicht
gern einsehen und durchaus nicht gestehen mögen, daß
sie hätten Unrecht meinen oder thun können. Und
wenn einer seiner früheren Freunde von den Wittigsten
der Stadt ihn an seine frühere Meinung erinnerte,
dann pflegte er lächelnd zu sagen: „Ich habe mich
eben besser besonnen und bin weiser geworden und
schäme mich dessen nicht, daß ich früher nicht so weise
war. Kommt auch in den Rath: es sieht sich dann
so Manches anders an. Wem Gott ein Amt giebt,
dem giebt er auch den Verstand." Damit war er
freilich durchaus kein Jaherr geworden, sondern er
trat mit Entschiedenheit im Rath für seine Meinung
ein und wußte meistens die schwankende Menge zu
sich herüberzuziehen. Sein klarer Einblick in die Ver=
hältnisse des Lebens und sein wahrhaft peinliches Gerech=
tigkeitsgefühl gaben ihm über die Mehrzahl der Rath=
mannen eine große Ueberlegenheit. Nur da, wo der
Eigennutz und die Standesvortheile der meisten Rath=
mannen gegen seine Ansicht waren, konnte er den
Widerstand nicht beseitigen, so freudig er selbst persön=

liche Opfer brachte. Vor einem solchen Falle stand er jetzt, wo er in der Sache der Aemter gerne etwas gethan hätte, aber gegen die Mehrheit des Raths nichts vermochte. Nachdem er sich bei seinem Kleriker noch über die Stimmung der Aemter vergewissert hatte, bat er diesen, schnell einen kleinen Brief an Johann Tunderstede zu schreiben, worin er jenen ersuchte, den Schreiber Klaus nicht zu beschäftigen, da sich derselbe gestern in seinem Hause so ungebührlich gegen den Braunschweiger Gast benommen hätte, daß er ihn nicht ferner beschäftigen, noch ferner als Rathmann zu Schreibereien für die Stadt empfehlen könne. Diesen Brief nahm er dann mit in die untere kaufmännische Schreibstube, damit ihn der Lehrling zum Stadtschreiber herumbrächte.

Während der Kaufmann dann seine geschäftlichen Angelegenheiten mit seinen Knechten besorgte, und der Lehrling den Brief beförderte, war Klaus in des Stadtschreibers Wohnung gekommen und hatte sich dort vorläufig mit den auf dem Tisch befindlichen Schriften bekannt gemacht, da der Stadtschreiber noch nicht ganz mit seinem Morgenanzug fertig war. Das Arbeitszimmer desselben war einfach genug. Kleine, runde, in Blei gefaßte Glasscheiben verbreiteten ein spärliches Licht, so daß die Tische dicht unter die Fenster gerückt waren. Auf denselben lagen verschiedene große Bücher, in Schweinsleder gebunden, hier und da auch angefangene Schriften, deren Pergamentrollen durch schwere Bleistücke am Zusammenrollen verhindert wurden. Auf einem Bücherbort an der Wand stand eine so große Menge von Büchern, wie man sie damals bei wenigen Privatpersonen fand. Es waren theils die eigenen Bücher des Stadtschreibers, theils solche, die er zum Verkauf hatte, — denn die Stadtschreiber der damaligen Zeit befaßten sich zugleich mit dem Bücherhandel.[61]) Auf einem Tisch an der Wand lagen halb eingebundene Bücher, denn auch das Gewerbe des Buchbinders versahen die Schreiber jener Zeit. Meistens waren dieselben für einen gewöhnlichen, derben Schweinsleder- oder Holzband bestimmt, wofür die Materialien dort lagen. Nur einige ganz kleine Bücher, die bis auf die metallenen Ecken, welche der Goldschmied oder Riemenschläger[62]) zu besorgen pflegte, fertig waren, hatten einen zierlichen welschen Band. Da sich Klaus ebenfalls auf diese Kunst verstand, betrachtete er sie genauer. Aber als er ihren Inhalt ansehen wollte, fand er, daß sie hebräisch geschrieben waren, und er schloß richtig daraus, daß sie der Frau des Stadtschreibers gehörten. Diese aber, die selbst der lateinischen und hebräischen Sprache vollkommen mächtig war, sowie mancher Schriften, pflegte dergleichen Bücher zierlich abzuschreiben und gelegentlich in diesem zierlichen Bande an die Juden der Nachbarstädte zu verkaufen. Er blätterte in den hebräischen Büchern neugierig umher, aber bald legte er sie fort und blickte in einen Folianten, der gerade auf dem Tisch aufgeschlagen war. Es waren die Kämmereirechnungen, aus denen der Stadtschreiber jetzt gerade

die Gelder zusammenrechnete, welche die Stadt Ham=
burg im Laufe der Jahre für die Grafen von Holstein
aufgewandt hatte. Er hatte dazu gewissenhaft alle
alten Rechnungen durchstöbert bis auf die neueste Zeit.
Und so lag jetzt nach Vollendung der Arbeit noch der
letzte Band der Stadtausgaben aufgeschlagen auf dem
Tisch. Klaus blickte hinein und las dort in schlechtem
Latein: Sechzig Pfund für die Sessel der Rath=
mannen im Rathhause und vier ein halb Pfund für
die Kissen darauf.⁶³) Er lächelte hämisch, aber bevor
er noch weitere boshafte Gedanken haben konnte, trat
der Stadtschreiber herein und begrüßte ihn freundlich.
Dieser wies ihm dann einige Schriften zum Abschreiben
an und machte sich selbst an die Arbeit. Bald darauf
hatte Frau Tunderstede auch das Frühstück bereitet
und war eben im Begriff, dasselbe aufzusetzen, als
Herr Vicko's Lehrling hereintrat und dem Stadtschreiber
den Brief überreichte. Derselbe überflog ihn schnell
und sagte freundlich scheltend zu Klaus: „Aber Unglücks=
mensch, was habt Ihr gestern Abend noch angerichtet!
Herr Vicko schreibt mir soeben, daß Ihr durch ein
ungebührliches Benehmen gegen den Braunschweiger
Herrn das ganze Fest gestört, und daß er Euch aus
seinem Dienst entlassen hätte. Als Rathmann könne
er Euch nicht mehr für Herrendienste empfehlen."

Klaus erbleichte und sagte: „So schwindet mir
schnell der matte Glücksstrahl sicherer Arbeit, der mir
anfing zu leuchten. Der Braunschweiger Geschlechter
hat mich aufs Schändlichste beleidigt; vielleicht noch

mehr Frau Geldersen. Ganz verstehe ich die Sache nicht." Darauf erzählte er in kurzen Worten dem Stadtschreiber und dessen zugleich neugierig und theilnehmend fragenden Frau, wie sich die Sache entwickelt hätte. Beide, besonders aber die Frau, legten die aufrichtigste Theilnahme für Klaus an den Tag.

„Möge dann," sagte darauf Tunderstede, „Herr Vicko es im Rath verantworten, wenn er mich erst mit seinem Schmaus versäumt, mir dann seinen Schreiber verspricht und mir schließlich denselben verbietet. Schreibt nur den angefangenen Brief zu Ende. Die beiden anderen muß dann meine Frau schreiben, wenn ihr die sächsische Schrift auch nicht so schnell von Händen geht als die hebräische."

„Mein Johann," sagte die Frau, „könnten wir Klaus nicht zum hebräischen Abschreiben anlernen? Ich als getaufte Jüdin, die auch einem halb rechtlosen Volk angehörte, weiß es zu schätzen, wie wehe es thut, wenn thörichte Leute Einem daraus Vorwürfe machen, wofür man nicht verantwortlich ist. Er schreibt eine schlanke Hand und lernt sicher schnell die hebräische Schrift lesen und schreiben. Versteht er sie nicht, um so besser; desto weniger Fehler macht er."

„Nun meinetwegen," sagte Tunderstede lächelnd, denn er freute sich auch im eigenen Vortheil über die Unternehmungslust seiner Frau. „Wenn Du so viel Absatz für Deine Gebetbüchlein hast, halte Dir in Gottes Namen einen Schreiber. Vielleicht bindet er auch welschen Band."

Als Klaus dies bejaht hatte, wurde man bald handelseinig, daß er sich auf die hebräische Schrift legen sollte, die ihm Frau Rahel gut zu bezahlen versprach. Nachdem er seinen Brief vollendet hatte, legte ihm Frau Rahel das hebräische Alphabet vor, damit er sich dieses zunächst einübte. Als darauf gefrühstückt war, machte sie sich selbst daran, ihres Mannes Briefe abzuschreiben, was allerdings ziemlich langsam vorwärts ging. Es war schon acht Uhr vorüber, und noch war der Stadtschreiber mit den nöthigen Schriften nicht zu Ende, als er ans Fenster trat und einen Lübecker Läufer mit der Briefbüchse [64]) eilig vorübergehen sah. Auch der Kniper eilte schon geschäftig vorüber und trat dann in die Bude Tunderstede's, um ihm zu melden, daß der neue Rath schon versammelt sei und auf ihn warte. Wichtig fügte er dann hinzu, daß aus Lübeck hochwichtige Briefe eingetroffen seien, welche meldeten, daß Kaiser Karl am 10. October bestimmt seine treue Stadt Lübeck mit seinem aller= höchsten Besuch beehren würde. Deswegen müsse der Rath Beschluß fassen wegen der Absendung der Sende= boten nach Lübeck und ihrer Aufträge. Zu diesem Zweck müsse der alte Rath [65]) noch schleunigst be= rufen werden. Swertute und er seien soeben aus= gesandt, um die alten Rathmannen aufs Haus zu rufen. „Deswegen," fügte er gnädig hinzu, „kann der Herr Stadtschreiber wohl noch einige Zeit verweilen." Damit entfernte er sich, auf Klaus einen seiner neu= gierigsten und giftigsten Blicke werfend.

Erst nach einiger Zeit war Tunderstede's Frau mit den Briefen zu Ende, und der Stadtschreiber machte sich mit diesen und anderen Schriften auf dem Weg nach dem Rathhause.

Elftes Capitel.

Indessen herrschte im Rathhause an der Trost=
brücke eine nicht geringe Aufregung, herunter vom
Hauptmann der reitenden Diener bis zum Thürschließer
und zum Grasweibe,[66]) wie es fast immer der Fall
war, wenn auch der ruhende Rath aufs Haus be=
schieden wurde. Zwei reitende Diener[67]) hatten sich
im Harnisch an jener Thür des Rathhauses, durch
welche die Rathmannen zur Sitzung zu gehen pflegten,
aufgestellt, und der Thürschließer öffnete vor den ernst
und würdig, einzeln oder paarweise herankommenden
Herren voller Ehrerbietung die Thür. Nachdem sie
den Corridor durchschritten, öffnete ihnen der wacht=
habende Kniper die Thür zu der Halle, worin der
Ehrbare Rath zu tagen pflegte. Es war ein großer,
geräumiger Saal, der durch viele Spitzbogenfenster
reichlich erhellt war, und dessen Decke ein mit Heiligen=
und Engelsbildern buntbemaltes, hölzernes Tonnen=
gewölbe bildete, von dem ein vielarmiger, ebenfalls
sehr bunter Leuchterarm herabhing. Der Fußboden
war mit rothen, grünen und schwarzweißen Ziegel=
steinen zierlich ausgelegt. Das Gemach war ziemlich

kahl, nur einige Schränke und ein großes Waschbecken, neben dem einige Handtücher hingen, unterbrachen den langen Raum der Wände, sowie die früher von den Rathmannen benutzten rohen Holzbänke, welche hier einstweilen Platz gefunden hatten.

Nur eine Ecke des Saales, die kaum den vierten Theil desselben ausmachte, — es war das sogenannte Gehege, — diente der eigentlichen Rathssitzung und war reichlicher ausgestattet. Das Gehege, gebildet durch zwei nicht ganz mannshohe Bretterwände und die beiden Wände des Saales, hatte zwei Oeffnungen, durch die man zu den Sitzen der Rathmannen gelangte. Am oberen Ende stand der kleinere Tisch für die vier Bürgermeister, auf dem schweinslederne, silberbeschlagene Exemplare des Hamburgischen Stadtrechts und des Sachsenspiegels lagen, sowie unter einem buntgestickten seidenen Tuche ein Reliquienkästchen in Form eines Hauses. [68]) Etwas entfernt vom Bürgermeistertisch stand der Tisch der Rathmannen, der Platz für etwa zwanzig Personen bot. Auf dem unteren Ende dieses Tisches, wo der Platz der Stadtschreiber war, standen zwei große Tintenfässer aus Stein, [69]) und daneben lag ein Bündel Gänsefedern, Federmesser, Lederriemen und Wachs zum Siegeln, sowie verschlossen in einem besonderen Kästchen der Stadt große und kleine Ingesiegel. Um beide Tische standen recht zierlich geschnitzte Eichenstühle mit funkelnagelneuen, braunen Lederkissen. Besondere Erwähnung verdient noch das der Sitte gemäß über den Sitzen der Bürgermeister angebrachte Bild vom jüngsten Gericht, das zu vernünftigem Rathen und gerechtem Gericht mahnen sollte, das aber vor Zeiten den Hamburgischen Rath beim heiligen Vater zu Avignon in den sehr bösen Geruch der Ketzerei gebracht hatte. [70])

Die ankommenden Rathsherren legten Hoyken und Kopfbedeckung nicht ab, sondern standen mit denselben im Raume außerhalb des Geheges plaudernd in Gruppen umher. Besonders die Mitglieder des ruhenden Rathes erkundigten sich voll Eifer bei den sitzenden Rathsherren, was der Grund ihrer Berufung sei. Auch der Stadtschreiber Wunstorp, der soeben mit einem großen Packen von Schriften unter dem Arm hereintrat, konnte kaum Antwort genug geben auf die vielen Fragen, die man an ihn richtete. Diejenigen aber, die es nicht ermöglichen konnten, Antwort von ihm zu erhalten, schalten heimlich und offenbar auf das säumige Kommen des Magisters Tunderstede. Unter den Scheltenden that sich besonders Herr Ludolf Beckendorp hervor, [71]) der sich durch sein zierliches flämisches Gewand, seine scharfe, schneidende, häufig unangenehme Stimme und die hochrothen Flecke auf den Backenknochen vor Allen hervorthat. Andere konnten sich nicht die kleine Freude versagen, im Gehege die neuen bequemen Armsessel und die ledernen Stuhlkissen zu probiren. Endlich kamen, begleitet von zwei reitenden Dienern, die vier Bürgermeister herein, voran die neuen Bürgermeister, Herr Krauel, ein wohlwollend und behäbig aussehender Fünfziger, und

Herr Holdenstede, eine hagere, etwas gebeugte Gestalt, deſſen graues Haupt und Bart die Siebzig verriethen. Die Bürgermeiſter forderten die Stadtſchreiber zu ſich und gingen ſogleich mit dem anweſenden Magiſter Wunstorp in das an die Halle ſtoßende geheime Sprech= zimmer, um noch Einzelheiten zuvor zu beſprechen. — Dies währte geraume Zeit, denn der Stadtſchreiber mußte aus der Treſe [72]) noch verſchiedene Urkunden und Briefe zur näheren Inſtruction der Bürgermeiſter herbeiholen. Als der Bürgermeiſter Krauel ſogar in die Halle kam, um nach Magiſter Tunderſtede zu fragen, flüſterte Herr Vicko von Gelderſen einige Worte mit ihm, die ihn zu beruhigen ſchienen.

Endlich traten die Bürgermeiſter wieder ein und nahmen an ihrem Tiſche Platz, worauf auch die übrigen Rathmannen ihre Plätze einnahmen. Schon hatten ſich Alle zurecht geſetzt und harrten in großer Stille der Eröffnung der Sitzung durch den Bürger= meiſter Krauel, da erſt trat Magiſter Tunderſtede eilig ein. Herr Ludolf Beckendorp ſah ihn mit einem zornigen Blicke muſternd an und wagte es ſogar, vor dem Bürgermeiſter das Wort zu nehmen und fallen zu laſſen, daß der Stadtſchreiber all Zeit willig kommen ſolle, wie der Beſtallungsbrief klärlich ausweiſe. [73]) Aber man mußte, daß er ſchon lange darnach ſtrebte, ſeinen Vetter Bruno Beckendorp [74]) in die Stadt= ſchreiberſtelle zu bringen, und gern an Allem tadelte. Daher fiel ihm der Bürgermeiſter Krauel etwas un= willig in die Rede und erklärte, daß Herr Vicko dies

Mal für die Versäumniß alle Verantwortung auf sich genommen habe.

Nach diesem kleinen Zwischenfalle und nachdem Magister Tunderstede sich gesetzt, machte der Bürgermeister auf die Wichtigkeit der heutigen Sitzung aufmerksam. Zunächst theilte er mit, daß der Rath von Lübeck bestimmte Nachricht gesandt hätte von der Ankunft Kaiser Karl's. Man beschloß, zwei Rathmannen und den Stadtschreiber Tunderstede zur Begrüßung des Kaisers hinüberzuschicken. Zugleich wollte man diese Gelegenheit benutzen, um dem Kaiser die langschwebenden Streitigkeiten mit den Grafen von Holstein wegen der Hoheitsrechte in Hamburg vorzulegen.[75] Tunderstede sollte zu diesem Zweck seine Schrift, worin alle Ausgaben und Auslagen der Stadt für die Schauenburger genau aufgezählt waren, mit hinübernehmen, um zu beweisen, wie theuer die Stadt ihre Freiheit erkauft hätte. In der That hätten die Grafen kein einziges Hoheitsrecht mehr außer dem Zoll. Das Recht der Gesetzgebung, der Blutbann, die Münze, die Mühlen, alles wäre in den Händen der Stadt. Nur aus gutem Willen hätte die Stadt den Grafen alljährlich kleine Geschenke von Bier, Fischen und Falken gesandt,[76] oder bei ihrer Anwesenheit in Hamburg ihnen größere Verehrungen gegeben. In der Schrift sollte außerdem hervorgehoben werden, daß die Grafen sich der Stadt häufig eher feindlich, als wie Oberherren gezeigt hätten; denn man hatte Belege dafür in alten Schriften genügend gefunden. Dem Scharfſinn des Stadtſchreibers und der Geſchicklichkeit der beiden Sendeboten überließ man das Weitere, dieſe Angelegenheit beim Kaiſer glücklich durchzuſetzen.

Sodann kam man auf die Ausfuhr des Getreides zu ſprechen, und Gelderſen erſtattete ſeinen Bericht, daß eine große Menge Getreide in der Stadt vor= handen wäre, daß ſich die Nachrichten über die reiche Ernte in der größeren Hälfte des Reiches und einigen Nachbarländern beſtätigt, daß mithin die Ausfuhr des Getreides geſtattet werden könne, und daß den Bäckern neue, billigere Preiſe geſetzt werden ſollten. ⁷⁷) Der Bürgermeiſter beauftragte die beiden Morgenſprachs= herren der Bäcker, ſich zunächſt mit dem Amt der Faſt= und Weißbäcker darüber zu einigen und die verein= barten Preiſe zur Beſtätigung vor den ganzen Rath zu bringen.

Darauf erhoben einige Rathsherren Klage über gar zu große Ueppigkeit der unteren Stände, der Handwerker, Träger, Seeleute und Dienſtboten, über gar zu lang ausgedehnte Hochzeiten und andere Köſten. Sie beklagten ſich bitter darüber, daß die Hochzeits= und Kleiderordnung vom Jahre 1372 wenig beachtet würde, ⁷⁸) und daß neue, üppige Moden eingeriſſen ſeien. Einige Wandſchneider aber, die bei dem häufigen Wechſeln der Moden den größten Vortheil fanden, widerſetzten ſich heftig der Beſchränkung der Kleider= trachten, und zwar aus dem hochſittlichen Grunde, weil man das Volk nicht gar zu ſehr bevormunden dürfe, was ihnen ſeitens des vorſitzenden Bürger=

meisters einige wohlverdiente Sticheleien eintrug. Der Bürgermeister hob hervor, daß die Brauer und Kaufleute in der Ueppigkeit der Kleider und der Gelage leider mit einem schlechten Beispiele vorangingen, und daß man nicht gegen Moden, welche nicht ausdrücklich verboten seien, einschreiten dürfe. Es sollte von Neuem in der Bursprake eingeschärft werden, daß man sich bei allen Kösten genau nach der letzten Ordnung halten solle.

Endlich kam man auf die Angelegenheit der Aemter zu sprechen. Der Bürgermeister fragte die betreffenden Morgensprachsherren, ob die ihnen untergebenen Aemter die Briefe der Braunschweigischen Gilden nach alter Gewohnheit abgegeben hätten. Es waren nur die Aemter der Krämer, Böttcher, Heringwascher, Garbrader und Kannengießer, welche ihre Briefe ohne Weiteres abgegeben hatten. [79] Einige andere Aemter hatten sie erst auf Ansuchen des betreffenden Morgensprachsherrn, der zufällig mit den Werkmeistern zusammengekommen war, abgegeben, theils geöffnet, theils ungeöffnet. Aber der größte Theil der Aemter hatte die Briefe den Morgensprachsherren nicht übermittelt und keineswegs die Absicht, dies noch zu thun, sondern sie hatten dieselben in einer eigenen, schnell berufenen Morgensprache ohne Morgensprachsherren verlesen.

„Das sind böse Zeichen," sagte der Bürgermeister Krauel, „wenn die Aemter heimlich zusammenkommen! Wie ich höre, sind die Aemter der Knochenhauer, Schuhmacher und Schneider zu einer gemeinsamen großen Morgensprache zusammengetreten. Ich wünsche, daß die Morgensprachsherren dieser Aemter bei der nächsten Morgensprache den Werkmeistern und Selbst-herren mit kräftigen Worten bedeuten, daß alle Schriften dem Rath zu übergeben sind, wie es ein altes Recht gewesen ist. Doch, Herr Johann, lest die Briefe, die Euch übergeben sind."

Der Stadtschreiber Tunderstede las von den betreffenden Briefen den, worin die Braunschweiger Böttchergilde die Hamburger Genossen aufforderte, dahin zu wirken, daß die Braunschweigischen Geschlechter nicht in ihrer Stadt geduldet würden, daß die Hansa Braunschweig wieder in den Bund aufnähme. Der Schluß lautete: „Wir wollen es Euch vergelten, wenn Euch das gegen Euren Rath nöthig ist." 80)

„Potz Blitz!" fuhr der Bürgermeister Krauel auf, und der alte Bürgermeister Holdenstede schüttelte unwillig den Kopf. „Ist's schon so weit gekommen, daß sie unsere Aemter zur offenen Empörung auffordern? Nun, wir wollen schon dafür sorgen, daß Braunschweig so lange verhanst bleibt, bis die Rathmannen der Gilden zu Kreuze gekrochen und eine redliche Sühne gemacht haben. 81) Was enthalten die anderen Briefe?"

„Sie sind gleichlautend," erwiderte der Stadt-schreiber.

„Da würden wir ja aus den nicht eingelieferten Briefen nichts Neues erfahren. Aber dessen ungeachtet bitte ich die Morgensprachsherren, es ihren Aemtern tüchtig einzuschärfen, daß sie keine Briefe ohne den Rath annehmen oder absenden dürfen."

Darauf erwiderte Herr von Geldersen: „Ich glaube, es wird jetzt nicht leicht sein, von den Aemtern so etwas zu erlangen. Ich rathe im Gegentheil dazu, den Aemtern in Allem Vernünftigen nachzugeben, ihnen aber in allem, was sie Unvernünftiges fordern, streng entgegenzutreten."

„Wie meint Ihr das, Herr Vicko?" fragte der Bürgermeister.

„Ich meine, daß wir uns nicht viel vergeben, wenn wir ihnen gestatten, Briefe zuerst zu öffnen und uns dann zu übergeben. Aber in Wirklichkeit kann der Rath von Hamburg allein Braunschweig nicht wieder in die Hansa zurückbringen. Wir können die Aemter leicht vertrösten. Doch wenn sie von uns ver= langen, daß wir die Verfesteten nicht in unserer Stadt hegen sollen, so müssen wir ihnen kräftig entgegen= treten. Nicht die Stadt hegt die einzelnen Verfesteten, sondern jeder Einzelne seinen Freund. Und wir dürfen ihm diese Freiheit nicht verkümmern."

„Ganz meine Meinung, Herr Vicko! Und ich freue mich, daß Ihr Euch so kräftig gestern meines Gastes aus Braunschweig angenommen habt, aus Gerechtigkeit und Grundsatz, obgleich Ihr ihm persönlich wenig ge= wogen seid. Aber in den anderen Punkten möchte ich Euch weniger Recht geben. Wir dürfen es den Aemtern nicht gestatten, Briefe zu empfangen und zu senden ohne uns."

„Mag der Grundsatz auch richtig sein!" erwiderte Geldersen. „In diesen gefährlichen Zeitläuften, wo die Stadt die Grafen beim Kaiser verklagen will, müssen wir einig sein mit den Bürgern. Wie leicht könnten die Grafen, gestützt auf die Uneinigkeit zwischen Rath und Bürgerschaft, uns unser gutes Recht noch länger vorenthalten? Der Dompropst Bernhard ist ein Schauenburger, und ich weiß, er verhandelt mit den Aemtern: und dies bedeutet uns nichts Gutes!"

„Was Ihr schwarz sehet!" fiel Herr Ludolf Beckendorp ein. „Ich glaube ein guter Freund des jungen Dompropstes zu sein. Jung und harmlos, wie er ist, ist er keiner neuen Fünde fähig. Er hält eher zur Stadt, als zu seinen Vettern, den Grafen. Darf ich vielleicht fragen, woher Ihr Eure Wissenschaft habt, da Ihr mit dem Propst nicht zusammen kommt?"

„Herr Ludolf," erwiderte Geldersen, „verzeiht, wenn ich Eure Wißbegierde nicht befriedige. Ich wollte wünschen, Ihr hättet Recht, und der Propst wäre so harmlos und einfältig, wie er jung ist. [82] Aber er ist gewandt in allen Ränken und Kniffen und neuen Fünden, wie ein alter Vorsprecher." [83]

„Eure Wissenschaft scheint über Maria-Magdalenen-Kloster zu kommen; so wunderlich klingt Euer Urtheil."

„Herr Ludolf, ich sage Euch, forscht nicht nach der Quelle meiner Wissenschaft. Ich wünsche Euch, Ihr täuschtet Euch nicht."

„Herr Vicko!" brauste Beckendorp auf. „Gerade Nachrichten sind besser als Nachrichten von hinten herum aus zweiter oder dritter Hand. Euer leidiges Nachgeben gegen die Aemter ist stadtbekannt. Wüßtet Ihr den Aemtern in gehöriger Weise entgegen zu treten, man hätte Euch die Briefe von Braunschweig noch Sonntag Abend ins Haus gebracht. Warum sind die Schneider, die Hutmacher, die Wollenweber mit ihren Briefen daheim geblieben? Nur weil sie wissen, daß Ihr ihre Frechheit im Rathsstuhl noch dazu entschuldigt. Meine Aemter, die Krämer und die Böttcher, haben gehorsam, wie Kinder, mir ihre Schreiben überbracht."

Geldersen konnte sich bei diesem Eigendünkel nicht eines feinen, boshaften Lächelns erwehren und sagte: „Wie herrlich Ihr es doch versteht, die Dinge aus Eurer Klugheit zu erklären. Sollte es nicht vielmehr also sein, daß die Böttcher und Krämer am meisten abhängig sind vom Kaufmann und Brauer, die hier im Rathe besonders vertreten sind?"

Diese Bemerkung traf den Nagel auf den Kopf und verfehlte nicht, auf die Rathmannen Eindruck zu machen.

Ludolf Beckendorp wurde immer gereizter und würde seinem Ingrimm noch mehr Luft gemacht haben, wenn nicht der Bürgermeister Krauel diesen persönlichen Bemerkungen ein Ende gemacht hätte. Dieser fragte jetzt Vicko von Geldersen, worin er denn sonst noch den Aemtern gefällig sein wollte, um sie ganz für den Rath zu gewinnen.

Vicko erwiderte: „Ihr wißt, daß es zwei Hand=

werke sind, die wirklich berechtigte Beschwerden führen. Es sind die Wollenweber und die Brauer. Die Wollen= weber dürfen nicht ihr eigenes Gewebe ausschneiden. Man gestattet es ihnen nur aus Gnaden an einem Tage an einem bestimmten Ort. [84]) Und dieses Recht sucht man ihnen noch zu verkümmern. Warum soll ein Handwerker nicht den Verdienst seiner Arbeit haben, sondern soll ihn mit den Vorkäufern theilen?"

„Hoho!" schrie einer der Wandschneider über den Tisch. „Die ehrliche Gesellschaft der Wandschneider ist nicht mit den Vorhökern zu vergleichen." [85])

„Meine Herren!" erwiderte Geldersen ruhig. „Es mag Euch dieser Vergleich unangenehm sein. Aber es ist ein alter Grundsatz jeder gut regierten Stadt, das, was sie selbst erzeugen kann, nicht von außen einzuführen, um zwischen dem Verfertiger und dem Verbraucher möglichst die Händler zu entfernen. Jeder Bürger hat das Recht, vor dem Bäcker sein Korn, vor dem Knochenhauer sein Vieh und vor dem Holz= händler sein Holz zum eigenen Bedarf zu kaufen. Auf dem Markt darf der Höker erst seine Einkäufe an Lebensmitteln machen, wenn die Fahne [86]) aufge= steckt ist. Ist das Verhältniß zwischen den Wand= schneidern und den Wollenwebern ein anderes? Ihr wißt, ein Handwerk lernt sich mühsam und jede Arbeit ist ihres Lohnes werth. Weil man den Handel ohne mühsames Erlernen treiben kann, wenn man nur das nöthige Geld hat, so ist er frei vom Zwang der Zunft. Jeder kann ihn treiben, der sein Geld daran wagen will. Aber der Kaufmann und der Krämer darf nicht die Nahrung der gemeinen Aemter kränken. Sind die Wandschneider nicht Krämer in Tuch? Nehmen sie nicht dem fleißigen Wollenweber den Verdienst des Ausschnitts?"

Je weniger man auf diese ruhigen Auseinander=setzungen zu sagen vermochte, desto empörter war man. Und man fragte Geldersen etwas spöttisch, was er denn vorschlüge?

"Ich schlage vor," erwiderte Geldersen, "daß die Wollenweber frei ihr eigen Tuch verkaufen in Stücken und im Ausschnitt, wann sie wollen, wie jeder Amt=mann seine Arbeit. Die Wandschneider sollen nur fremde Tücher im Ausschnitt verkaufen. Ihr sollt sehen, bald wird unser Wollenamt blühen und viel zum Ruhm unserer guten Stadt beitragen. Ich selbst werde manches Stück englisches und vlämisches Tuch weniger verkaufen, aber die Gerechtigkeit muß ihren Lauf haben."

"Und was würdet Ihr in Betreff der Brauerei vorschlagen?"

"Die Brauerei," erwiderte Geldersen, "ist ein Handwerk und kein Handel, denn sie will mühsam erlernt werden. Daher halte ich es für Unrecht, daß reiche Leute Brauhäuser besitzen und, ohne daß sie selbst verstehen Bier zu brauen, Knechte miethen und Bierhandel treiben. Ja sie, die nichts dazu gethan haben, unser berühmtes Bier zu erfinden, und die sich schämen, den Dechsel [87]) in der Brauerei zu schwingen und sich die Hände zu beschmutzen, sie dünken sich besser als die Hauerbrauer, welche das Bier zu brauen verstehen. Die Herrenbrauer, die keine Arbeit thun, haben sich den Verkauf seewärts vorbehalten und von Rathswegen den Hauerbrauern geboten, ihr Bier nur in der Stadt und landwärts zu verkaufen. Wer ist der eigentliche Brauer? Der, der sich der Arbeit schämt, oder der, der diese gute Stadt durch dies köstliche Bier über alle Länder berühmt gemacht hat? Der arme Hauerbrauer ist es. Aber ihm entzieht man den Verdienst; denn in der Stadt muß er verkaufen nach dem gesetzten Preise. Aber die seewärts Verkaufenden nehmen in den fremden Ländern so viel, als sie bekommen können, zumal keine Bierprobe sie dazu zwingt, wie die Hauerbrauer, nur gutes Bier zu verkaufen. Die Herrenbrauer werden immer reicher — wohl gönne ich es ihnen, — aber viele brauen jetzt schon in mehreren Brauerben, und ein Hauerbrauer nach dem andern sinkt zum Knechte herab. Aendern wir's nicht bald und richten ein Brauamt auf, so wird es geschehen, daß wir keine eigentlichen Braumeister mehr haben, sondern nur die Besitzer von Brauhäusern und Brauerknechte."

„Und was wäre das für ein Unglück?" rief Einer vom unteren Ende des Tisches, der in zwei Brauhäusern braute.

„Es wäre ein großes Unglück für unsere Stadt und eine Ungerechtigkeit dazu. Es würden die mittelmäßig begüterten Brauer aussterben und die Fortschritte in unserem Bierbrauen würden ausbleiben. Denn welchen Antrieb hat der Knecht, für den Herrn zu arbeiten, wenn nicht die Hoffnung, einst selbstständig zu werden? Und was treibt ihn dazu, an Farbe und Geschmack des Bieres fortwährend zu bessern, wenn nicht die Aussicht, selbst den Nutzen davon zu ziehen? Werden diese Leute, werden die Knechte damit auf die Dauer zufrieden sein, wenn keine Zunft die Nichtbrauer vom Verdienst des Brauwerks ausschließt? Sehet hin in die benachbarten Städte! Sind nicht überall Brau= ämter?"

„Aber," erwiderte derselbe Brauer, „in welcher Stadt blüht das Braugewerbe mehr als in Hamburg? Und woher kommt das? Weil die Nichtbrauer, die die Schürze nicht tragen, aber die Brauhäuser besitzen, größere Summen daran wenden können, als der kleine Amtmann."

„Mag immerhin augenblicklich Hamburg durch die Brauerei blühen. Wer weiß, wie lange diese Blüthe dauern wird, wenn nicht bald strenges Amtsrecht dieses Handwerk wohlthätig beschränkt und bei guten Ge= wohnheiten hält."

„Herr Vicko!" erwiderte ein anderer Brauer, „wenn die Blüthe Hamburgs bei der gegenwärtigen Einrichtung der hiesigen Brauereien Euch noch nicht Beweis genug ist für die Güte dieser Einrichtungen, was kann Euch denn überzeugen? Oder wollt Ihr, daß Hamburg weniger blühe?"

„Welche Frage! Aber wer sagt Euch, daß Hamburg

weniger Bier brauen würde, wenn die Besitzer der Brauhäuser sich nicht schämten, selber mit Hand anzulegen? Möge immerhin vorläufig die Blüthe unserer Stadt etwas zurückgehen, wenn wir nur die möglichste Gerechtigkeit durchführen.“

„Herr Vicko!“ rief jetzt der Doppelbrauer aus, „Ihr raset. Leere Worte sind Euch mehr als Wohlstand und Blüthe der Stadt.“

„Nein,“ erwiderte Geldersen scharf. „Wenn den Wohlstand nur Diejenigen erwürben, die ihn wirklich verdienen! Dieses aufkeimende Junkerthum wird uns noch böse Früchte bringen.“

Nachdem Ludolf Beckendorp darauf in leidenschaftlicher Weise die Mißstimmung der Wandschneider und Brauer im Rathsstuhl geschürt hatte, war durchaus keine Aussicht vorhanden, daß Geldersen’s Ansicht durchdrang. Denn hier, wo der Vortheil der Einzelnen ins Spiel kam, da halfen keine Grundsätze, da half kein Anrufen der Gerechtigkeit. Er stand in diesem Punkt allein und verlassen da, und der Gerbermeister, der als einziger Handwerker im Rathsstuhl saß, war der Worte zu wenig mächtig, als daß er Herrn Vicko hätte unterstützen können. Er nickte nur beständig und klopfte mit den Füßen leisen Beifall. Nur Eins erreichte Herr Vicko, daß es als wünschenswerth ausgesprochen wurde, daß die einzelnen Brauhäuser nicht über eine bestimmte Anzahl von Scheffeln verbrauten, und daß Niemand in mehreren Brauhäusern brauen sollte. Denn da immer noch neue Brauhäuser ange-

legt wurden, fürchtete man, daß schließlich zu viel Bier
gebraut würde.

„Es ist kaum anzunehmen,“ sagte der Bürger=
meister Krauel lächelnd, „daß der Durst der Flam=
länder, der Engländer und Nordmänner nach unserm
Bier noch zunehmen wird. Es könnte also leicht viel
Bier sauer werden, wie's schon einmal geschehen ist,
wenn es die Hamburgischen Bürger nicht austrinken.
Und der Durst dieser guten Stadt hat in den letzten
Jahren so zugenommen, daß er kaum noch größer
werden kann. Dann könnten leicht viele der Brauhäuser
keine Renten tragen. Wir wollen also in der nächsten
Bursprake ein gewisses Maß für jedes Brauhaus em=
pfehlen, denn wir haben die Zuversicht zu der Ver=
ständigkeit unserer Bürger, daß sie die Nützlichkeit des
beschränkten Bierbrauens einsehen, wenn sich einer
mit den andern nähren soll.“

„Nun, Herr Bürgermeister, verlaßt Euch auf mein
Wort,“ fiel Geldersen ein. „Wo der Eigennutz der
Menschen mitspricht, da ist die Verständigkeit blind.
Jeder hofft seine Waaren noch loszuwerden, so über=
füllt der Markt auch sein mag. Mag sein Mitbürger
sehen, wo er bleibe, und wie er sich nähre; den
glücklichen Gewinner kümmert es nicht. Binnen zehn
Jahren wird man hier im Rathsstuhl anders denken
über die Besitzer der Brauhäuser und ihre Verständig=
keit. Was Ihr heute in der Bursprake kaum schüchtern
zu empfehlen wagt, das müßt ihr nach zehn Jahren

befehlen, und wohl noch etwas mehr als das Gegen=
wärtige.“

„Hoffen wir das Beste,“ sagte der Bürgermeister.

Darauf hielt man Umfrage nach der Meinung der
Rathmannen über das Oeffnen der Briefe seitens der
Aemter, und es schien, als ob Geldersen heute mit all
seinen Vorschlägen unterliegen sollte. Die Mehrheit
entschied sich dafür, daß man mit Strenge an der
alten Gewohnheit festhielte.

Ludolf Beckendorp machte darauf den Vorschlag,
daß man alle Gewohnheiten der Aemter aufzeichnen
sollte, da bisher nichts Schriftliches davon aufgezeichnet
sei. Bei dem entschiedenen Drängen der Aemter, ihre
Rechte weiter auszudehnen, sich der Gewalt der
Morgensprachsherren und des Rathes zu entziehen,
wäre es wünschenswerth, daß das alte Recht nieder=
geschrieben würde, um etwas Festes zu haben, wodurch
man sie in Schranken halten könne.

Geldersen widersprach diesem Vorschlage aufs
Entschiedenste, wenn er auch nicht grundsätzlich gegen
eine schriftliche Aufzeichnung der Amtssatzungen war.
Aber er hielt es im gegenwärtigen Augenblick, wo ein
Geist des Widerspruchs durch die Aemter des ganzen
deutschen Reiches ginge, nicht für gerathen, die Amts=
gesetze aufzuzeichnen, denn das wäre der gefährlichste
Anlaß zu neuem Zwist. Er hielte es im Gegentheil
für weit empfehlenswerther, wenn die Morgensprachs=
herren die Amtsversammlungen regelmäßiger besuchten
und überwachten. Er wüßte, daß manche Aemter, wie

z. B. die Krämer, seit langer Zeit ohne Rathmannen Morgensprache gehalten hätten. Und hierbei sah er Herrn Ludolf Beckendorp scharf an, so daß derselbe sichtlich erröthete. Durch diesen fortwährenden Verkehr der Rathmannen mit dem Amte würde das gute Einvernehmen zwischen dem Stadtregiment und den Bürgern am Besten erhalten. Große Unzufriedenheit dürfte dabei kaum unter den Aemtern aufkommen. Allerdings müsse man voraussetzen, daß die Morgensprachsherren auch ohne schriftliche Satzungen genügend die Amtsgewohnheiten wüßten. Die Amtleute wüßten sie sicher; und somit wären keine schriftliche Gesetze nöthig.

Bei der Umfrage, die bald darauf nach kurzer Zwiesprache mit anderen Herren erfolgte, war die Mehrheit für Beckendorp und die Aufzeichnung der Satzungen aller Aemter. Aber Herrn Geldersen zum Trost ermahnte der Bürgermeister die säumigen Morgensprachsherren, künftig die Morgensprachen fleißiger zu besuchen und keine heimlichen Zusammenkünfte zu dulden.

Beckendorp gab sich indessen damit nicht zufrieden, sondern suchte aus der Noth eine Tugend zu machen, indem er erklärte, daß seine beiden Aemter, die Krämer und die Böttcher, gerade darum mehr für den Rath wären, weil er sie in der letzten Zeit weniger beaufsichtigt hätte. Doch selbst seine Freunde mochten ihn nicht unterstützen, sondern erklärten sich laut für Geldersen's vorher geäußerte Meinung. Und als Beckendorp gar geradezu Geldersen beschuldigte, daß er mit seiner großen

Nachgiebigkeit gegen die Aemter und durch seine Freundlichkeit in den Morgensprachen die Schneider und Wollenweber fast zur Widersetzlichkeit gegen den Rath ermuntert hätte, da erhob sich ein allgemeiner Sturm der Entrüstung, denn alle, selbst die unfreund= lichsten Rathmannen, hatten etwas von dem wider= setzlichen Geist der Aemter in der letzten Zeit verspürt.

Ludolf Beckendorp hatte aber noch den letzten Trumpf gegen seinen Gegner zurückbehalten und spielte denselben jetzt aus: Er erzählte nämlich von den hochverrätherischen Reden, die am vorigen Tage der Werkmeister Unruh zum Bäcker Düretieb gegen den ganzen Ehrbaren Rath geführt hätte; er zog sogar ein Pergamentblatt aus seinem Wamms und verlas daraus die gefährlichsten Stellen.

„Das ist allerdings haarsträubend,“ sagte Gelderſen spöttisch. „Und was für eine Strafe würdet Ihr gegen den Werkmeister Unruh beantragen, mein werther Herr Kumpan? Ich setze natürlich voraus, daß Ihr Eure Nachrichten unmittelbar an der Quelle geschöpft habt, wenigstens von dem dummen Bäcker Düretieb, denn Ihr liebt ja nicht die abgeleiteten Quellen.“

Ludolf Beckendorp wurde blaß über diesen Stich, denn seine Quelle war der Kniper gewesen, der es von seiner Frau, und die es wiederum von Düretieb’s Frau gehört hatte. Doch mit erkünstelter Ruhe er= widerte er: „Nehmt Ihr es so leicht, Herr Vicko, wenn der ganze Rath und alle seine Diener geschmäht werden?“

„Durchaus nicht," erwiderte Gelderſen, „aber ich glaube, man muß einen Unterſchied machen. Ich denke, wir ſtehen zu hoch, als daß wir uns dadurch gekränkt fühlen könnten, was ein Schneidermeiſter an ſeinem Werkfenſter leichtſinniger Weiſe in den Wind ſchwaßt, und was die Klatſchſucht zu unberufenen Ohren trägt."

„Herr Gelderſen!" ſchrie jetzt auffpringend Becken= dorp. „Ihr mit Eurer thörichten Nachgiebigkeit gegen die Aemter würdet leichten Herzens die Ehre des Raths und der Bürgermeiſter kränken laſſen. Ich ver= lange nichts Geringeres, als daß man mit dem Schneider nach Stadtrecht verfährt. Glaubt mir, ein ſolches Beiſpiel würde alle Schreihälſe der gemeinen Aemter für lange Zeit ſtumm machen."

„Oder ſie noch lauter reden machen, Herr Ludolf. Ich habe leider das Unglück, Alles genau umgekehrt zu beurtheilen, als Ihr. Ich kenne den alten Unruh ſeit vielen Jahren und ich mache mich anheiſchig, ihn in einer Viertelſtunde ſo zahm zu machen, wie ein Lamm."

„Damit er am andern Tage um ſo kecker den ganzen Rath ſchilt."

„Nun, Euch werde ich nicht überzeugen. Aber ich erſuche den Herrn Bürgermeiſter, über Herrn Ludolf's und meine Meinung umfragen zu laſſen, ob Meiſter Unruh in aller Form nach Stadtrecht angeklagt werden ſoll, oder ob Herr Bürgermeiſter Krauel, wie ich vor= ſchlage, ihn hier vor dem geſammten Rathe feierlich und väterlich ermahne und ihn mit einem neuen Eide zur Treue gegen den Rath verpflichte. Ich glaube, es giebt unserer heutigen, schweren Sitzung ein heiteres Ende. Aber dem Meister Unruh wird dieses Erscheinen vor dem Rath dennoch einen so heilsamen Schrecken einflößen, daß er, so lange er Werkmeister ist, das Amt der Schneider in der Treue gegen den Rath erhält."

Noch bevor der Bürgermeister zur Umfrage schritt, erscholl ein so heiteres Lachen und ein so herzliches Zurufen von allen Seiten, daß es nicht mehr nöthig war, denn der blutdürstige Herr Ludolf war der Einzige, der mit der Strenge des Gesetzes gegen den armen Schneider einschreiten wollte. Der Bürgermeister winkte dem Stadtschreiber zu, den Kniper zu rufen, was dieser sogleich that. Und so nahm die ernste Sitzung ein heiteres Ende.

Zwölftes Capitel.

Schon hatte der Kniper lange gewartet, daß sich die Thür des Rathssaales öffnen und er den sehnlichst erwünschten Auftrag erhalten sollte. Häufig hatte er sein Ohr an die Thür gelegt und hatte auch richtig erhorcht, daß von ihm und Meister Unruh die Rede sei. Endlich rief ihn der Stadtschreiber Tunderstede herein und der Bürgermeister Krauel ertheilte ihm den Auftrag, sogleich den Werkmeister Unruh aufs Haus zu holen. Auf seine dreiste Frage, ob er Swertute mitnehmen sollte, erwiderte der Bürgermeister etwas scharf, daß er thun solle, was ihm geheißen sei.

Wer war froher als der Kniper? Jetzt mußte es ja endlich an den Tag kommen, ob man es künftig wagen dürfe, die Obrigkeit ungestraft zu lästern, und daß er der erste und unentbehrlichste Hausdiener sei. Die Rache beflügelte seine Schritte, obgleich er sich bemühte, den würdigen Amtsschritt inne zu halten. Schnell hatte er den Weg vom Rathhaus bis zur Bäckerstraße zurückgelegt. Er fand den Werkmeister auf dem Schneidertische sitzend und sagte ihm feierlich:

„Meister Unruh, macht Euch fertig. Ihr sollt sogleich vor dem Rath erscheinen.“

Wie ein Blitz war Meister Unruh vom Arbeits=tisch herunter und nur mit Mühe konnte er seine Auf=regung verbergen. Alle seine Sünden und leichtfertigen Worte fielen ihm plötzlich ein. Wie bereute er jetzt seine Schwatzhaftigkeit zum Bäcker Düretied! Aber was half alles Bereuen? Er mußte mit. Einen Augen=blick dachte er daran zu entfliehen, aber der Arm der Gerechtigkeit war zu nahe. Und langsam, um nur den gefährlichen Gang etwas hinaus zu schieben, hängte er die angefangene Arbeit über die Eggenleine im Zimmer.

Endlich erholte er sich und besann sich, daß es ja ganz andere Dinge sein könnten, die sein Erscheinen auf dem Hause nöthig machten: Die Meldung eines Freimeisters zur Bürgerschaft, der Braunschweiger Auf=stand, die Briefe der Braunschweigischen Gilden, und daß es doch nicht an den Hals gehen könne. Und zusammen mit allen übrigen Werkmeistern würde er schon den nöthigen Muth finden, um die Beschwerden des löblichen Schneideramts energisch zu vertreten. Daher fragte er scheinbar unbefangen, — aber seine sonst so wichtige Amtsmiene wollte nicht hervor, —: „Will ein Freimeister Bürger werden?“

„Ich weiß nichts,“ erwiderte der Kniper. „Ich thue nur, was mir befohlen wird.“

„Sind auch die andern Werkmeister aufs Haus beschieden?“

„Ich weiß nichts," erwiderte der Kniper in dem=
selben trocknen Ton. Aber um die Augen und seine
lange, spitze Nase spielte die hämische Schadenfreude
und das Bewußtsein, daß er es doch wisse.

„Sind Zunftsachen zu verhandeln?" versuchte jetzt
zum dritten Mal der arme Werkmeister.

„Ach, Meister Unruh," sagte jetzt der Kniper in
sonderbar betonter Weise. „Ihr wißt ja, der Kniper
weiß gar nichts. Die Werkmeister behalten des Amts
Heimlichkeit für sich, und die Herren die Ihrige. Und
wüßte ich's, bin ich nicht mit Eiden verstrickt, des
Raths Heimlichkeit zu wahren? Reden ist Silber und
Schweigen ist Gold." Und dabei hob er drohend den
Finger, als wüßte er von Manchem, der zu viel gesagt.

„Kniper, kommt mit in die Kammer," sagte, bis
in die tiefste Seele erschreckt und mit schlotternden
Knieen der Werkmeister. „Ich muß mich anziehen,
um aufs Haus vor die Herren zu gehen." So sanft
hatte er noch nie zum Kniper gesprochen, so tief hatte
er sich noch nie von der Höhe seiner Werkmeisterschaft
herabgelassen. Der Kniper folgte ihm ins Hinterzimmer,
wo Meister Unruh aus der Lade das beste Zeug hervor=
zuholen anfing. Aber nichts konnte er finden, Alles
schien heute ganz unten zu liegen. Nichts konnte er
heute schlank und glatt anziehen. Und dabei fragte er
den Kniper immer wieder, ob er denn wirklich gar
nichts wisse. Der Kniper aber blieb standhaft und
erwiderte stets: „Der Kniper weiß gar nichts." Er
that so ehrbar, als handelte es sich um nichts, als sollte

er mit dem Werkmeister ausgehen, um nachzusehen, ob ein Pfuscher verbotene Arbeit mache. Schon war der Meister fertig bis auf den Gürtel; aber als er die Beilade öffnete und die verschiedenen Gürtel und Kleinodien darin betrachtete, konnte er sich nicht entschließen, heute den silbernen Gürtel umzubinden, obwohl er doch für einen Gang aufs Haus und für einen Werkmeister durchaus passend war. Der Gürtel verstieß zwar nicht gegen die neuste Kleiderordnung, denn er war genau drei Mark feinen Silbers schwer,[88] aber jetzt fiel es dem Werkmeister ein, daß dies auch das höchste erlaubte Gewicht für einen Hamburgischen Bürger sei, und daß ihn selbst die Herren nicht besser trügen. Auch des Knipers Augen hefteten sich so starr auf das funkelnde Silber, als hätte er einen Bruch gegen die Kleiderordnung entdeckt. Und konnte der entfesselte Zorn der Herren durch diesen Hochmuth nicht noch mehr gereizt werden, selbst wenn das Gewicht des Gürtels nicht die erlaubten Grenzen überschritt. Sorgfältig legte er daher den silbernen Gürtel wieder in die Beilade und holte dafür einen schlichten, mit Messing beschlagenen nebst einer einfachen Geldtasche hervor. Und als er nun endlich, — endlich fertig war, da warf er einen langen, flehenden Blick auf den Diener und fragte mit bebender Stimme: „Kniper, habt Ihr gar nichts gehört? Liebster Kniper, ich bitte Euch vom Himmel bis zur Erde. Ich werde es Euch ewig vergelten. Wenn Eure graue Joppe nicht mehr ordentlich im Stande ist, — sie hält ja schon das zweite Jahr, — ich füttere sie Euch für den Winter. Richtig — nein! Ich mache Euch für diesen Winter eine ganz neue und gebe das Laken dazu, echtes Brüggesches."

„Meister Unruh, ich zeige Euch an wegen Bestechung. Habt Ihr ein gutes Gewissen, Ihr würdet nicht so sprechen. Die Obrigkeit führt das Schwert nicht umsonst."

Dem Werkmeister wurde es schwarz vor den Augen, als er von dem Schwert hörte. Hätte er sich nicht an einem schweren eichenen Stuhl gehalten, er hätte sicher das Gleichgewicht verloren, denn der Kniper machte jetzt eine so schrecklich betrübte Miene, wie er sie sonst nur zu machen pflegte, wenn er einem armen Sünder das letzte Geleite vors Steinthor gab. Aber er mußte jetzt fort. Entschlossen setzte er seine Kappe auf und versuchte muthig zu sein.

Er gab den Knechten noch einige Anweisung für die Arbeit, und daß seine Frau, die gerade auf den Fischmarkt gegangen war, mit dem Mittagessen nicht auf ihn warten solle. Dann ging er mit dem Kniper zum Rathhause. Obgleich der Weg kaum einige hundert Schritte betrug, so hatte er doch noch Zeit zu den schrecklichsten Gedanken. Er hoffte, daß die Aemter ihn nicht im Stich lassen würden, falls es ihm an den Hals gehen sollte. Schon sah er ganz Hamburg über seiner Leiche oder noch kurz vor der Hinrichtung in Waffen. Er betrachtete den Kniper manchmal von der Seite und dieser ihn, und Meister Unruh fand, daß

Bäcker Düretieb doch Recht hatte, wenn er sagte, der
Kniper könne Jedem sein Verbrechen vom Gesichte
lesen. Und was noch seltsamer war, es kam ihm
vor, als könnten es alle Leute, die ihm zufällig begeg=
neten. Es war gerade nichts Auffallendes, wenn ein
Werkmeister mit einem Hausdiener über die Straße
ging, aber heute schien es ihm doch, als sähen ihn
alle Leute so seltsam an. Als sie nun gar um die
Ecke des Rathhauses bogen, wo die Menschenmenge
von und zu der Trostbrücke hin= und herwogte, um
dort und auf dem Hopfenmarkt ihre Einkäufe zu machen,
war es ihm schier, als sollte er vor Scham in die
Erde sinken. Endlich öffnete der Schließer auf Kniper's
Pochen die Rathhausthür, und sie schritten die kleine
Treppe empor und den langen Corridor entlang zur
Rathshalle. Wie schauerlich dumpf klangen ihm seine
Tritte auf den Estrichsteinen des Bodens, und wie
schrecklich hörte sich das Knarren der Thüren an, die
hier und da im Rathhause sich öffneten und schlossen.
Noch im letzten Augenblick sandte er ein Stoßgebet
zum heiligen Jacob von Compostella empor und gelobte
ihm eine Betefahrt dorthin, wenn er ihn gnädig aus
der drohenden Gefahr befreite, — und seine Seele
wurde etwas gefaßter. Schon standen sie an der Thür
der Rathshalle, da sah ihn der Kniper mit einer wahr=
haft teuflischen Miene an. Grinsend öffnete er den
Mund und sagte langsam, langsam, daß die Worte sich
ja recht einbohren konnten in die arme, gequälte Seele
des Schneiders: „Meister Unruh, der Kniper weiß

es doch," und dann fügte er die höhnische Frage hinzu: „Bewert ju nu de Büx'?"

„Kniper!" stöhnte der arme, geschlagene Mann nur mühsam hervor, und große Schweißtropfen standen ihm auf Stirn und Glatze, als er seine Kappe abnahm. Aber in diesem einen Wort lag Alles! Die geballte Faust sagte genug. Doch bevor er noch mehr sagen konnte, öffnete sich die Thür, — Magister Tunderstede erfaßte ihn bei der Hand, und er fühlte sich hineingeleitet. Schwer fiel die Thür hinter ihm ins Schloß, und er stand jetzt in der Oeffnung des Geheges vor dem ganzen Ehrbaren Rath von Hamburg.

In beiden Händen hielt er verlegen seine Kappe vor sich. Da redete ihn der ihm gerade gegenübersitzende Bürgermeister Krauel mit seiner kräftigen Stimme wohlwollend und freundlich an: „Meister Unruh, tretet her zu mir vor meinen Stuhl. Im Namen des ganzen Ehrbaren Rathes von Hamburg, des sitzenden und des ruhenden, habe ich als wortführender ältester Bürgermeister mit Euch zu sprechen."

Der wohlwollende Ton der Ansprache stach so vortheilhaft gegen Kniper's Boshaftigkeit ab, daß er sich bedeutend erleichtert fühlte und trotz der zitternden Kniee in strammer, gerader Haltung an dem ganzen Tisch entlang vor den Stuhl des Bürgermeisters ging. Doch das Bild des jüngsten Gerichts hinter den Stühlen der Bürgermeister und die schwefelgelben Farben des Höllenpfuhls, in den die Teufel niederen Ranges mit langen Haken die Verdammten hineinzogen, erschütterten seine Sicherheit wieder in Etwas. Schweigend saßen die Herren um den langen Tisch, ehrbar und ernst, nur Einige hatten den Ellenbogen auf die Lehne ihres Stuhls gestützt und hielten die Hand vor dem Munde. Es war ihm, als deuteten sie damit auf seine Schwatzhaftigkeit. Doch kam er nicht mehr zu viel Gedanken, denn schon war er vor den Sitzen der Bürgermeister angelangt, und das fatale Bild entschwand seinen Augen. Am untern Ende der Tafel, den beiden Bürgermeistern gegenüber, sah er jetzt die beiden Stadtschreiber, denen der Rath wegen der heutigen anstrengenden Sitzung einen kleinen Imbiß gespendet, wie sie gemüthlich sich mit Confect und Klaret stärkten.[89] Auch dem Schneider war es ein stärkender Anblick, denn so konnte es nicht hergehen, wenn es sich um Leben und Tod handelte. Jetzt wandte sich der Bürgermeister an ihn. Obgleich der Ton schon etwas trockener und geschäftsmäßiger war, so klang es doch noch immer wohlwollend: „Meister Unruh, wie lange seid Ihr Werkmeister des Amtes der Schneider und wie lange seid Ihr im Amt?"

„Fünf Jahre vor dem großen Tode kam ich ins Amt, und fünf Jahre nachher wurde ich Werkmeister." Er besann sich einen Augenblick und fuhr fort: „Ach so, nun erinnere ich mich genau, die Stadt kam damals gerade aus dem Interdict.[90] Meinen Aeltesten konnte ich wieder mit den Gebräuchen der heiligen Kirche bestatten; er war noch der Erste, der diese Wohlthat genoß. Es war wohl im Jahre des Heils 1360."

„Nein, Meister, es war 1355. Wir schreiben jetzt 75, also seid Ihr dreißig Jahre Selbstherr und zwanzig Jahre Werkmeister."

„Zwanzig Jahre," erwiderte der Werkmeister sichtlich ermuthigt, „denn ich bin stets wieder gewählt, seitdem ich zum ersten Male Werkmeister war."

„Das zeigt, daß Eure Amtsbrüder mit Eurem Regiment zufrieden waren."

„Ja, Herr Bürgermeister, Alle geben mir ein gutes Zeugniß."

„Seid Ihr auch immer mit Euren Genossen zufrieden gewesen?"

„Nein, Herr Bürgermeister, Aerger und Verdruß hatte ich die schwere Menge. Der hielt zu viel Knechte, der arbeitete am heiligen Feiertag, und jener borgte den Kunden zu lange, und jener wieder arbeitete für einen schlechten Zahler, von dem ein anderer Amtsbruder kein Geld kriegen konnte."

„Wart Ihr strenge und gerecht?"

„Ja, wie die Amtsgewohnheiten es zusagen."

„Also, Ihr kennt die Satzungen genau?"

„Alle habe ich sie am Schnürchen, wie die Perlen des Paternosters."

„Warum wählte man Euch stets wieder trotz Eurer Strenge?"

„Weil das gemeine Amt dabei gedieh, denn der Arme konnte sich bergen mit dem Reichen."

„Nun, Meister Unruh, laßt Eure Satzungen binnen acht Tagen aufschreiben. Viel Streit kommt davon, weil die Amtsverwandten das Recht und die gesetzmäßige Brüche nicht kennen wollen. Uebergebt dann diese Schrift den Morgensprachsherren. Wir werden sie darauf durchsehen, die unbrauchbaren Sätze streichen und einiges Neue hineinsetzen, besonders etliche Artikel von der Kleiderordnung vom Jahre 72, wie wir sie von der Laube kündigen lassen. Die Ueppigkeit und Hoffart wird gar groß in dieser guten Stadt. — Habt Ihr auch stets darauf geachtet, daß die närrischen Kleidertrachten hier nicht einreißen?"

„Gewiß, Herr Bürgermeister. In unserm Amt wird ganz nach der neuen Ordnung für Männer, Frauen und Kinder gearbeitet." Er fühlte sich wesentlich erleichtert, als das Gespräch diese Wendung nahm, und freute sich herzlich über seine Klugheit, daß er den Einfall gehabt, den silbernen Gürtel daheim in der Lade zu lassen. Und schon stieg der unheilige Gedanke in ihm auf, daß er die Pilgerfahrt nach Compostella doch recht unnützer Weise gelobt hätte. Der heilige Jacob hätte ihn doch vorher wenigstens auf den vernünftigen Gedanken bringen können, daß er wegen Aenderung der Kleiderordnung als Sachverständiger vor die Herren gerufen sei. Er dachte nun daran, daß er das leichtfertige Gelübde in der Beichte leicht büßen und es mit einer bequemen Wallfahrt zum Kreuz der heiligen Hülfe in Bremen [91]) abmachen könne. Ganz sicher, der Kniper hatte ihn nur kneifen wollen. Solche böse Scherze hatte er zuweilen mit ganz unschuldigen Leuten gemacht, die er Zeugniß

halber oder anderer Dinge wegen aufs Haus hatte
holen müssen und die ihn in ihrer Herzensangst um
die Ursache der Ladung gefordert hatten. Man sang
davon in der Stadt beim Reigen und Spiel manch
Lied. So keck wurde er, daß er einen ungewöhnlichen
Schnitt an Herrn Ludolf's Wamms, der einem ver=
botenen ziemlich gleich sah, mit seinem geübten Auge
erblickte, — denn er blickte jetzt schon ziemlich frei
umher und betrachtete selbst das jüngste Gericht mit
fast gewöhnlicher Ruhe. So fügte er keck hinzu: „Nur
von außen her kommt zuweilen Einiges herein, nimmt
unserm Amt die Nahrung und bringt uns in den
bösen Ruf, die Kleiderordnung des Ehrbaren Rathes
nicht zu achten."

Der Bürgermeister war des Schneiders Blick auf
Herrn Ludolf's Wamms wohl gefolgt. Herr Ludolf
von Beckendorp war nämlich jüngst auf etliche Wochen
vom Rath als Rathssendebote nach Flandern geschickt,
um wegen der Hanse in Brügge zu verhandeln. Dort
hatte er, als er plötzlich vor den Herren hatte hochzeitlich
erscheinen müssen, dies Gewand im vlämischen Schnitt
machen lassen. Das Amt der Schneider hatte genug
über dies Wamms hin und her verhandelt und schließ=
lich dasselbe vielfach nachgeahmt und so die neueste
Kleiderordnung umgangen. Selbst der Bürgermeister
mußte lächeln, als er es jetzt deutlich ansah; aber sich
nachlässig wieder zu dem Werkmeister kehrend, stützte
er seinen Arm auf die Stuhllehne und spielte mit der
Hand vor dem Mund. Dann sagte er in dem alten

gewinnenden Tone: „Nein, Meister Unruh, Euch und das gemeine Amt der Schneider soll Niemand in bösen Geruch bringen. Das soll er sonst bessern nach dem Recht der Schneider. Wie heißt doch gleich der Satz, wonach die Aemter diese Dinge richten? Sagt ihn mir doch.“

Meister Unruh wußte ihn recht gut, und er hätte ihn auch hergeplappert, wie er's so oft bei bösen Scheltworten im Amtsgelage gethan hatte, aber jetzt wurde es ihm plötzlich klar: Alles dies war nur Einleitung gewesen, das Eigentliche sollte erst kommen. „Heiliger Jacob,“ dachte er, „rette mich! Wollen und barfuß 92) will ich nach Compostella zu Deinem Grabe wallfahrten, und, Heilige Hülfe, auch zu Dir.“

Als er noch immer zögerte, sagte der Bürgermeister wie scherzend: „Ei, ei, Herr Werkmeister! Kennt Ihr diesen Satz nicht? Soll ihn unser Herr Johann sagen? Der weiß ihn wohl besser, als alle Werkmeister zusammen. Herr Johann!“ rief er jetzt mit erhobener Stimme über beide Tische, so daß der Stadtschreiber den eben erhobenen Löffel wieder in die Schüssel sinken ließ. „Herr Johann, helft Meister Unruh einmal ein!“

Diese leicht hingeworfenen Worte flößten dem Meister wieder einigen Muth ein. So konnte man unmöglich mit Einem scherzen, den man des Hochverraths für schuldig hielt, und er betete jetzt im leiernden Tone die Satzung her:

„Wer gegen den Andern Scheltworte oder schmäh=

„liche Worte spricht, er sei Mann oder Frau, der soll das büßen dem Amte mit einem Schilling." [98])

„Richtig", sagte der Bürgermeister. „Aber weiter, Meister Unruh. Dies können die Werkmeister selber richten in allen Aemtern. Aber wißt Ihr denn nicht, was Ihr n i c h t richten dürft? Wie heißt der Satz?"

Jetzt wurde Meister Unruh doch noch ängstlicher zu Muthe als im Geleite des Knipers. Was ihm der Kniper an der Thür gesagt hatte, das wurde jetzt nur zu wahr. Endlich sammelte er sich, und er stotterte die Fortsetzung der Satzung mühsam heraus: „Und wer dem Andern Worte spricht, die ihm an seine Ehre oder an seinen Ruf gehen, das soll er büßen nach Stadtrecht."

„Nun, Meister, da Ihr stets streng nach dem Recht verfahret, werdet Ihr es dem Rath nicht ver= denken, wenn auch er mit Euch streng nach dem Recht verfährt. Meister Unruh," fuhr jetzt der Bürger= meister, immer ernster werdend, fort, „was habt Ihr neulich an Eurem Werkfenster wider den Rath und unsern treuen Diener Kniper gesprochen?"

Keine Antwort erfolgte. Starr und bewegungslos stand der gestrenge Werkmeister da, die Augen auf den Boden geheftet, selbst seine Kappe drehte er nicht mehr, er preßte sie nur krampfhaft zwischen seinen Händen.

„Wenn Ihr es nicht mehr wißt, Meister," sagte der Bürgermeister, „Magister Johann! so verlest Ihr es nach Eurer Schrift."

Magister Johann verlas jetzt eine sehr genaue Inhaltsangabe dessen, was der leichtsinnige Schneider zwei Tage zuvor wider den Rath in Betreff des Wendischen Gesellen gesprochen hatte und besonders von dem Blutgericht, das nach der Braunschweiger Art über den Rath zu Hamburg ergehen sollte. Er zitterte und bebte jetzt selber vor den Worten, die er so frevelmüthig geäußert hatte.

„Sind das Eure Worte?" fragte der Bürger=meister.

„Nicht ganz so," erwiderte demüthig und kleinlaut der Schneider.

„Aber ungefähr so. Eure Meinung ist's sicherlich, wenigstens gewesen. Seht hin auf das Bild vom jüngsten Gericht, wo unser Herr Rechenschaft fordern wird von jedem unnützen Wort, das Ihr geredet bei Leibesleben. — Ihr klagt und seufzt über die Last des Werkmeisteramts für ein einzig Handwerk. Wie würdet Ihr erst seufzen, wenn Ihr alle Aemter, den ge=meinen Kaufmann, die Schutzverwandten und die Gäste in dieser guten Stadt regieren und in Zucht halten solltet? Ließen wir Euch Amtsverwandte Euer eigen Recht allein kiesen, ohne daß wir ein Einsehen hätten, Ihr würdet Jeder nur seinen Vortheil be=denken. Wo die andern Aemter bleiben, es würde Eure Sorge nicht sein. Ihr Schneider scheltet die Kleiderordnung; Pracht und Hoffart der Leute ist Euch eine Freude. Ob ein ehrlicher Wirth darüber zu Grunde geht, gilt Euch gleich, — könnt Ihr nur

Euren Säckel füllen. Die Bäcker möchten stets das Brod theuer verkaufen, aber die Knochenhauer schelten sie, weil sie das Fleisch um zu viel Pfennige geben. Der Fischer schilt den Schneider, den Bäcker und den Knochenhauer, aber kommt ein armer Mann von unsern Dörfern und Werdern [94]) mit Fischen, die er selbst gefangen, auf den Markt unserer Stadt, so murrt er, weil er die Preise verdirbt. Was sollte aus der Stadt werden, wenn der Rath nicht Alle zusammen bedächte und den Einen gegen den Andern schützte, den Schwachen gegen den Starken, den Armen gegen den Reichen? Die Selbstsucht steckt von Natur im Herzen der Menschen, und wir werden sie leider nie ganz vertilgen. Aber die Pflicht einer jeden Obrigkeit ist es, sie zu beschränken, so viel sie nur kann. Aber wehe der Stadt, wo der Eigennutz und die Selbstsucht zu Rathe sitzen und das Recht willetüren! Ihr thut recht, wenn Ihr in Eurem Amt den Kleinen gegen den Großen schützt, aber die Herren thun recht, wenn sie in der ganzen Stadt ein Amt gegen das andere schützen und einen Stand gegen den andern. Sorgen wir nicht für die Nahrung der Aemter? Verbieten wir nicht den Gästen, die Nahrung der Aemter zu kränken? Aber begnügt Euch mit der Nahrung im Weichbilde dieser Stadt. Sie ist sicher. Laßt den Kaufmann mit Gefahr und Abenteuer nach außen fahren, denn es ist sein Amt. Und doch ist jetzt so viel thörichtes Murren in der Stadt gegen den Kaufmann. Warum gönnt Ihr dem Kaufmann nicht auch seine Nahrung von den Waaren, die er mit viel Gefahr an Leib und Gut über See und Sand führt? Wir dulden nicht, daß der Kaufmann Eure Aemter kränkt. Was diese Stadt genügend schafft oder schaffen kann, das gestatten wir nicht aus der Fremde zu holen, damit Ihr desto besser gedeihet. Der Kauf= mann aber giebt Euch hier die beste Nahrung, darum sollt Ihr auch billig für ihn mitsorgen. Säßet Ihr ein Jahr im Rathsstuhl, Ihr würdet nicht so frevel= haft sprechen. — Und würde ich jetzt ein rechtes Urtheil über Euch fragen lassen, weil Ihr böse Worte gegen die Herren gesprochen habt, würde es nicht nach Stadtrecht sein?" endigte der Bürgermeister mit sanfterer Stimme.

Der Werkmeister blieb noch immer stumm. Doch der Bürgermeister half ihm schnell über seine Ver= legenheit fort, indem er sagte: „Widerruft Ihr jetzt Eure Worte?"

„Ja, ich widerrufe Alles, was ich gegen den Ehr= baren Rath und seinen Diener gesprochen," erwiderte der Gefragte leise.

„Und werdet Ihr in Zukunft dem Rath, dem Ihr als Werkmeister schon geschworen habt," — diese Worte hob der Bürgermeister besonders hervor, — „besser die Treue halten, die Ihr gelobt habt, und Frieden helfen stärken und nicht kränken?"

„Für immer," erwiderte der Werkmeister.

„So schwört Euren alten Eid auf die Heiligen von Neuem," sagte der Bürgermeister. Damit nahm er das schöngestickte seidene Tuch von dem zierlichen, silbernen Reliquienkästchen, das vor ihm auf dem Tisch neben dem Stadtrecht stand. Meister Unruh legte die drei Finger auf das Kästchen und schwor seinen Werkmeistereid von Neuem.

„So ist Euch Gnade für Recht geworden," sagte der Bürgermeister. „Auf Eure thörichten Beschuldigungen, als hätte der Rath den Wenden entspringen lassen und wollte Euch die Knechte aufsässig machen, hielten wir unter unserer Würde zu antworten. Der Rath ist dazu gesetzt, den Frieden in der Stadt zu gebieten und zu schützen. Der Brief des Wenden soll morgen früh vom Frohn am Pranger verbrannt und der Wende für immer aus dieser Stadt verfestet werden. Theilt dies mit, wem Ihr wollt. Ein Diener soll es sogleich in der Stadt ausrufen.

„Und jetzt, Meister Unruh," fuhr der Bürgermeister sanfter fort, „frage ich Euch, um Euch zu zeigen, daß Ihr unsere Huld nicht ganz verloren habt: Unser getreuer Diener, Magister Johann, bedarf ein hochzeitliches Gewand zur Fahrt nach Lübeck, wo Kaiser Karl bald sein Hoflager halten wird. Wollt Ihr es ihm machen nach dem Schnitt von Herrn Ludolf's Wamms, der jetzt in der Stadt so beliebt wird? Die nächste Bursprake wird diesen und die ähnlichen Schnitte als erlaubt abkündigen. Kauft das Zeug nach Eurem Gutdünken mit Magister Johann. Und wollt Ihr den Anzug nach dem Hoflager wieder zurückkaufen?"

„Zu jedem Preis, wenn Ein Ehrbarer Rath bestiehlt," sagte Meister Unruh und schnellte wie neugeboren empor, öffnete seine Gürteltasche und zog ein aufgerolltes Pergamentmaß hervor, das lang auseinanderfiel, und er wollte sogleich auf den Stadtschreiber zugehen, um ihm Maß zu nehmen.

Doch der Bürgermeister Krauel brach in ein herzliches Lachen aus, worin viele Rathmannen mit einstimmten, und sagte: „Nun, so eilig ist's nicht. Magister Johann wird zum Maßnehmen und zum Zeugkaufen zu Euch kommen." Damit erhob sich der Bürgermeister, was das Zeichen des Abschieds war, und der Werkmeister ging, sich bei jedem Stuhl verneigend, zum Gehege hinaus.

Vor der Thür der Rathshalle stand der Kniper, ehrbar wie der Rath selber, doch schien er etwas verstimmt zu sein. Er hatte erwartet, daß man den Schneider wenigstens köpfen würde. Doch dieser ging jetzt stolz lächelnd an ihm vorbei, ihn kaum eines Blickes würdigend. Das Maß rollte er erst im Hinausgehen zusammen, so daß der Kniper fast glaubte, der ganze Rath hätte sich neue Kleider für die Fahrt zum kaiserlichen Hoflager anmessen lassen.

Bei Meister Unruh überwog vorläufig das freudige Gefühl, mit einem blauen Auge davon gekommen zu sein. Und als er Kniper's Frau an Bäcker Düretied's Fenster und den Bäcker und seine Ehehälfte dahinter sah, die eher sein Todesurtheil als sein frohes Wiederkommen erwartet zu haben schienen, da trat er herzu und erzählte von der Aufsetzung der Amtsgewohnheiten, daß der Wende für immer verfestet, und sein böser Brief am Pranger verbrannt werden sollte. Aber was ihm der Rath noch außerdem anvertraut hatte, davon erzählte er weder jetzt an Düretieb's Fenster, noch nachher seinen Gesellen oder seiner Frau. Die, die ihn näher kannten, wunderten sich seitdem über sein stilles, sinniges Wesen. Ueber den Rath mußte er gar nicht mehr zu schelten. Selbst über die neuen geschnitz= ten Armstühle des Raths, wonach man ihn neugierig fragte, wußte er gar keine Auskunft zu geben. Und das war allerdings stark. Was mußte er Alles gesehen und erlebt haben, wenn er die nicht einmal betrachtet hatte! Aber am Abend desselben Tages und die nächsten Tage sprach Meister Unruh gegen seine Gewohnheit viel über den heiligen Jacob von Compostella und seine große Wunderthätigkeit.

Dreizehntes Capitel.

Meister Unruh war ein ganz Anderer geworden, seitdem er als Hochverräther vor dem Rath gestanden hatte. Er vermied sorgfältig alle politischen Gespräche mit den Gesellen, denn die Nachbarschaft von Bäcker Düretied's Verkaufsfenster war zu gefährlich. Auch die Bierstube mied er des Abends, wo er sonst eine der gewichtigsten Stimmen zu führen pflegte. So viel er auch von dem erzählte, was er vom Bürgermeister in der Rathsstube gehört hatte, und was seine peinliche Lage nicht betraf, es wollte den anderen Werkmeistern gar nicht recht einleuchten, daß man gerade Meister Unruh gewürdigt hatte, ihm zuerst und vor versammeltem Rath die Mittheilung zu machen, daß alle Aemter ihre Satzungen aufschreiben sollten, daß Kaiser Karl nach Lübeck käme u. s. w. Wenn Jemand vor den ganzen Rath beschieden wurde, dann pflegte man ihm nicht solche Dinge mitzutheilen, und man raunte sich hier und da allerlei sonderbare Vermuthungen ins Ohr. Wenn der Handwerksmeister, der im Rathe saß, auch nicht gerade die Geheimnisse des Raths austrug, was gegen seinen Eid gewesen wäre, so widersprach er seinen Amtsbrüdern auch nicht energisch, wenn diese fragend das Richtige erriethen. Auch der Kniper hatte wieder allerlei wichtige Vermuthungen, die er andeutungsvoll, als wüßte er noch viel mehr, was er aber nicht verrathen dürfe, Diesem oder Jenem unter dem Siegel der tiefsten Verschwiegenheit mittheilte. Alles dies und Meister Unruh's Schweigen ließ die Leute ziemlich richtig vermuthen. So viel war klar: Meister Unruh war der Partei der Aemter untreu geworden. Wenn man gegen den Rath donnerte, hieß es bei ihm jetzt nur, er sage gar nichts, er hätte nichts gehört, es könne aber nicht gut gehen. Der Rath würde wohl der Stadt Bestes wissen. Als kürzlich alle früheren Werkmeister und die Aeltesten des Schneideramts beisammen gewesen waren, um die Gewohnheiten des Amts aufzuzeichnen, da hatte Meister Unruh als wortführender Meister sie streng aufgefordert, nur bei der Sache zu bleiben; sein Eid, den er als Werkmeister vor dem Rath geschworen, gestatte ihm nicht, irgend etwas zu dulden, das gegen die Herren gesagt würde. Und dabei entstand ein allgemeines Murren, daß er kaum die Ruhe aufrecht halten konnte. Wenn es ihm auch Niemand ins Gesicht sagte, daß er vom Rath auf irgend eine Weise gewonnen sei, das Gerücht umflog ihn in tausend Gestalten, und er konnte die Gedanken der Leute aus ihren neugierigen Fragen heraushören. Bäcker Düretied kam an sein Fenster und fragte ihn quantsweise, ob ihm der Rath nicht wieder wichtige Mittheilungen gemacht hätte. Die Strenge, die Meister

Unruh sonst im Amt geübt, und die seinen Amtsverwandten nicht aufgefallen war, fing jetzt an, lästig zu werden. Man sprach schon im Geheimen davon, daß man ihn zu Martini in der hohen Morgensprache nicht wiederwählen wolle. Um nur den spitzen Reden und Fragen der Amtsbrüder aus dem Wege zu gehen, hatte er sich einige Wochen gar nicht um das Amt gekümmert. Aber er hielt es jetzt nicht mehr für gewissenhaft, den Umgang bei den Selbstherren des Schneideramts aufzuschieben. Michaelis stand vor der Thür, und schon mußte man den Leuten Winterwämmser, Hoyken und Tapperte 95) machen; da mußte nachgesehen werden, ob man auch wandelbares Gut mache, womit die Leute nicht wohl verwahret seien. So nahm er seinen Mitmeister zu sich und ging in allen Werkstätten umher.

Die Knechte Meister Unruh's hatten sich nicht weniger gewundert über ihres Herrn ruhiges Wesen. Als nun Meister Unruh in der Stadt den Umgang hielt, benutzten sie die unbewachte Zeit, fleißig zu plaudern und langsamer zu arbeiten. Da reckte sich der Lüneburger, und unser Freund Hans aus Lübeck steckte die Nadel ein und sah die Leine an, die quer durchs Zimmer gezogen war, und auf der Hosenbeine und Aermel hingen. Er betrachtete die aus billigem Zeug und Pergament geschnittenen Patrone, die die einzelnen Theile von Männer= und Frauenkleidern darstellten und an den Wänden hingen, als ob er sie zum ersten Mal in seinem Leben sähe. Tirk Bunstorp, der

Lehrjunge, that desgleichen und schaute sehnsuchtsvoll nach Bäcker Düretieb's Fenster, wo Schönroggen und Kringel in herrlicher Pracht zu Kaufe lagen. Denn obwohl das Mittagsbrod eben erst verspeist war, fühlte er doch schon wieder Hunger. Da saßen sie nun mit Zwirnfäden um den Kopf, die ihnen die Haare aus den Augen halten sollten, und gafften. Und wenn der Ausrufer durch die Straße kam und irgend etwas verkündete, so ruhten sie ganz und steckten sogar den Kopf zum Fenster hinaus.

„Wer wird denn heute begraben?" fragte jetzt der Lüneburger. „Die Glocken von St. Jacob hören ja gar nicht auf zu läuten."

„Böttcher Bunp's Meisterknecht, der vorgestern so plötzlich gestorben. Die Leiche muß bald kommen. Schade um ihn, er sollte zu Martini Selbstherr werden. Als Sohn des Meisters brauchte er das Amt nur einmal zu eschen." 96)

Kaum hatte er ausgesprochen, so bogen auch schon die weißen Priestergestalten und die Meßknaben mit den Weihrauchfässern in die Bäckerstraße ein. Bald folgte der mit grauem Tuch bedeckte Sarg, 97) getragen von acht Böttchergesellen. Das durfte nicht versäumt werden. Der ganze, lange Zug mußte erst vorüber gelassen werden. So etwas konnte selbst der gestrenge Werkmeister Unruh nicht ungesehen vorüberlassen; es war fast wie eine Entheiligung, wenn dann genäht oder gebügelt wurde, und sollte das Bügeleisen darüber kalt werden. Wer konnte es den Knechten verdenken,

wenn sie den langen Zug aufmerksam beobachteten.
Viele aus dem Gefolge grüßten zum Fenster hinein,
und mancher Magd oder Meisterstochter, die sie vom
Reigen her kannten, nickten Hans und der Lüneburger
zu. Es war ein gewaltiger Zug. Jedes Böttcherhaus
hatte mindestens eine Person zum Begräbniß geschickt,
wie es altes Herkommen war, den Meister oder die
Meisterin, den Knecht oder Jungen, Sohn oder Tochter
oder Dienstmagd, wie dieselben gerade abkommen
konnten oder dem Verstorbenen befreundet waren.
Heute hatte man ein Uebriges gethan. Meister Bump
war ja Werkmeister, der Verstorbene sollte sein Schwieger=
sohn werden. So folgte Bump's ganzes Haus und
seine ganze Werkstätte in geziemender Trauer, aber
die junge Braut hing fast untröstlich am Arme ihrer
Mutter. Doch manch stattlicher Knecht blickte ver=
langend auf sie und hoffte ihren großen Kummer wohl
stillen zu können. Da der Verstorbene Altgeselle ge=
wesen, so waren mehr Knechte als gewöhnlich, wohl
an die hundert und fünfzig, geschickt. Und da man in
ihm schon den künftigen Selbstherrn ehrte, folgten, die
meisten Selbstherren wohl hundert an der Zahl. Es
war, als wollten die Böttcher ihre ganze Macht zeigen.
Die schimpfliche Beleidigung ihres wortführenden
Meisters in Timm's Herberge schien verhängnißvoll
für die Zwecke der Aemter werden zu wollen. Die
kräftigen Fäuste der Böttcher waren in dieser Zeit viel
werth für den Rath, und so ging einer der Morgen=

sprachsherren zwischen den beiden neuen Werkmeistern hinter dem Sarge her.

„Ein so stattliches Amtsgefolge habe ich noch nicht gesehen," sagte der Lüneburger.

„Für einen Knecht ist es außerordentlich," erwiderte Hans. „Selbst in Lübeck folgen einem Knochenhauer-Selbstherrn nicht mehr zur Gruft; und das ist unser größtes Amt. Aber es giebt wohl kein mächtigeres und reicheres Amt in allen Seestädten, als das der Böttcher zu Hamburg. Hast Du ihn gesehen?" fragte Hans.

„Wen denn?"

„Herrn Werner von Wiggersen. Weißt Du nicht, daß er ein Morgensprachsherr der Böttcher ist? Das hat was zu bedeuten. Ich glaube, es ist unerhört, daß ein Rathmann der Leiche eines Knechtes folgt, auch wenn er Meisterknecht und Altgeselle war und Schwiegersohn eines Werkmeisters werden sollte."

„Ja, ja, ich verstehe," erwiderte der etwas schwer-fällige Lüneburger.

„Die Aemter können nichts anfangen, wenn die Böttcher zu dem Rathe stehen. Es sind mit Knechten und Jungen wohl über vierhundert. Unser Schneider-amt, das doch nicht klein ist, hat nur siebenundzwanzig Meister; mit Knechten und Jungen etwa hundert Mann. Der Rath will die Böttcherknechte für sich gewinnen."

„Der Alte," fuhr der Lüneburger fort, „ist jetzt so still und sagt gar nichts mehr gegen den Rath. Ich glaube, es ist doch wohl wahr, was die Leute fagen, daß der Rath ihn schwer ins Gebet genommen hat, als ihn der Kniper aufs Haus holte."

Hans sah ihn bedeutungsvoll an und sagte dann zum Lehrjungen: „Dirk, springe mal schnell hinüber zu Deinem Vater und mache das große Bügeleisen heiß; unser Feuer ist aus. Grüße mir auch die Käthe und sag' ihr, daß ich heute Abend kommen werde."

Wenn dem Jungen auch die Unterhaltung der beiden Knechte recht interessant war, und er verstohlen ganz andächtig zugehört hatte, so war es ihm doch noch erwünschter, den Schneidertisch zu verlassen und sich etwas zu bewegen. Zu Hause gab's sicher etwas zu essen, denn der Anblick von Bäcker Düretieb's Brodfenster hielt den Appetit stets rege. Er holte schnell das Bügeleisen unter dem Tische hervor und eilte damit in die Schmiede seines Vaters.

„Lüneburger," sagte Hans jetzt, „Du hättest mir einen Wink geben sollen, dann hätte ich ihn eher fort= geschickt. Wenn der Junge auch thut, als sähe er nur seine Näherei, der hört Alles und bringt es bei Ge= legenheit an. Kleine Mäuse haben auch Ohren. Ja, Lüneburger, ich glaube, dem Alten sind schlimme Dinge passirt. Der Rath wollte ihm an den Hals. Da hat er geschworen, unser Amt dem Rathe hold zu halten. Das kann er nicht. Die Schneider haben viel Klagen gegen den Rath. Die Kleiderordnung kränkt die Nahrung. Jetzt will der Rath auch die Hauptstücke der Kleiderordnung in die neue Amtsrolle setzen. Das gesammte Amt wehrt sich heftig dagegen. Der Alte spricht für den Rath, denn er soll seinen Eid halten, sonst — —!" Er machte eine ängstliche Bewegung über den Hals. „Siehst Du den Kniper wohl, wie scheußlich freundlich er stets in unser Fenster sieht? Und dessen Freundlichkeit hat stets etwas zu bedeuten, — nur nichts Gutes."

„Dürctied ist doch ein rechtes Waschweib, daß er das gleich dem Kniper erzählt hat," meinte der Lüne=burger.

„Gewiß, und er schwor hoch und theuer beim heiligen Antonius, dem Schutzpatron der Schweinemast, daß er nichts gehört haben wollte."

„Warum zeigt ihn der Alte nicht den Werkmeistern an?" fragte der Lüneburger.

„Kann er denn? Der Alte wird sich wohl hüten zu sagen, was ihm der Rath und der Büttel ins Ohr geflüstert haben. Meldet er Dürctied's Klatschen, so muß er sich und seine Unterredung mit dem Rath selber verrathen. Und dann hat er den Spott zu dem Schaden. Die Aemter verachten ihn, und der Rath nimmt ihn fest wegen Bruch der Urfehde, wie sie's nennen. Ich möchte nicht in des Alten Haut stecken. Du sollst mal sehen, wie sie ihm heute beim Umgang unter die Nase trotzen werden. Er wird fuchswild nach Hause kommen. Stich jetzt nur fest zu, damit wir das Schwatzen wieder einholen; sonst bleibt kein gut Wetter."

Indessen kam Dirk mit kauenden Backen und dem heißen Eisen zurück. Er brachte auch seinem Schwager einen schönen Gruß nebst einigen Birnen von Käthe, die dieser freudig sogleich verzehrte. Auch der Lüneburger bekam sein Theil.

„So, Junge," sagte jetzt Hans, „scheuere das Eisen ab und hole den Glanzlappen hervor."

Dirk scheuerte das Eisen auf dem Fußboden, wo sich schon eine schwarze Bahn gebildet hatte, und hielt darauf dasselbe an das Ohr, um die Hitze genau zu prüfen."

„Was sagt das Eisen?" fragte Hans. „Es ist doch nicht mehr gluh?"

„Es ist gerade gut!"

„Es zischt doch tüchtig?"

„Ja," sagte Hans, indem er das Eisen umdrehte und mit dem nassen Finger über die spiegelblanke Fläche fuhr, so daß weiße Schaumblasen zischend und prasselnd darüber hintanzten.

Hans stellte sich nun an den andern Tisch und begann das eben vollendete Wammes zu bügeln.

Er nahm den Mund voll Wasser, sprudelte dies auf den Glanzlappen, und nachdem er ihn auf das Tuch gelegt, bügelte er sorgfältig das Wammes, damit es den rechten Glanz bekäme.

Dirk nähte eifrig an seinen Knopflöchern weiter, und der Lüneburger ebenso eifrig die Knöpfe an die andere Seite des betreffenden Wammses. Und als der Meister sich draußen blicken ließ, der nur noch von seinem Mitmeister an der Thür Abschied nahm, da wurde gearbeitet, als wäre es Stückarbeit oder Sonnabend vor Pfingsten.

Hans ließ mit einer Heftigkeit das Wasser auf den Glanzlappen sprudeln, daß Frau Düretied an ihrem Fenster zusammenfuhr. Dirk arbeitete wie nie, und der Lüneburger, der gerade einen Faden vernäht hatte, knipste eifrig einen neuen, zwischen beiden Händen ausgespannten Zwirnsfaden mit dem Nagel des rechten Daumen, daß es klang wie Harfenton. Dann fädelte er den Knopfsetzer ein, zog den Faden doppelt und mit weißem Wachs wichste er ihn gewaltig, damit er fest würde wie Pechdraht. Darauf drehte er zwischen beiden Händen den Quispel und wickelte das gedrehte, fertige Stück um den linken Daumen mit einer Geschwindigkeit, als sollte er bis zur Vesper noch ein Schiffskabel schaffen.

Der Meister kam, wie's Hans vorausgesehen, fuchswild nach Hause. „Verfluchte Wirthschaft," fing er an zu toben, eifrig auf= und abgehend, „da kann man sich ja die Schwindsucht an den Hals ärgern. Und sagt man so einem Kerl etwas, dann macht er spitze Redensarten. Was soll aus der Stadt und den gemeinen Aemtern werden, wenn die Werkmeister keinen Gehorsam mehr finden. Bin nun fünfzehn, nein zwanzig Jahre, sagt der Bürgermeister, Werkmeister, aber so toll wie dies Jahr haben sie's noch nie ge= trieben. Ich hole nicht gern den Diener des Bürger= meisters, um die Leute zu zwingen, aber ich muß wahrhaftig. Da mag der Henker Werkmeister sein.

Ich gebe das Amt auf und setze mich aufs Altentheil. Hans, willst Du mein Erbe nehmen und meiner Frau und mir die Leibzucht [98]) geben die Zeit unseres Lebens? Die Käthe käme sogleich ins warme Nest."

„Meister," sagte Hans, im Bügeln innehaltend. „Es wär' ein gut Geschäft für mich. Aber besinnt Euch. Ihr habt schon oft solchen Aerger gehabt beim Umgang."

„Nein, nein, Hans. Es ist gar zu schlimm in diesen wilden Zeiten. Es ist mein bitterer Ernst — und mir schon lange durch den Kopf gegangen. Die Aemter schelten den Rath, die Knechte die Selbst=herrn, und die Jungen die Knechte. Die Welt geht aus Rand und Band. Und nicht einmal die Kleider soll man tragen, wie man will. Hab' ich die neue Kleiderordnung gemacht? Aber die Selbstherren sprechen, als wär' ich an allem Schuld. Der Rath hat Ein=sehen genug, denn einige Schnitte und Zierrathe wird er gestatten, weil die Bürger sie doch tragen. Und wem haben sie's zu verdanken, wenn der Rath Einiges zuläßt? Mir, mir ganz allein, sage ich. Hätte ich nicht neulich, als ich vor dem Rath war, Herrn Ludolf's vlämisches Kleid als wider die Ordnung be=zeichnet, nimmer hätten wir diesen Schnitt durchgesetzt. Aber dann sagen Einem die Kerle noch, ich hätte dem Rath wohl sonst etwas gesagt, ich hätte die gemeinen Aemter dem Rath verrathen. Solch Undank ist uner=hört. Nein, Hans, ich gebe mein Amt dran und pilgere bald nach Bremen, wenn der Frühling wieder ins Land zieht, wollen und barfuß zum Kreuz der heiligen Hülfe, und dann nach Avignon zum heiligen Vater und von dort nach Compostella zum heiligen Jacob."

„Meister!" riefen jetzt wie aus Einem Munde die beiden Knechte, „nach Compostella?"

„Ja, Knechte, ich will meine arme Seele besorgen und die meiner Kinder, die vor mir ins Grab gefahren sind. — Nun, Lüneburger, sind die Knöpfe angenäht. Es sind wohl zweiundfünfzig!" [99])

„Erst einunddreißig."

„Alle Wetter, was hast Du denn gethan die Zeit über? Auch die zwanzig Knöpfe an den Aermeln sollten schon längst angenäht sein."

„Meister," sagte jetzt Hans, „der Leichenzug der Böttcher kam vorüber, wohl die zweihundert Personen, da konnten wir nicht nähen."

„So, das ist was Anderes."

Jetzt aber wandte sich der Meister zu dem Lehrjungen, denn an irgend Einem mußte er seinen Zorn doch austoben. „Wie viel Knopflöcher hast Du fertig? Zeig her das Seitentheil. Heiliger Jacob von Compostella, fünf Knopflöcher!"

„Ja," erwiderte der Junge, „zuerst kam der Ausrufer —"

„Mußt Du, Schlingel auch schon den Kopf aus dem Fenster stecken? Nähst Du denn mit den Ohren? Warte!" und damit faßte er ihn zunächst bei den Ohren.

„Dann kam der große Leichenzug, und dann mußte ich auch noch bei Vatern das Bügeleisen heiß machen.“

„Aber wie kannst Du solche Knopflöcher zusammenprudeln. Wenn ich eine Dienstmagd ein halb Jahr an die Nadel setze, macht sie's besser. Du bist schon im dritten Jahr, sollst schon Dein Brod und Bier verdienen können. Das ist ja, als hätten die Schweine gewühlt.“

„Schweine gewühlt?“ wiederholte knurrend der Junge.

„Was, Du Bengel, mach' mich nicht falsch, willst noch widerkurren? Wo ist die Elle?“

Meister Unruh griff nach der in der Ecke stehenden dreikantigen Doppelelle, doch er besann sich wieder, freilich nicht, weil die Elle gar zu handfest war. Nein, er hatte schon einmal mit der Elle Unglück gehabt, denn Dirk, das Unwetter merkend, war einmal schnell entschlossen aus der Thür entsprungen. Damals wollte ihm Meister Unruh schnell nacheilen, aber die Elle, die er quer vor sich hielt, fand an den Thürpfosten Widerstand, brach mitten durch und ließ ihn zum Spott der Knechte fallen. Daher ergriff er erst das Seitentheil und schlug es dem Jungen verschiedene Male um die Ohren, und als er erst in Zug gekommen war, nahm er den Seidenstock, zog die Tuchscheide ab, warf die Seide auf den Boden, daß alle Fäden durcheinander kamen, und bearbeitete den Jungen damit, bis er zu schreien anfing, als würde ein Schweinchen gestochen.

Endlich beruhigte sich Meister Unruh und hob die arg getretene und verwirrte Seide vom Boden auf und begann sie wieder auseinander zu wirren.

„Ich werd' es aber meinem Vater sagen, so braucht man sich nicht schlagen zu lassen," murrte der Junge, noch immer heulend.

„Das thu' nur, dann giebt's noch einmal eine Tracht vom Vater dazu. Der weiß seine Jungen auch wohl zu lehren und zu halten. Es ist noch kein tüchtiger Knecht ohne Schläge geworden. Es ist ein altes Recht in Hamburg: Ein Herr mag seinen Knecht wohl schlagen; aber schlägt er ihn todt, das soll er bessern nach Stadtrecht. Alle meine Ausgelernten waren zuerst böse, wenn sie ausgeschrieben waren. Aber nachher, wenn sie zur Vernunft gekommen waren, bedankten sie sich vielmals für die gute Lehre, denn sie waren stets die fixesten Knechte und sind in allen Seestädten die ersten Schneider und kommen nicht aus der Mode."

„Meister," sagte Hans, der sich schon etwas erlauben durfte, zumal der Werkmeister durch den an der Seide angerichteten Schaden, der sich nur mit Ruhe wieder gut machen ließ, etwas sanfter geworden war. „Das kann doch nicht sein. Das Lübsche Recht ist gewiß streng, denn man sagt: „Lubsch Recht, glupsch Recht", aber solchen Satz habe ich nie gehört."

„Junger Mann, Du hast viel noch nicht gehört, und doch ist es da. Ich werde den Satz sogar in die Settinge [100]) aufnehmen lassen als Warnung für Knechte und Jungen. Doch da kommt der Herr Stadtschreiber zu uns, der wird es Dir bestätigen.“

Die hohe Gestalt des Magisters Johann Tunderstede trat ins Zimmer. Wie war Meister Unruh plötzlich umgewandelt. Wie eilig sprang er im Zimmer umher und war freundlich, daß man ihn hätte um den Finger wickeln können. „Welche Ehre,“ stotterte er. „Herr Magister, das neue Gewand für das kaiserliche Hoflager in Lübeck, nicht wahr?“

„Aber Meister, es wird doch bestimmt fertig? Der Kaiser zieht am 20. October in Lübeck ein. Zwei Tage reisen wir, wenn Alles gut geht. Also am 15., denn ich muß mich in dem Gewande noch den Herren Bürgermeistern zum Abschied zeigen.“

„Es ist zwar viel zu thun, Herr Magister, aber die Arbeit des Ehrbaren Rathes geht vor. Als Werkmeister habe ich das Recht, noch einen dritten Gesellen zuzusetzen.“

„Wie Ihr wißt, Meister, soll das Wamms nach Herrn Ludolf’s Schnitt sein.“

„Herr Magister, wenn’s Euch Recht ist, soll hier mein Meisterknecht die Gewänder machen. Er soll zur nächsten Morgensprache zum dritten Mal eschen und Meister werden. Es soll sein Meisterstück sein.“

„Gewiß, Meister. Ihr wißt ferner, daß ich nur alle Jahre ein neu Gewand erhalte. Mein altes ist erst kürzlich gemacht, doch für das kaiserliche Hoflager nicht hochzeitlich genug. Der Rath verkauft es nach meiner Rückkehr wieder zum Besten der Stadtkämmerei.

Würdet Ihr das Gewand wieder kaufen, und wie theuer?"[101]

„Das, Herr Magister, kann ich erst nach der Rückkehr vom kaiserlichen Hoflager bestimmen, wenn ich gesehen, wie sehr die Gewänder gelitten. Aber ich werde dem Rath so viel dafür zurückzahlen, als nur möglich ist. Kommt es doch der ganzen Stadt zu Gute, und Ihr wißt, wie sehr mir der Stadt Wohl — —"

„Gewiß," erwiderte mit einem feinen Lächeln Magister Johann. „Eure Zwiesprache von neulich im Rath werde ich nie vergessen."

Ganz entsetzt unterbrach ihn Meister Unruh und sagte: „Hans, nimm dem Herrn Stadtschreiber Maß. Es ist eine hohe Kundschaft, die Du zuerst bedienst."

Hans nahm darauf Maß zur Hose, Wamms und Tappert und schrieb die Zahlen des Maßes in eine Wachstafel. Der Meister fragte, was für Tuch genommen werden solle, ob Englisches, Brüggesches oder Hamburgisches, und der Stadtschreiber theilte ihm seine Wünsche mit. Dann mußte Hans auf des Meisters Frage angeben, wie viel Ellen er haben müßte. Der Meister legte ihm außerdem noch einige Fragen für andere Tucharten vor. Als nun Hans Alles schnell zu beantworten wußte, that der Stadtschreiber dem alten Meister den Gefallen, die Gewandtheit des Meisterknechtes und seine gute Unterweisung im Zuschneiden und Berechnen zu loben.

„Hans kann sogleich mit dem Herrn Stadtschreiber zum Wandschneider gehen und das Zeug kaufen helfen," sagte Meister Unruh fragend, und der Stadtschreiber nickte zustimmend.

„Geh' und mach' Dich fertig dazu," fuhr Meister Unruh fort, „der Herr Stadtschreiber verweilt vielleicht so lange," und damit schob er ihm einen Armstuhl hin, den jener sogleich einnahm. Als Hans gegangen war, fragte der Stadtschreiber noch Einiges über den Meisterknecht, ob er auch im Arbeiten so geschickt sei, wie im Berechnen. Aber Meister Unruh beruhigte ihn vollkommen darüber, denn der sei ein Meisterssohn und bügele mit dem kalten Eisen.

„Junge," sagte jetzt der Stadtschreiber zu Dirk, „warum weinst Du? Hat es etwas gegeben?"

„Oh, der Schlingel hat faul und schlecht gearbeitet, während ich den Umgang hielt," versetzte der Meister. Dirk wollte jetzt, da er bei Jemand Mitleid erregte, von Neuem zu weinen anfangen, doch das Lob, das ihm darauf der Meister spendete, beruhigte ihn bald wieder.

Inzwischen war Hans in seinem Sonntagsstaat wieder eingetreten, wobei die halbirte Hose nicht fehlte, und meldete, daß er bereit sei, mit dem Herrn Stadt= schreiber zum Wandschneider zu gehen. Dieser stand auf und wollte gehen. Da wandte sich Meister Unruh, um seine Gesetzeskenntniß zu zeigen und seinen Meister= knecht zu beschämen, noch einmal wegen des Artikels vom Schlagen an den Stadtschreiber: „Herr Stadt= schreiber, ist es nicht ein altes Recht von Hamburg, daß ein Herr seinen Knecht wohl schlagen darf, daß er ihn aber nicht todtschlagen darf?"

„Freilich," erwiderte der Magister lächelnd, „dieser Satz steht im Stadtrecht von 1270 und 1292, und ich bewundere Eure Kenntniß des Stadtrechts. Aber gar zu arg, bester Meister, müßt Ihr diesen Satz nicht auslegen. Ich glaube, Blut und Blau richtet der Vogt. In diesem Falle würde nicht nur der Todtschlag, sondern auch das fließende Blut von Schneidewaffen schon dem Vogte und dem Rath straf= bar sein. Kein Amt hat sonst diesen Satz aufge= nommen. Ich bearbeite jetzt für den Ehrbaren Rath die sämmtlichen Amtssatzungen. Heute gerade habe ich das Recht der Schneider vorgehabt; auf Wunsch der Morgensprachsherren habe ich aber diesen barbarischen Satz des vorigen Jahrhunderts fortgelassen. Oder soll sich das Recht der Schneider durch besonders harte Sätze auszeichnen, Meister Unruh?" sagte er jetzt be= deutungsvoll, leise den Finger hin= und herbewegend. „Ein wenig Milde und Billigkeit im Recht hat sein Gutes. Ihr wißt es ja selber, wie der Rath auch mitunter Gnade für Recht ergehen läßt."

Damit empfahl sich Herr Johann Tunderstede, und Hans ging stolz und freudigen Herzens mit ihm durch die Garbraderstraße an Käthchen's Fenster vorüber. Meister Unruh aber bebte bis in's Herz, als der Stadtschreiber solche starke Andeutungen vor Knechten und Jungen machte, die wahrscheinlich dieselben nur zu gut verstanden. Sein Entschluß stand jetzt fest, sich des Schneideramts zu begeben und sich nach Vollendung seiner Betefahrt zur heiligen Hülfe und nach Compostella aufs Altentheil zu setzen.

Vierzehntes Capitel.

Zu derselben Zeit, als der Rath von Hamburg
alle alten Schriften durch die Stadtschreiber durch=
mustern ließ, um daraus vor dem Kaiser zu beweisen,
daß die Grafen von Holstein kein Recht mehr an der
Stadt Hamburg hätten, waren diese ihrerseits auch
nicht unthätig, aus alten Schriften den Beweis zu
erbringen, daß ihre Hoheitsrechte an der Stadt Ham=
burg noch in voller Kraft beständen. Zu gleicher Zeit
hatte man den zwischen Hamburg und Lübeck wohnen=
den Rittern nicht undeutlich zu verstehen gegeben, daß
die Grafen es gern sähen, wenn den Hamburgern Ab=
bruch gethan würde, wo es nur möglich wäre. Dieses
wäre um so eher möglich, da die Landstraßen seit
vielen Jahren ziemlich sicher gewesen seien, und die
Hamburger jetzt fast immer ohne Bedeckung reisten.
Der Dompropst Bernhard in Hamburg stand im leb=
haftesten Briefwechsel mit den Grafen und suchte seiner=
seits die Unzufriedenheit der Aemter zu schüren, wo
er nur irgend konnte. Fremde Gestalten und Boten
gingen jetzt zahlreicher in seiner Curie ein und aus,
so daß der Rath vom Kniper schon darauf aufmerksam

gemacht worden war, und Ludolf Beckendorp's Ansicht von der Harmlosigkeit des Dompropstes anfing, weniger Glauben zu finden.

In denselben Tagen nun, wo Meister Unruh seinen Umgang bei den Schneidern hielt, ritt der Ritter von Hummelsbüttel mit einem Knappen zum Steinthor herein und die Steinstraße hinunter. Dann lenkten sie in eine der vielen Seitengäßchen neben der Petrikirche ein und stiegen in der Curie des Dompropstes ab.

„Wendelin," sagte der Ritter, als er sich anschickte, zum Dompropst hinaufzugehen, „wenn Du mein Pferd hast beschlagen lassen, suche Dir einen schlauen Mann, der uns dann und wann Kundschaft bringen kann von dem, was in Hamburg vorgeht. Wenn's sein kann, einen solchen, der auch allerlei von des Raths Heimlichkeit erfährt. Der Dompropst will sich nicht gern bloßstellen, und will nöthigenfalls behaupten können, er wisse von der ganzen Sache nichts. Besonders kommt es uns darauf an, genau zu erfahren, wann der Rath die Sendeboten zum Kaiser nach Lübeck schickt. Du weißt, warum."

„Herr," sagte Wendelin dreist, „solch Auftrag ist leicht gegeben, aber schwer ausgeführt, denn ich bin hier unbekannt. Ein solcher Mann, wie Ihr ihn wünscht, der zugleich zum Verräther taugt, wird schwer zu finden sein. Ihr wißt, welche Bekanntschaften ich in Hamburg habe. Es sind die Werkmeister der Platenschläger, zwei Rathsdiener und der allerehrbarste Büttel,

und diese Bekanntschaften möchte ich nicht gern er=
neuern."

„Kerl!" sagte der Ritter, „hast Du ihnen einmal
eine Nase gedreht, so thu' es auch zum zweiten Male
und räche Dich an ihnen. Deine Verkleidung ist gut;
Du bist wahrlich mit allen Hunden gehetzt. Ich selber
hätte Dich in dem gefärbten Haar und dem steif=
gewichsten Schnurrbart kaum erkannt. Du kannst es,
wenn Du nur willst."

„Aber," sagte Wendelin, „es kostet ein tüchtig Stück
Geld, einen solchen Mann zu gewinnen und zum
Schweigen zu verpflichten, und Ihr habt mir meinen
Sold noch nicht ausgezahlt, sonst würde ich gern aus=
helfen; denn Ihr seid mir ein sicherer Mann."

„Das wollte ich meinen! Auf das Wort derer von
Hummelsbüttel kann man Häuser bauen. Aber das
verfluchte Geld. Kaum setzt man seinen Fuß auf den
Boden der Stadt, so strecken sich Einem tausend gierige
Hände entgegen, die Geld haben wollen. Leider sind
meine Renten und Zehnten schon wieder im Voraus
an diese Pfeffersäcke verpfändet, und der abscheuliche
Landfriede ist auch nicht gerade geeignet, das Herz
und den Beutel eines ritterlichen Mannes zu befriedigen.
Nun, der Propst muß vorschießen; für ihre Sache
können die Grafen die Kosten tragen."

Damit verschwand der Ritter in der Curie. Wendelin
aber führte die Pferde in den Stall, warf ihnen Futter
vor und pfiff sich ein lustig Stückchen. Kurze Zeit
darauf kam der Ritter wieder herunter und drückte

ihm ein kleines Beutelchen mit Geld in die Hand. Als Wendelin denselben in seine Geldtasche gesteckt und das Pferd des Ritters auf den Hof geführt hatte, fragte er noch zurück: „Habt Ihr einen bestimmten Schmied, bei dem ich das Pferd beschlagen lassen soll?“

„Das eigentlich nicht,“ sagte der Ritter. „Aber ich habe einen gewissen Schmied, bei dem ich nicht beschlagen lasse. Es ist der Schmied Sierich am Zippelhause. Es steht noch eine Kleinigkeit auf dem Kerbholz bei ihm, und er könnte es leicht einmahnen, wenn er meinen Rappen erkennt. Geh’ zu irgend einem andern Schmied. Ich sah vorher eine Schmiede am Speersort; es ist die nächste. Spute Dich, damit Du bald den Späher gewinnst.“

Wendelin führte darauf das Pferd am Zaum zu der Schmiede am Speersort. Es war die Schmiede des riesigen Schmieds Schütt, der vor einiger Zeit den Böttcher Bump aus Timm’s Krug gerollt hatte. Die Schmiede lag etwas zurück hinter den übrigen Häusern der Straße, so daß der Platz davor genügte, um einige Pferde, selbst Wagen dorthin zu stellen. Ein gewaltiges Feuer brannte in der Esse, und Meister Schütt arbeitete mit seinen Knechten am Amboß, daß die Funken stoben, während der Junge mit dem Blasebalg eifrig zublies. Erst nachdem der Schmied mit dem in Arbeit befindlichen Stück fertig war und es in den Löscheimer gesteckt hatte, trat er vor die Thür, um die Füße des Pferdes zu besehen.

„Ihr seid ein Fremder,“ sagte er zu Wendelin,

nachdem er die Größe des Hufs aufmerksam geprüft hatte. „Darf ich wissen, wem das Pferd gehört?"

„Was geht's Euch an," erwiderte Wendelin keck, „wenn Ihr nur Euer Geld bekommt."

„Bursche, es kümmert mich und das ganze Amt viel. Wie kommt Ihr gerade in meine Schmiede?"

„Weil es die nächste war."

„Also seid Ihr hier in der Nähe in der Herberge?"

„So fragt man die Bauern aus."

„Wenn ich nicht erfahre, wer Euer Herr ist, damit ich weiß, ob er ein Borger oder guter Bezahler ist, so beschlage ich das Pferd nicht. Dann beschlagt Euer Pferd nur selber."

„Gebt mir nur Eisen und Werkzeug, so will ich es sogleich thun."

Auf diese Wendung des Gespräches hatte der Schmied nicht gerechnet, aber er nahm den Scherz auf und sagte: „Geht nur in die Schmiede und thut, als wäre sie Euer. Junge und Knecht sollen Euch zur Hand gehen. Heda, Knechte, dieser Springinsfeld will sein Pferd selbst beschlagen. Du, Michel, schlage zu und, Hans, blase an! Wollen doch einmal sehen, ob seine Kunst so groß ist, als sein Mundwerk dreist!"

Wendelin bückte sich und wollte eins der neben dem Amboß liegenden ausgeschweißten, halbfertigen Hufeisen [102]) aufnehmen, aber der Schmied wehrte es ihm und sagte: „Macht nur eins vom Neuen, da liegt Hufstabeisen."

Der Knappe folgte der Weisung des Schmieds, nahm das Eisen und legte es mit der Zange ins Kohlenfeuer. Dann winkte er dem Knechte, ihm mit dem Werkzeugtisch vor die Schmiede zu folgen. Er band sich Schütt's Schürze um, steckte sachkundig einige Instrumente in die Tasche derselben, und nachdem der Knecht den Hinterfuß des Pferdes aufgehoben hatte, schnitt er den Huf des Pferdes mit dem Werkemesser heraus, während Schütt zuerst mit ungläubig lächelnder Miene, dann aber mit unverkennbarer Zufriedenheit zuschaute. Darauf ging er in die Schmiede, holte das Eisen aus dem Feuer, der Knecht schlug zu, und Wendelin formte mit der ersten Hitze die erste Hälfte des Hufeisens, salzte und lochte dieselbe. Dann legte er die andere Seite ins Feuer, bog darauf das Eisen zurecht und schmiedete die zweite Hälfte, salzte und lochte dieselbe kunstgerecht. Mit der dritten Hitze brachte er geschickt und geschwind beide Stollen an, indem er die glühenden Enden des Eisens um die Kante des Amboßes schlug. Mit der vierten Hitze brachte er den Aufzug an. Das fertige Eisen paßte er dem Pferde an, und siehe da, es paßte wie angegossen.

„Heiliger Eligius!" sagte Schütt, dem Wenden auf die Schulter klopfend, „Du bist ein ganzer Kerl. Aber strafe mich Gott, wenn Du nicht ein verlaufener Schmiedeknecht bist. Ein Hufeisen so auf den ersten Hieb zu Paß zu machen, ohne es nachzurichten, das macht Dir unter zehn Knechten nicht einer nach."

„Ich bin kein Schmiedeknecht," sagte Wendelin, „aber auf dem Lande und auf der Heerfahrt hat man nicht immer einen Schmied zur Hand, und man muß sich helfen, wie's geht. Da habe ich mir das so angenommen."

„Glaub's, wer da will!" erwiderte Schütt. „Aber nun zeige Deine Kunst im Nageln. Das ist ein schlechter Schmiedeknecht, der ein Pferd vernagelt."

Wendelin kühlte das Eisen ab, nahm die Hufnägel zwischen die Lippen und nagelte das Eisen kunstgerecht auf, vernietete die Nägel, schlug sie noch einmal fest, indem er die Zange gegen die Spitze der Nägel preßte, und beraspelte dann die noch hervorragenden Spitzen der Nägel.

„Auch das hast Du vortrefflich gemacht," sagte der Schmied. „Wer Du auch sein magst, der ist ein Biedermann, der ein Pferd so geschickt beschlagen kann. Nun, Biedermann, komm, thu' mir Bescheid in dem schönen Hamburger Bier. Hans, spring hinüber in den Krug und hole zwei Kannen Bier. Beim heiligen Bernward von Hildesheim, seit dem letzten großen Durchgang hab' ich nichts getrunken als Wasser. Aber die Zeit der Dürre ist vorüber und die Erde lechzt nicht mehr vergebens nach Regen. Das merkte ich schon heute Morgen. Wie der Hirsch schreiet nach frischem Wasser, also lechzet meine Seele, Bier, nach Dir, sagt Vater Sibich, der Barfüßer."

Schnell war der Lehrjunge aus dem gegenüber= liegenden Kruge mit zwei großen zinnernen Kannen voll Bier zurückgekehrt. Schütt nahm die eine, und indem er Wendelin die andere reichte, sagte er: „Im Hufeisenschmieden und Beschlagen, meiner größten Kunst, habe ich heute meinen Meister gefunden. Aber was das Trinken anbelangt, habe ich am ersten Tage des wiederkehrenden Durstes nie meinen Mann gefunden. Hier, Knappe, ich bringe Dir ein Ganzes zu; thu' mir Bescheid, wenn Du kannst." Sie stießen an und setzten die Krüge zugleich an den Mund und leerten sie in Einem Zuge. Aber der Wende stand auch hier seinen Mann, denn er war nur einen halben Augenblick später mit seiner Kanne fertig als Schütt.

„Das hast Du auch gut gemacht!" sagte Schütt. „Ich will Dich daher mit dem Preise nicht übersetzen. Bezahle mir das Eisen, den Arbeitslohn hast Du Dir selber verdient."

Wendelin wollte die Pfennige gerade aus seiner Tasche nehmen, da traten plötzlich vier sauber gekleidete Männer auf den Platz vor die Schmiede. Es waren die beiden Werkmeister des Schmiedeamtes und die Feuerschauer. Die Ersteren waren in ein dunkelblaues Wamms gekleidet und hatten ihre schönsten Gürtel um. Die Feuerschauer aber waren schwarz gekleidet, wie es ihr Amt, die Essen und den Kohlenhandel zu beaufsichtigen, [103]) zu erfordern schien. Es traten zuerst die beiden Werkmeister hervor, stellten sich in feierlicher Haltung auf, und der Eine von ihnen sagte zu Schütt und den Knechten, die mittlerweile alle vor die Thür getreten waren: „Mit Gunst, Meister und Knechte!

Nach alter Amtsgewohnheit halten wir den Michaelis=
umgang und gebieten Euch, daß von hier ab die
Arbeitszeit nicht mehr bis zum Schlage Fünf geht,
sondern zwischen hier und drei Wochen nach St. Mi=
chaelistag sollt Ihr arbeiten, bis die Sonne zu Golde
geht."

„Es soll geschehen, ehrenfeste Meister!" sagte Schütt,
der ebenfalls in fester, gerader Haltung dastand.

Darauf traten die Werkmeister zurück, und die beiden
Feuerschauer traten vor, und der Eine von ihnen sagte:
„Und wir Feuerschauer gebieten im Namen des Ehr=
baren Rathes von Hamburg, daß ein Jeder sein
Feuer bewahre und zusehe, wohin er sein Holz und
sein Futter lege. Haltet es damit, als es der Rath
eher geboten und hat abkündigen lassen. Auch sehe
ein Jeder zu, wen er beherberge, daß der Wirth nicht
mit dem Gaste in Gefahr komme." 104)

„Es soll geschehen, vorsichtige Feuerschauer!" sagte
der Schmied, und er nebst den Knechten machte ihnen
Platz, damit dieselben in die Schmiede gingen, um
diese und die Räumlichkeiten für Feurung und Futter
zu besichtigen. Einer der Werkmeister betrachtete in=
zwischen aufmerksam das soeben von Wendelin beschlagene
Pferd und sagte erstaunt: „Strafe mich der heilige
Eligius und der heilige Bernward von Hildesheim
dazu, wenn das nicht das Pferd des Ritters von
Hummelsbüttel ist! Ganz dieselbe Gestalt und Farbe,
dieselbe Blässe. Ich habe dem Rappen noch vor vier=
zehn Tagen die beiden Vorderfüße beschlagen."

Wendelin wurde verlegen und sagte ohne seine gewöhnliche Keckheit, aber doch noch immer ziemlich dreist: „Es giebt mehr schwarze Pferde mit Bläſſen: Warum ſoll es gerade das des Ritters von Poppenbüttel oder Ritzebüttel ſein, oder wie der Kerl heißen mag?“

„Hummelsbüttel heißt der Kerl! Ja, Ihr nennt ihn ganz richtig,“ ſchrie ihm der Werkmeiſter Sierich — denn dieſer war es ſelbſt — zornig zu. „Stellt Euch nur nicht ſo dumm an!“ Damit bückte er ſich, hob einen Vorderfuß des Pferdes auf, betrachtete aufmerkſam das etwas abgetretene Hufeiſen und ſagte: „Der heilige Eligius verſtopfe mir den Blaſebalg und der heilige Bernward ſoll mich alle Pferde vernageln laſſen, daß mir das Amt das Handwerk legt, wenn das nicht mein Beſchlag iſt.“ Er rief die Feuerſchauer aus der Schmiede, ſeinen Mitmeiſter und Schütt herbei, damit ſie ihm ſeine Ausſage bezeugten. Jenen zeigte er dann auch den andern Vorderfuß des Pferdes und fügte hinzu: „Seht her! Wenn ich bei der zweiten Hitze den letzten Schlag mit dem Falzhammer thue, dann thue ich noch einen Nebenhieb, ſo daß der Falz hier unten einen Winkel macht. Das machen nur wenig Schmiede ſo; nur ich und noch zwei, die beim alten Wieland auf dem Cremon gelernt haben.“

„Das iſt Meiſter Sierich’s Beſchlag,“ riefen die vier anderen Schmiede wie aus Einem Munde.

„Ach was,“ rief Wendelin dazwiſchen, „dieſen Schnörkel mit dem Falzhammer macht mancher Dorfschmied in Holstein und Mecklenburg. Darum braucht man nicht erst nach Hamburg zu gehen. Und wenn's nun Meister Sierich's Beschlag ist?" setzte Wendelin, unschuldig thuend, hinzu, „was dann?"

„Was dann?" entgegnete der Werkmeister höhnisch. „He! Dann will ich mein Geld! Der Ritter von Hummelsbüttel steht bei mir noch auf dem Kerbstock mit verschiedenen Mark für Hufbeschlag, und einige seiner Hausleute in seinem Namen. Richtig, es sind 1 Mark und 5 Schilling Pfennige. Wollt Ihr dieselben erlegen, so mögt Ihr Euer Pferd mitnehmen; wo nicht, so behalte ich das Pferd als gutes Pfand, bis meine Schuld mir erlegt ist."

„Da könnte ein Jeder kommen," erwiderte Wendelin, „und mir Geld abpressen."

„Kerl! Untersteh' Er sich nicht, das noch einmal zu sagen," schrie jetzt Werkmeister Sierich, indem er mit der rechten Hand in bedenklicher Nähe von Wendelin's Gesicht hin= und herfuhr. „Ich, ein geschworner Werkmeister des Schmiedeamts zu Hamburg, und Geld= abpressen sind zwei verschiedene Dinge. Das mag wohl Sein Handwerk und das Seines saubern Herrn sein."

„Allerdings! Wenn uns ein Pferd hier mir nichts dir nichts abgepfändet wird, dann wundert Euch nicht, daß wir uns auf der Landstraße schadlos halten, indem wir einen Bürger dieser Stadt oder ein paar als Pfand beim Kragen nehmen."

Der Schmied Schütt legte sich jetzt ins Mittel

und sagte: „Junge, ich sehe es Dir an, daß unser Meister Recht hat. Bezahle, was Dein Herr schuldig ist, und nimm Dein Pferd wieder in die Herberge. Das rathe ich Dir im Guten.“

Als Wendelin noch einige Einwendungen machen wollte, rief der andere Werkmeister den gerade vorüber=gehenden Rathsdiener Swertute heran, wie überhaupt die Vorübergehenden anfingen still zu stehen, so daß schon ein kleiner Auflauf entstanden war. Sobald der Rathsdiener Miene machte, sich einzumischen, vermehrte sich die zuschauende Menge von Augenblick zu Augen=blick. Aber Swertute brach sich mit seinem stattlichen Bürgerbauch Bahn und fragte mit rauher Stimme: „Was ist hier los?“

Der Werkmeister setzte die Sache auseinander, und Swertute sagte mit rauher Gutmüthigkeit: „Mein Junge, verleugne es nicht, daß dies Pferd dem Ritter Bruno von Hummelsbüttel gehört. Ich sah ihn heute Morgen zum Steinthor hereinreiten, und der Andere, der da bei ihm war, das wirst Du wohl gewesen sein. Das war gerade so ein schwarzköpfiger Kerl mit so einem spitzen Schnauzbart. Ich sah's von meinem Thurm aus, gerade als mir meine Alte das Frühstück aufsetzte. Der Eid des Werkmeisters schützt Dich davor, daß er Dich übervortheilt. Bezahle ihm die Schuld Deines Herrn und führe Dein Pferd in die Herberge. Willst Du nicht, so bleibt das Pferd hier in des Werkmeisters Stall als Pfand, natürlich auf Kosten des Ritters von Hummelsbüttel, denn das Recht der

Schmiede ist so. — Wie heißt doch noch das Recht, Meister Sierich?"

Meister Sierich nahm wieder seine Werkmeisterhaltung ein und sagte: „Das Recht der Schmiede lautet also — so hat es neulich noch der Morgensprachsherr vorgelesen: „Geschähe es, daß einige Klosterleute, außerhalb dieser Stadt, oder Hausleute, oder andere Gäste einem Schmiede für Schmiedewerk Geld schuldig blieben und dieselben zu einem andern Schmiede ziehen wollten zum Schmieden, denen soll Niemand schmieden, wenn er's weiß, der Gast habe denn zuvor seinem Amtsgenossen bezahlt, was er ihm schuldig war. Wer hiergegen thut, der soll das büßen mit sechs Pfennigen dem Amte und mit zehn Schillingen dem Rathe".[105]

„Ja, ja, genau so hat's Herr Embcke aus der Rolle gelesen," rief ein Kleinschmied aus der Menge heraus; „das ist ein Werkmeister, der weiß Alles auswendig."

„Aber davon steht nichts darin, daß die Amtleute die Gäste auspfänden dürfen," rief Wendelin dagegen.

„Das versteht sich von selbst," rief es aus der Menge, die immer unruhiger wurde und nicht übel Lust zeigte, zu Thätlichkeiten überzugehen, während das Pferd unruhig am Zügel zerrte und das Steinpflaster stampfte und hinten ausschlug, daß die Funken stoben und die Menge ängstlich einige Schritte zurückwich.

„Ja, ja! Er muß bezahlen," rief es durcheinander, „oder das Pferd bleibt hier zu Pfande! Das ist ein

altes Recht der Bürger und der Amtleute gegen die
frechen Gäste.“

Swertute, dem es trotz seiner Kraft und Rauhig=
keit und seines borstigen Schnurrbarts nicht an Gut=
müthigkeit fehlte, sagte jetzt: „Wenn Ihr keinen sichern
Bürgen in der Stadt für die Schuld Eures Herrn
habt, so bezahlt und erholt Euch dessen an Eurem
Herrn, oder bringt Euren Herrn zur Stelle. Sonst
nehme ich Euch selber mit zur Büttelei, denn außer=
dem soll Niemand Stechmesser, Nagelmesser oder lange
Messer in dieser Stadt tragen, es sei mit Urlaub des
Rathes — wie ich zum Beispiel,“ setzte Swertute
hinzu, an sein Schwert schlagend.[106] „Wer das
bricht, der soll es bessern mit zehn Schillingen.“ Und
damit langte Swertute an Wendelin’s Messer und ließ
die Scheide zwischen seinen Fingern spielen.

Wendelin stellte sich, als wenn er aus den Wolken
fiele. „Ich kann nicht wissen, was das Recht dieser
Stadt über das Waffentragen ist, und mein Wirth
hat es mir nicht gekündigt. Haltet Euch an meinen
Wirth. Noch dazu sehe ich,“ fuhr er auf die Menge
herumblickend fort, „hier recht viele Messer am Gürtel.
Die Bürger sollten den Gästen durch ihr Beispiel
zeigen, was Hamburgisch Recht ist.“

„Behalte Er Seine Weisheit für sich, frecher Kerl!“
brauste jetzt Swertute auf. „Wer ist Sein Wirth?
Aber in drei Teufels Namen, sagt die Wahrheit, oder
ich fahre mit Euch ab in die Büttelei.“

„Es ist der Dompropst Bernhard," erwiderte Wendelin, der seinen Herrn nicht gern an die Oeffentlichkeit bringen und in diesen Handel mit verwickeln mochte, denn bei dem Gedanken an den Büttel wurde ihm ängstlich zu Muthe, da ihm jener noch einen Stanpenschlag schuldig war, und da ihm als verfesteten Mann, wurde er erkannt, noch viel schwerere Strafe drohte. „Die Schuld meines Herrn will ich bezahlen und sollte es mir meine eigenen Pfennige kosten."

Er zog daher das Geld heraus und bezahlte den Werkmeister, der den Kerbstock in des Propstes Curie zu senden versprach. Dann befragte er Schütt um seine Forderung und suchte langsam das Geld zusammen.

Die Werkschauer und Feuerschauer zogen ab, und Swertute drängte die Leute mit sanfter Gewalt fort, indem er sagte: „So Lüd', nu is das Stück ut und nix wider to sehn; gaht na Hus, dat Etend ward kold."

Wendelin nahm darauf den Schmied Schütt bei Seite und fragte ihn, ob er nicht wüßte, wo Klaus Schüler oder Klaus Schreiber, den man auch Klaus von Harsefeld nenne, wohne? Schütt verwunderte sich über diese Frage und sagte: „Kennt Ihr den?"

Wendelin fragte unbefangen zurück: „Warum wundert Euch das? Ihr seid in der That recht neugierig, so sehr ich Euch sonst schätze."

„Nun," sagte Schütt, „nehmt es nicht für ungut. Klaus, der Schreiber von Harsefeld, ist mein Pflegesohn, und als sein Pflegevater möchte ich ihn gern vor solchen Gesellen wie Euch bewahren!"

„Guter Meister Schütt!" erwiderte Wendelin flüsternd und zutraulich, da er die Gutmüthigkeit und Harmlosigkeit des Riesen durchschaute. „Mein Herr will hier in der Stadt das kostbare Geschmeide seiner Frau versetzen, um Geld dafür zu lösen. Er wünscht, daß ihm ein Schreiber den offenen Brief dafür schreibe, und ich hörte im Stall des Dompropstes, daß hier ein Schreiber Klaus wohne. Was wundert Euch da meine Frage? Da habe ich's ja gerade recht getroffen."

Der Schmied war durch diese scheinbare Treuherzigkeit und Offenheit des Knappen beruhigt, denn wie konnte Jemand so von den Geldverlegenheiten seines Herrn sprechen, ohne daß es wahr gewesen wäre. Die von Hummelsbüttel waren außerdem als tüchtige Borger und schlechte Bezahler bekannt. Er sagte also: „Klaus wohnt oben im Giebel. Ich will ihn sogleich herunterholen lassen."

„Guter Meister, es thut nicht nöthig," fiel Wendelin schnell ein, eine ungelegene Erkennungsscene befürchtend. „Ich will schnell das Pferd in den Stall zurückführen und ihm Futter geben. Schickt ihn nur nach in den Stall des Dompropstes. Er braucht nur nach Wendelin zu fragen, dem Knappen des Ritters von Hummelsbüttel. Und indem er das Pferd umwandte, rief er dem Schmied noch zu: „Er soll auch zugleich sein Schreibzeug und Pergament mitbringen und Wachs zum Siegeln. Es kann leicht einige Stunden kosten, darauf soll er sich richten. Denn er muß mich, da ich hier am Ort ganz fremd bin, bei allen Goldschmieden und Pfandleihern herumführen, daß wir das Geschmeide so vortheilhaft wie möglich versetzen. Es soll sein Schade nicht sein, gebt ihm dies vorläufig für seine Mühe." Damit gab er dem Schmied einen Gulden und zog grüßend mit seinem Pferde von dannen.

Fünfzehntes Capitel.

Als Klaus von seinem Pflegevater den Auftrag bekam und schon im Voraus den Gulden, war er mehr erstaunt, als jener. Aber er verbarg seine Ueberraschung und ging zum Domhof des Dompropstes, wo er im Stall sich bei den Knechten des Domcapitels nach Wendelin erkundigte. Er wurde zu demselben geführt, und als er dessen Stimme hörte, kam ihm dieselbe bekannt vor, obgleich ihm das Gesicht fremd schien. Doch als er eine darauf bezügliche Bemerkung machen zu wollen schien, legte Wendelin die Finger auf die Lippen und sagte: „Man hat Euch mir als Schreiber empfohlen, und zugleich könntet Ihr mich durch die Stadt führen in die Buden der reichsten Pfandleiher und Goldschmiede.“ Damit traten sie Beide aus dem Stall heraus und gingen schweigend über den Hof auf die Straße. Als endlich die Knechte des Domcapitels aus Gehörweite waren, sagte Klaus: „Ich hab' Euch gesehen und ich habe mit Euch gesprochen, aber ich kann mich nicht besinnen, wo, und wer Ihr seid. Erklärt Euch, was Ihr von mir wünscht.“

„Klaus!" erwiderte Wendelin, „ich heiße Wendelin und bin der Wendische Knecht, der vor Kurzem den Brief der Straßburger Panzerschmiedeknechte nach Hamburg brachte und dafür in die Büttelei wandern mußte."

„Richtig." sagte Klaus, sich an die Stirn fassend. „Ihr seid's. Ich erkenne Euch jetzt. Aber sagt um Alles in der Welt, wie gelang es Euch, aus der Büttelei zu entkommen? Die Sache hat sehr viel in Hamburg von sich reden gemacht. Ertappte man Euch, — denn Ihr seid aus der Stadt verfestet auf ewige Zeiten, — es ginge Euch an den Leib."

„Nun, wofür bin ich denn Eisenarbeiter, wenn ich nicht verstände, Thüren mit Dietrichen geschickt aufzumachen. Ich ging durch die Thüren der Büttelei, wie ein ehrlicher Mann, schlief bis zum Morgen in der Vorhalle einer Kirche und wanderte am Morgen gemüthlich zum Thore hinaus. Jetzt bin ich Waffen= schmied, Hufschmied, Diener und Knappe beim Ritter Bruno von Hummelsbüttel und führe ein herrlich Leben, besser als wenn man den ganzen Tag am Am= boß schafft. Doch kommt in ein Wirthshaus mit mir, wo wir einen kühlen Trunk thun können, denn ich habe wichtige Dinge mit Euch zu verhandeln. Das Schreiben und das Verpfänden war selbstverständlich nur ein Vorwand, um den alten Bären von Schmied zu täuschen."

„Doch bitte ich Euch." sagte Klaus besorgt, „legt zuvor Euer Messer ab, damit Ihr nicht in angelegene Erörterungen mit den Rathsdienern gerathet. Die übrigen Diener und besonders der Kniper sind nicht so gutmüthig wie der dicke Swertute, die Leute zuerst zu verwarnen."

„Wie seid Ihr scheu und furchtsam!" sagte Wendelin. „In dieser Verkleidung und als Gast des Dompropstes fordere ich die Gefahr kühn heraus."

„Ich würde es Euch nicht so sehr übel nehmen, wenn Ihr nicht noch den Staupenschlag abzubüßen und am Pranger zu stehen hättet, und wenn Ihr nicht der Stadt verfesteter Mann wäret." Dann wurde Klaus so dringend mit seinen Bitten, bis der Wende wirklich in den Domhof zurückkehrte und sein Messer ablegte.

„Welche Besorgtheit!" sagte spöttisch der Wende, als er zurückkehrte. „Warum hegt Ihr eine solche Ehrfurcht gegen eine Ordnung, die Euch kein Recht gewährt?"

„Wenn ich mit meiner Vernunft auch längst damit gebrochen habe und mir das, was die Menge Recht nennt, fast wie Unrecht erscheint, und das, was sie Unrecht nennt, kaum so schlimm als ihr Recht, und wenn ich mir das auch täglich vorsage, ich kann nicht ein gewisses Etwas in meinem Innern unterdrücken, was man Gewissen nennt, das mir zuruft, es sei doch etwas mehr als die blinde Laune der Menschen in diesen Satzungen."

„Ja freilich liegt etwas mehr darin als blinde Laune. Dazu gehört die Gewalt der Mächtigen, um

diese Satzungen kräftig durchzuführen, und die Dumm=
heit der Menschen und ihr guter Wille, sich ihnen zu
fügen. Aber mehr ist's auch nicht. Nur die Gewalt
und die Schlauheit auf der einen Seite, und die
Schwäche und die Dummheit auf der andern halten
die Welt in dem altgewohnten Geleise, das man
Ordnung nennt. Seid kein Narr und haltet das
Etwas in Eurem Innern für etwas Anderes als das,
was man künstlich hineingetrichtert hat. Das hat man
Euch so lange vorgeprebigt in Kirche, Schule und
Haus, noch ehe Ihr denken konntet, bis Ihr zuletzt
selber glaubtet, dieser ganze Bettel, den man Welt=
ordnung nennt, wäre Euch von Anbeginn eingepflanzt
ins Herz, oder wäre das Erzeugniß Eures eigenen
Denkens. Hinaus, sage ich, mit Euch in die frische,
freie Welt. Hinter Stadtmauern und in Klosterzellen,
die Ihr nur gesehen habt, da bleicht der frische Ge=
danke, da verdorrt das Herz, daß kein fröhlich Gefühl
mehr darin sprießen kann.''

„Es mag Alles recht gut sein mit der Freiheit
und Fröhlichkeit, aber wir armen Teufel und Jeder,
der sich nicht in die Ordnung der Welt schickt, der
muß schließlich unterliegen. Und die Ordnung fordert
die Sühne für den Bruch des Friedens, sei es Stadt=
frieden, Marktfrieden, Landfrieden, oder was für ein
Friede es sein mag.''

„Hätte man uns nur gefragt oder unseres Gleichen,
als man diesen Frieden machte, er wäre sicher anders
geworden. Und weil wir und unseres Gleichen nicht

mit gerathen haben, darum können wir auch nicht mit thaten in diesem Frieden. Wir müssen so lange dagegen ankämpfen, bis er ein anderer geworden ist, bis eine Gesellschaft entstanden ist, in der auch wir einen anständigen Platz einnehmen. Doch laßt die Grillen fahren, und gehen wir in einen stillen Krug, wo wir einige Heimlichkeiten besprechen können.

Klaus bog in ein enges Seitengäßchen ein und führte seinen Gefährten in ein häßliches, kleines Wirthshaus, wo ihnen der Wirth in eine nach hinten hinausgelegene Kammer Bier verabfolgte und sie dann sich selber überließ. Darauf erzählte Wendelin Klaus ausführlich, wie er nach seiner Flucht aus der Hamburgischen Büttelei ein Unterkommen bei dem Ritter von Hummelsbüttel gefunden hätte, bei dem er jetzt Söldner sei. Er sei Waffenschmied, Hufschmied, Knappe und Rathgeber, alles in einer Person. Wenn er auch bis jetzt keinen Sold erhalten, so hätte er doch einen anständigen Beuteantheil erobert.

Auf Klaus' entrüstete Bemerkungen darüber sagte er lächelnd: „Ihr seht es so an, wie man dergleichen Dinge von der Stadt aus ansieht. Doch lebt ein Paar Wochen auf dem Lande, und Ihr werdet sehr bald diesen einseitigen Standpunkt überwinden. Sich vom Stegreif zu nähren, das ist nun einmal ritterlicher und romantischer als die ewige Alltäglichkeit des städtischen Lebens. Ihr könnt dergleichen nicht begreifen, weil Ihr's nicht durchgemacht habt. Kommt auf ein festes Haus in eines guten Ritters Gefolge, und Ihr seht dergleichen Dinge ganz anders an. Wir hoffen nächstens einen rechten Fang zu thun, wenn die Hamburger ihre Gesandtschaft an den Kaiser schicken. Fangen wir einen Rathmann oder irgend einen ihrer Begleiter, dann können wir auf ein schönes Lösegeld rechnen. Wir müssen nur genau darüber unterrichtet sein, wann diese Gesandtschaft nach Lübeck zieht. Ihr seid hier am Ort, habt Beziehungen zu Diesem und Jenem und erfahrt es leicht. Ihr würdet uns einen großen Dienst erweisen, wenn Ihr Euch an dem betreffenden Tage aufmachtet und uns Bescheid brächtet."

Klaus wußte nicht, was er auf alle diese Vorschläge erwidern sollte, aber Wendelin verstand es, so schlau und geschickt auf ihn einzuwirken, wobei das Bier das Seinige that, daß sein Widerstand immer schwächer wurde. Gelockt vom leichten, reichlichen Gewinn, den Wendelin ihm in Aussicht stellte, dachte er nicht mehr an die Gefahren eines solchen Unternehmens.

„Vielleicht habt Ihr einen guten Freund unter der Gesandtschaft und ihren Begleitern, dem Ihr gern einen kleinen Denkzettel gönntet," sagte Wendelin, ihn verschmitzt ansehend.

Als Klaus diese Bemerkung hörte, leuchteten seine Augen plötzlich wild auf, und er sagte: „Ja freilich habe ich einen guten Freund darunter, dem es an einem fröhlichen Feste eine besondere Freude war, mich an meine unechte Geburt zu erinnern. Es ist ein Braunschweiger Geschlechter, der mit mehreren seiner verfesteten Gefährten den Kaiser in Lübeck besuchen will, um ihn zu bewegen, Schritte gegen Braunschweig zu thun. Könnte ich Dem einige Monate Burgverließ verschaffen und einige hundert Mark von seinem Vermögen abzwacken, mir sollt' es eine Wonne sein. Und dann möge meinetwegen von der übrigen Gesellschaft gefangen werden, wer da will, mir gilt's gleich."

„Es soll Euer Schade nicht sein, Klaus. Der Ritter, oder vielmehr die Grafen von Holstein werden Euch für Euren kleinen Dienst besser belohnen, als es die Arbeit vieler Wochen vermag. In Eppendorf steht ein Pferd für Euch bereit in einem Hofe des Domscholasters. Bis dorthin müßt Ihr Euch zu Fuß begeben, und von dort reitet im Galopp nach Hummelsbüttel, um uns von der Ankunft der Gesandtschaft zu unterrichten. Hier nehmt dieses vorläufig für Eure Mühe," und damit drückte er ihm einige Gulden in die Hand. „Zehnfacher Lohn soll Euch werden, wenn Ihr Euren Auftrag glücklich vollendet, daß der Anschlag glückt. Die Vorbedingungen sind gut dafür. Denn seitdem die festen Häuser zu Hohenstegen und Wohldorf gebrochen sind,[107]) denken die Pfeffersäcke, die Landstraße zwischen hier und Lübeck gehöre ihnen zu Erb und Eigen. Stoßt an, Klaus von Harsefeld, und laßt uns dann einen freundlicheren Krug aufsuchen, wo es besser Bier giebt und und wo fröhliche Menschen weilen."

Nachdem Wendelin die Zeche bezahlt, gingen sie, heiter mit einander plaudernd, zum Hafen hinunter.

Dort herrschte ein äußerst geschäftiges Leben. Die Krahnzieher traten singend ihr Rad und wanden die Waaren von den Schiffen ans Land, die andere Krahn= zieher auf ihren großen zweiräbrigen Karren nach der Stadt führten.[108]) Einige leere Karren standen vor einer Wirthschaft, welche auf ihrem Schild einen Krahn führte und so besonders für die am Krahn beschäftig= ten Leute bestimmt zu sein schien. Klaus ging mit seinem Begleiter eine Treppe hinunter, und sie traten in ein geräumiges Kellerzimmer, dessen beide große Tische von Krahnziehern, Ewerführern und anderen Arbeitern von der Wasserseite besetzt waren, so daß kaum ein Platz zu finden war. Der Wirth und seine Magd hatten vollauf zu thun, die durstigen Gäste mit neuen Krügen zu bedienen, zumal die Bootsleute das nicht unansehnliche Mädchen gewöhnlich nicht ohne einige Worte oder eine handgreifliche Zärtlichkeit ent= ließen. Da Klaus an dem einen Tische die beiden Diener Kniper und Ewertute erblickte, so drängte er sich mit Wendelin in die Nähe des Schenktisches, um den spähenden Blicken des Knipers zu entgehen, denn plötzlich erwachte wieder das Gewissen in ihm, und der Muth, den er sich soeben getrunken, verließ ihn.

Die beiden Diener aber unterhielten sich soeben über die allerneuesten Skandalgeschichten von Hamburg. An diesem Morgen waren sie gemeinsam zum Hafen hinuntergegangen, um zu sehen, ob die ankommenden Schiffe verdächtige Gäste mit sich führten, und ob die abfahrenden Schiffe vorschriftsmäßig geladen wären, und um die Holz=, Torf= und Kornschiffe zu beobachten, ob auch Aufkäufer dem Bürger vor den gesetzmäßigen drei Tagen die Waaren fortkauften, und ob Gast mit Gast handele.[109] Zu diesem Geschäfte gehörte eine feine Beobachtungsgabe, die man dem Kniper unter allen Rathsdienern am meisten zutraute; aber da es am Hafen von verwegenen, händelsüchtigen Leuten wimmelte, pflegte man ihm den handfesten Swertute als Schutz mitzugeben. Von diesen Rundgängen am Hafen galten die Beiden als zwei Unzertrennliche in der Meinung des Volks, so daß Kniper und Swertute fast wie ein Mann, als Vertreter der ganzen Polizei galten. Aber wie gewöhnlich bei ihrer Anwesenheit hatten sie derlei Gesetzwidrigkeiten nicht bemerkt, obgleich die Bürger fast täglich über die böse Verkäuferei klagten, die jetzt fast alle Grenzen überschritten hätte.[110] Das merkwürdigste Ereigniß, das sie sich gerade beim schäumenden Bierkrug mitzutheilen hatten, war das Abenteuer Swertute's mit dem Knappen des Ritters von Hummelsbüttel vor der Schmiede am Speersort.

„Swertute," sagte Kniper, „Du bist viel zu gutmüthig. Warum hast Du den Kerl nicht eingesteckt wegen des langen Messers, das er am Gürtel trug?"

„Kniper," erwiderte Swertute, „er entschuldigte sich mit seinem Wirth; und gegen Geistliche haben wir kein Recht."

„Um so mehr hättest Du Dich an ihn halten müssen. Ich an Deiner Stelle hätte es sicher gethan. Schade, daß der Himmel mir nicht solche Stärke wie

Dir gegeben hat! Diese Kerle von Adelsdienern sollten hier nicht in den Straßen Hamburgs sich mehr Rechte herausnehmen als unsere Bürger."

„Ja, ja! God stüert de Böm, dat se nich in'n Hewen wassen. Würdest Du nicht ein großes Unheil angerichtet haben, wo der Rath mit dem Propst gespannt ist, wie Du sagst?"

„Swertute, so etwas mußt Du nicht denken, denn das Denken ist nicht Deine Sache. Sondern wen Du einmal hast, den halte fest und führe ihn ab an den Ort, wo weder Sonne noch Mond hinscheint. Das Denken wird dann der Kniper schon besorgen. Da liegt nun einmal bei Dir der Knüppel beim Hunde."

„Potz, Schlag, Heine!" fuhr Swertute auf. So hieß der Kniper nämlich eigentlich, aber Swertute nannte ihn nur dann so, wenn er ärgerlich auf ihn wurde. Und das geschah regelmäßig, wenn der Kniper Swertute die Denk- und Urtheilsfähigkeit absprach. „Potz, Schlag, Heine! mit Deiner ewigen Denkerei. Du thust gerade, als hättest Du das Denken für alle Hausdiener gepachtet und verzapftest es ihnen um Pfennige. Ich sage Dir, in Gemüthlichkeit kommt man mit den meisten Leuten besser durch, als mit der Bissigkeit und Spitzigkeit. Hast Du nicht viel öfter von den Bürgermeistern und den Rathmannen eine Nase bekommen wegen Deiner Schärfe, als ich wegen meiner Nachsicht? Darum ist Deine Nase auch so lang und spitz geworden."

„Swertute," sagte der Kniper begütigend, indem

er ihm auf den Arm klopfte. „Ich bin gewiß der Letzte, der Deine großen Verdienste nicht anerkennt. Wir Beiden sind die Säulen der Stadt Hamburg. Was würde aus Hamburg werden ohne uns? Würde es nicht Alles drunter und drüber gehen, wenn wir nicht Ordnung hielten auf den Straßen und in den Wirthschaften?“

„Vergeßt den Dritten nicht,“ sagte der handfeste Ewerführer Scheel über den Tisch, der mit verschmitztem Lächeln zugehört hatte.

„Nun, wen denn?“ fragte der Kniper fast beleidigt.

„Es ist der Büttel. Denn wie könnte eine Stadt ohne den fertig werden. Ihr Drei bildet zusammen das Hamburgische Wappen. Der Büttel ist der große Thurm in der Mitte, Kniper und Ewertute die beiden kleinen Thürme an der Seite.“

„Was?“ sagte der Kniper, „Du wagst, uns mit dem Büttel zusammenzustellen, die wir täglich mit den Rathmannen verkehren, sobald sie nur aus dem Bette steigen! Ja, noch heute hat mich der Bürgermeister Holdenstede vor sein Bett kommen lassen. Ich reichte ihm die Hosen und die Pantoffeln, damit er schneller fertig würde.“

„Ja, wir gewöhnlichen Menschenkinder,“ sagte der Kornträger Quanz, „wir können so etwas nicht genießen. Doch Ewerführer Scheel hat das Hamburgische Wappen noch nicht richtig gedeutet. Die beiden kleinen Thürme stellen die reitenden Diener und die gehenden

Diener des Rathes vor. Der Thurm in der Mitte ist der Büttel oder der hauende Diener."

„Und wo bleibt der würdige Kniper?" fragte der Ewerführer, fast beleidigt den Kornträger ansehend.

„Das weißt Du nicht," sagte der Kornträger, indem ihm ein boshaftes Lächeln um Mund und Nase zuckte. „Der Kniper, der ist das Nesselblatt unter dem großen Thurme." [111])

Ein allgemeines Gelächter folgte diesen Worten. Voller Zorn erhob sich der Kniper und schrie: „Kornträger Quanz, diese Rede soll Euch Eure Kornträgerstelle kosten. [112]) Ich muß Euch verhaften im Namen des Raths!"

Swertute zog den Kniper wieder auf die Bank und sagte: „Kniper, laß ihn, er ist ein budensitzender Mann; er ist uns sicher genug. Vorläufig wollen wir ihn gehen lassen."

Eine große Anzahl der Gäste ging jetzt lachend und den Kniper spöttisch ansehend aus dem Keller, während der Kniper seine Augen noch zornig umherrollen ließ, als suche er Jemand, an dem er seinen Grimm austoben könne. Sein Blick blieb endlich auf Klaus haften, der ihn nicht ertragen konnte und seinem Begleiter sagen zu wollen schien, daß es Zeit wäre, sich zu entfernen. Doch jener verstand diesen Blick entweder nicht oder wollte ihn nicht verstehen und sagte mit der größten Unbefangenheit: „Jetzt sind Plätze leer, kommt, setzen wir uns neben diese würdigen Diener der Stadt."

Mit der größten Freundlichkeit setzte sich Wendelin neben Swertute, und Klaus folgte ihm widerwillig.

„Wie ist's nur möglich," begann Wendelin die Unterhaltung, „daß man Euch so niedrig stellt in der menschlichen Gesellschaft und Euch dem Büttel gleich=setzt? Nein, Ihr habt etwas von ritterlicher Art an Euch, denn darum tragt Ihr das schwertartige Messer an der Seite, das sonst keinem Bürger und Gaste zu tragen erlaubt ist. Hätten des Rathes Diener nicht etwas Ritterliches an sich, würden ritterliche Herren vom Lande in des Raths Dienste treten? Ich erinnere mich, daß ein Vetter meines Herrn Vogt der reitenden Diener zu Hamburg war. Und die Hummelsbüttel haben allzeit auf Ehre gehalten." 114)

Der Kniper und Swertute lächelten zu dieser ar=tigen Rede und stießen mit Wendelin herzhaft an und ebenso mit Klaus. Dabei erkannte Swertute den Knappen des Ritters von Hummelsbüttel, so daß er das Trinken vergaß und mit offenem Munde dasaß.

„Ja, ja! Ihr wundert Euch wohl, wie ich hierher komme," sagte Wendelin. „Nun, nachdem ich mein Pferd in den Stall gebracht und mein Messer zu Hause abgelegt hatte, da Ihr so gütig wart, mich zu belehren, daß es hier nicht erlaubt sei, Messer bei sich zu führen, so besorgte ich einige Geschäfte für meinen Herrn und sehe mir nun die Stadt an. Hamburg ist ein nettes Städtchen. Es ist doch ein ganz ander Werk hier, als in dem Nest von Bergedorf und Mölln. Ja wahrlich, wenn ich nicht ein ritterlicher Mann wäre, ich würde gern hier in Hamburg leben.“

Die beiden Diener fühlten sich nicht wenig durch diese Rede geehrt, und Swertute sagte zu Kniper: „Siehst Du, hat meine freundschaftliche Warnung nicht ihre guten Früchte getragen? Ja, ja, mein Herr Ritter, wenn der alte Swertute nicht so langmüthig wäre, der das Schwert nur zieht, wenn man es ihm befiehlt, dann säßt Ihr vielleicht jetzt hinter Schloß und Riegel.“

„Das würde der Stadt Hamburg Vortheil nicht gewesen sein. Denn Ihr hättet dadurch meinen Herrn, den Propst, und die Grafen von Holstein aufs Schwerste gekränkt, und man würde Euch das nicht vergessen haben. Aber Ihr seid ein kluger Mann. Was Ihr mit Güte abmachen könnt, das thut Ihr nicht mit Gewalt.

Dem alten Swertute gingen diese Worte glatt hinunter wie Honigseim. Sein ganzes Gesicht schien verklärt und lächelte bis in die äußersten Spitzen seines struppigen Schnurrbarts, während die Züge des Knipers immer finsterer wurden, und seine Augen an den beiden Wänden der Nase entlang sahen, und seine Nase fast noch länger und spitzer zu werden schien. Doch Wendelin that, als bemerkte er weder das Eine noch das Andere, und indem er verbindlich zu den Dienern sagte: „Die Herren Diener trinken doch noch eine Kanne mit uns?“ bestellte er beim Wirth neue Kannen. Der Kniper aber machte seinem gepreßten Herzen Luft, indem er sagte: „Wir würden es nöthigen=

falls wohl mit dem Zorne des Herrn von Hummels=
büttel aufgenommen haben. Und, mein werther Herr
Knappe, feste Häuser sind für uns Städter jetzt nichts
mehr, und Roß und Harnisch soll Euch wenig helfen.
Denn der Rath hat sich zwei kupferne Donnerbüchsen[113])
angeschafft, die das festeste Haus in wenigen Stunden
in Grund und Boden schießen. Mit dem Ritterthum
ist's aus, ganz aus, sage ich Euch. Wenn Ihr ver=
nünftig seid, junger Mann, — denn Ihr scheint ein
ehrliches Blut zu sein, — so wendet Euch einer red=
lichen Nahrung zu. Es ist besser, als im Busch zu
fischen."

„Sollten diese Donnerbüchsen wirklich so gefährlich
sein," sagte Wendelin, sich ungläubig stellend, denn er
hatte manche Donnerbüchse in den rheinischen Städten
und in Nürnberg gesehen. „Ich möchte wirklich wohl
einmal solch ein Unthier abschießen hören. Es soll
ja einen gefährlichen Knall geben."

„Das wollt' ich meinen," sagte der Kniper, heiser
kichernd. „Ein Gewitterschlag ist nichts dagegen. Und
jeder Schlag schlägt ein. Vielleicht wendet Ihr Euch
von Eurem bösen Lebenswandel ab, auf dem Ihr nun
doch einmal seid. Darum will ich Euch gern die
Donnerbüchsen zeigen. Sagt es den Herren Rittern
da draußen, daß es nun aus ist mit ihren festen
Schlössern."

Wendelin spielte fortwährend den Neuling und
wußte den Kniper durch einige geschickt angebrachte
Schmeicheleien und durch absichtlich zur Schau ge=

tragene ländliche Unwissenheit so für sich einzunehmen,
daß der Kniper wahrscheinlich einen Jeden für verrückt
erklärt hätte, der ihm gesagt haben würde, daß er
diesen liebenswürdigen Knappen früher schon einmal
in die Büttelei gesetzt habe. Klaus fiel von einem Er=
staunen in das andere und mischte sich endlich selbst,
wenn auch schüchtern, in das Gespräch mit ein, da er
sah, daß die Keckheit und Verwegenheit am Besten
durchkam. Nachdem sie noch verschiedene Kannen Bier
geleert hatten, begaben sie sich auf den Wall am Stein=
thor, wo eine schwache Stelle der Stadt war, und wo
deshalb eine der Donnerbüchsen aufgestellt war. Nach=
dem sie diese und die großen Steinkugeln dort genügend
bewundert hatten, wobei Wendelin ganz besonders eine
kindliche Unwissenheit heuchelte, trennten sich die beiden
neuen Freunde von den Rathsdienern, die ebenfalls
nach so viel Kannen Bier versöhnt von einander schieden.
Klaus aber war durch dieses kecke Auftreten des
Wenden so hingerissen, daß er ihn verehrte wie ein
nachahmenswerthes Musterbild und auf alle seine
Wünsche entschieden einging und ihm nochmals ver=
sprach, zur bestimmten Zeit nach Hummelsbüttel die
Nachricht über die Abreise der Gesandtschaft zum kaiser=
lichen Hoflager zu bringen.

Sechzehntes Capitel.

Nach dem festlichen Gelage im Hause Vicko's von
Geldersen war des Abends dort häufig eine kleine
Gesellschaft zusammen, bestehend aus dem Stadtschreiber,
den häufig seine Frau begleitete, dem Guardian des
Franziskanerklosters, der ein Vetter des Rathmannes
war, und aus Siegfried. Diese drei Männer pflegten
sich dann gemeinsam mit dem Rathmann über das
große Altarbild zu unterhalten, welches derselbe für
das Maria-Magdalenen-Kloster stiften wollte. Der
Stadtschreiber hatte für diesen Zweck alle alten Chroniken
sorgfältig studirt und daraus das Leben und die Thaten
Adolph's IV., des Grafen von Schaumburg, in nieder-
deutscher Sprache zusammengestellt. Das Altarbild
sollte nämlich in seiner großen quadratischen Haupt-
tafel den Sieg von Bornhöved verherrlichen, der am
Maria-Magdalenen-Tage des Jahres 1227 Nord-
deutschland von dem Joch der Dänen befreite und den
siegreichen Grafen Adolph veranlaßte, der Heiligen des
Tages ein Kloster in Hamburg zu stiften, welches er
mit Barfüßermönchen besetzte. Die innere Seite der
Flügelthüren sollte auf acht Bildern verschiedene Er-

eignisse aus dem Leben Adolp's IV. darstellen. Die äußere Seite der Flügelthüren, die nur dann sichtbar wurde, wenn das Hauptbild durch die Flügelthüren bedeckt war, sollte in acht Feldern Züge aus dem Leben der heiligen Maria Magdalena vorführen.

Da gab es denn genug zu berathen und hin und her zu besprechen, welche Begebenheiten aus dem Leben Adolph's besonders werth seien, auf den kleinen Feldern dargestellt zu werden. Obgleich der Stadtschreiber seinen niederdeutschen Abriß vom Leben Adolph's für diesen Zweck berechnet hatte, so war es doch nicht ganz leicht, gerade acht charakteristische Bilder herauszufinden. Es mußte daher Siegfried die kleine Schrift mit nach Hause nehmen und dieselbe tüchtig studiren, um sich ganz in das Leben seines Helden zu vertiefen. Da er nun einmal sein ganzes Dichten und Trachten auf dieses sein Meisterstück gerichtet hatte, so geschah es, daß er auch häufig mit anderen Leuten über seinen Helden sprach. Aber da fand es sich, daß die Leute eigentlich Alles viel genauer wußten, als der Stadt=schreiber, obgleich dem die ganze Trese des Rathes zu Gebote stand. Und merkwürdiger Weise fand Siegfried alles das, was er vom Volk über Adolph hörte, viel geeigneter für eine bildliche Darstellung, als was der Stadtschreiber vorgeschlagen hatte. Der Stadtschreiber vertheidigte zwar seine Ansicht aufs Aeußerste und wies immer wieder darauf hin, daß alle jene Erzählungen des Volks nicht richtig wären und durchaus nicht auf alten Schriften beruhten. Doch Siegfried hatte auf

der andern Seite die Freude, daß sich alle übrigen
berathenden Mitglieder vom Rathmann und Guardian
herab bis zum kleinen Hartwig für ihn erklärten.
Selbst Frau Rahel, die sonst in gelehrten Dingen
ihrem Manne wenig nachstand, schlug sich zum Aerger
ihres Gatten auf die Seite der Anhänger Siegfried's.
Das Interesse Aller war aufs Höchste gespannt, und
jede der betheiligten Personen freute sich schon darauf,
wenn die Uhr sechs schlug, und die kleine berathende
Versammlung zusammentrat. Das frugale Abendessen
wurde schnell eingenommen, und dann ging es ans
Berathen. Selbst der kleine Hartwig, der sonst um
acht Uhr zu Bett zu gehen pflegte, hielt aus, bis die
letzte Person und besonders sein geliebter Siegfried
fortgegangen war. Vielleicht hatte Hartwig außer
Siegfried das größte Verständniß und das innigste
Gefühl für das in der Seele des Künstlers werdende
Meisterwerk. Als man endlich über die Bilder aus
dem Leben Adolph's ziemlich einig war und nach vielem
Hin= und Hererwägen die Bilder für sieben Felder
bestimmt festgesetzt waren, schwankte die Meinung noch
wegen des achten, d. h. des vorletzten Bildes, denn
darüber war man einig, daß das letzte Bild Adolph IV.
als Mönch im Sarge vorstellen sollte. Als man sich
wegen des vorletzten Bildes durchaus nicht einigen
konnte, sagte der kleine Hartwig in seiner drolligen
Weise: „Siegfried, Du mußt Graf Adolph malen,
wie er als Mönch auf dem Mönkedamm bettelt und
er sich vor seinen stolzen Verwandten, die gerade daher

geritten kamen, schämt, sich aber nachher zur Buße dafür den ganzen Topf Milch über den Kopf gießt. [115]

Es folgte natürlich ein allgemeines Gelächter, als Hartwig diesen Vorschlag machte, aber nichtsdestoweniger fand er bei den Frauen viel mehr Beifall, als alle andern Vorschläge, selbst als der Siegfried's. Trotzdem der Stadtschreiber aus einer Reihe von Schriften bewies, daß Adolph gar nicht in Hamburg Mönch gewesen sei, sondern vielmehr in Kiel, so wünschte man diese Scene dennoch nach Hamburg und auf den Mönke= damm verlegt, da er bekannt genug dafür war, daß die Mönche gerne sich über denselben hin durch den Elikut [116] auf den Rödingsmarkt begaben, um sich dort in einer der vielen Brauereien gütlich zu thun. Ein Sturm der Entrüstung aber brach vollends aus, als der kritische Stadtschreiber es sogar wagte, die Wahrheit der ganzen Milchtopfgeschichte anzuzweifeln, weil er sie nirgends geschrieben gefunden hätte. Da hieß es allgemein, daß die Schreiber, die sich viel besser auf's Dichten verständen als die einfachen Leute, viel eher allerlei Lügen ersönnen, als das Volk, das Alles einfach so wieder erzähle, wie es überliefert sei. Kurz das Kind drang durch mit seiner Meinung und das Milchtopf=Abenteuer sollte das siebente Feld füllen. Wer war stolzer als der kleine Hartwig, der jetzt mit doppeltem Eifer an den Berathungen über die Maria= Magdalenen=Bilder theilnahm, denn er hoffte, daß sein Rath dort vielleicht auch einige Felder füllen könnte.

Zu diesem Zweck hatte der alte würdige Guardian

seinem Vetter zu Gefallen gern die nöthigen Studien
gemacht, denn er war nicht wenig stolz darauf, daß
die Kirche seines Klosters eher als die Pfarrkirchen in
Hamburg mit einem solchen Meisterwerk geschmückt
werden sollte. Er hatte aus der Klosterbibliothek, die
freilich nicht sehr bedeutend war, ein altes nieder=
deutsches Passional hervorgesucht, das er im Gelder=
sen'schen Hause zur Erbauung aller Anwesenden vorlas.
Das sündige Leben der Maria Magdalena wurde von
Allen mit eben solcher Andacht gehört, wie ihre spätere
Reue und Buße. Der Stadtschreiber brachte sodann
noch ein lateinisches Buch mit, aus dem er einiges
Andere mittheilte, was häufig den Erzählungen des
niederdeutschen Passionals widersprach. Sein kritischer
Geist, der sonst in weltlichen Dingen so rege war,
schien ihm hier gänzlich zu fehlen, denn er behandelte
diese widersprechenden Erzählungen einfach als gleich=
berechtigt. Denn wie konnte die geheiligte Tradition
falsch sein? An den großen Wunderthaten der Maria
Magdalena und an ihrem häufigen Schweben in der
Luft nahm man durchaus keinen Anstoß, denn sie war
ja auch in der Schlacht bei Bornhöved den deutschen
Kriegern sichtbar in der Luft schwebend erschienen,
was ja kaum hundert und fünfzig Jahre her war. Und
was in so neuer Zeit geschehen und möglich war, das
mußte noch vielmehr in jener uralten Helden= und
Märtyrerzeit möglich sein. Von den Wundern der
heiligen Maria Magdalena kam man auch gelegent=
lich auf diese und jene ähnliche Ereignisse der

Gegenwart zu sprechen. Vor allen Dingen erregten die Geißelfahrer und Veitstänzer [117]) die Aufmerksamkeit der Zeit, und vielfach unterhielt man sich darüber, und man fragte sich, ob dergleichen Wunderlichkeiten auch in dem verständigen Hamburg möglich wären. Man bekreuzigte sich fromm, damit diese Versuchungen und Anfechtungen glücklich vorübergehen möchten. Diese Gespräche bildeten eine angenehme Würze und Anregung für den Geist der Erwachsenen, die ermattet durch die alltäglichen Geschäfte sich am Abend in die höheren geistigen Sphären erhoben, jedoch ohne sich darin zu verlieren. Aber der kleine Hartwig, dessen Geist noch frisch und empfänglich für alle Eindrücke war, schien ganz besonders tief davon ergriffen zu sein. Er lebte und webte jetzt nur noch in Sagen, Legenden und wunderbaren Abenteuern, so daß Niemand seine Begierde danach ganz stillen konnte. Die alte Magd Abele mußte ihm an Märchen und Sagen erzählen Alles, was sie wußte — und sie wußte davon reichlich, — aber doch war ihr Vorrath endlich erschöpft. Und als sie schließlich „wirklich“ keine Geschichte mehr wußte, da mußte sie die alten noch einmal erzählen. Häufig genug lief er auch ins Barfüßerkloster zum Ohm Guardian, damit jener ihm das schöne Passional mit seinen prächtigen Initialen und den schönen Bildern zeige. Mit einigen Mönchen des Klosters befreundete er sich, weil sie ihm mitunter Legenden erzählten oder vorlasen. So war der kleine Knabe in eine wunderbar ätherische Stimmung versetzt und erregte durch seine

altklugen Fragen und Bemerkungen häufig die Ver=
wunderung der Erwachsenen. Selbst wenn die Be=
rathung wegen der Bilder vorüber war, dann stand
er noch lange Zeit mit großen Augen an Siegfried's
Stuhl und hörte zu, was gesprochen wurde, während
sein älterer Bruder sich längst zur Ruhe begeben hatte.
Mitunter setzte er sich auf einen kleinen Fußschemel zu
Siegfried's Füßen und sah auf zu ihm, bis ihn der
Schlaf übermannte und man ihn zu Bett bringen
mußte. — Dann pflegte er wohl noch zu bitten, daß
man ja noch die Thür zu seinem Schlafzimmer auf=
lassen möchte, damit er hören könnte, wenn etwas
Schönes erzählt würde. Als man ihn aber neckend
fragte, ob er das nicht deswegen thäte, weil er sich
im Dunkeln vor Gespenstern fürchte, da antwortete er
dreist: „Ich fürchte mich nicht, denn der liebe Gott
ist auch im Dunkeln bei mir." Und gerade die spöt=
tischen Frager waren nicht ganz frei von Gespenster=
furcht, denn sie pflegten sich so lange eine wunderbare
und gruselige Geschichte nach der anderen zu erzählen,
bis sie sich zuletzt selber fürchteten und troß der an=
gezündeten Laternen nur mit Zittern und Zagen nach
Hause gingen. Wenigstens, wenn der alte Guardian
sich von Vater Berthold ins Kloster abholen ließ, so
pflegte man ihm wohl spöttisch zuzurufen, daß er sich
allein troß seiner geistlichen Würde nicht zutraue, den
Teufel und alle Unholde kräftig genug beschwören zu
können, daß er dazu noch der Hülfe seines tapfersten
Mönches bedürfe.

Eines Abends saß die Gesellschaft wieder gemüthlich in Geldersen's Hause. Der kleine Hartwig war schon zu Bett gebracht und man war eben mitten im besten Erzählen, da hörte man zuerst eine feine Stimme, wie die eines Kindes, und darauf eine tiefe Baßstimme; aber die Worte, die gesprochen wurden, hatte Niemand verstanden. Einer sah den Andern an; selbst die Ungläubigsten überkam ein Grauen. Das Gespräch wollte nicht mehr recht in Gang kommen und die Gesellschaft ging ernster als gewöhnlich auseinander. — Am anderen Tage dieselbe Erscheinung und wieder dasselbe stillschweigende und ernste Auseinandergehen. Diese wunderbare Begebenheit erregte großes Aufsehen. Abele und Mechtild besannen sich jetzt plötzlich, daß ihnen schon öfter allerlei Wunderbares im Hause aufgefallen sei. Schlürfende Tritte und ein Poltern und Kollern wollte man in demselben Zimmer, auf dem Boden, im Keller und im Speicher vernommen haben. Eine wunderbare Geschichte weckte stets die Erinnerung an eine andere, so daß bald das sonst so harmlos bewohnte Haus ein Lieblingstummelplatz der Hexen, Kobolde und Gespenster geworden zu sein schien. So nahm man sich vor, am dritten Tage den Geist zu bannen, und der Guardian hatte dazu den kräftigsten Segen in einem alten Buche aufgesucht und dasselbe vorsorglich mitgebracht, falls ihn vor Grauen das Gedächtniß verließe. Kurze Zeit darauf, nachdem der kleine Hartwig zu Bett gebracht worden war, hörte man wieder einige Worte mit feiner Stimme und einige andere mit tiefer Baßstimme sprechen, und diesesmal deutlich aus der Kammer, in der die beiden Knaben schliefen. Sofort wurden zwei Lichter angezündet. Der Rathmann ergriff eines derselben, der Stadt=schreiber das andere, und zwischen beiden Männern trat nun der Guardian mit aufgeschlagenem Buche in die Kammer ein und rief mit lauter Stimme: „Alle guten Geister loben Gott den Herrn!" Dann las er, allerdings mit weniger sicherer Stimme, die kräftige Beschwörungsformel. Siegfried war hinter den drei Männern in die Kammer getreten, und hinter ihm wieder warteten in athemloser Spannung die Frauen der Dinge, die da kommen sollten. Die Jüdin und Marie standen dicht hinter Siegfried und schauten neugierig in die Kammer, hatten aber einander ängst=lich umschlungen, als könnten sie die Gefahr gemein=sam besser abwehren. Frau Gelderjen aber saß auf ihrem Lehnstuhl, den Rücken der Thür zugekehrt und ihr Gesicht mit beiden Händen bedeckend. Abele und Mechtild waren in zwei verschiedenen Ecken des Zim=mers niedergekniet und beteten ein Paternoster nach dem anderen.

Als der Guardian seine Beschwörungsformel be=endet und dieselbe noch einmal im Namen des Vaters, des Sohnes und des heiligen Geistes bekräftigt hatte, erwachten die beiden Knaben von dem Lichterglanz und dem Geräusch. Hartwig richtete sich auf und sah verwundert um sich. Endlich ergriff Herr von

Gelderſen das Wort und fragte: „Habt Ihr nichts gehört?"

„Nur, daß der Ohm in dem Buche las!" ſagte Vicko ganz erstaunt, und Hartwig ſagte: „Was ſollen wir denn gehört haben?"

„Eine feine und eine grobe Stimme!" ſagte der Vater, „die ſich ſchon mehrere Abende hier in dieſem Zimmer vernehmen ließ."

„Ach!" ſagte Hartwig lachend. „Das bin ich ja geweſen. Fürchtet Ihr Euch denn im hellen Zimmer, Ihr großen Leute?"

„Du!" ſagte der Vater. „Aber wie kommſt Du denn dazu?"

„Ich betete zuerſt mein Nachtgebet recht innig, denn ich dachte, ich könnte in die Höhe ſchweben, wie die heilige Maria Magdalena, und den Geſang der lieben Engelein hören. Aber als ich nichts hören konnte, da ſagte ich: Gute Nacht, lieber Gott! Ich wartete erſt, ob der liebe Gott nicht antworten würde; doch da er es nicht that, rief ich ſelbſt mit grober Stimme: „Gute Nacht, mein lieber Hatty!"

„Und haſt Du das ſchon öfter gethan?" fragte der Vater, jetzt ſelber lächelnd.

„Ja, ſchon ein Paar Tage, ſeitdem der Ohm die wunderbare Geſchichte von der heiligen Maria Magda= lena geleſen hat."

Alles athmete tief und erleichtert auf, als ſie dieſe Löſung des Geheimniſſes hörten. Frau Gelderſen trat ebenfalls ins Schlafzimmer und ans Bett des Kleinen

und küßte ihn herzlich. Die Mädchen hörten auf zu
beten, und an diesem Abend gingen Alle merkwürdig
heiter und angeregt nach Hause.

Hatten die Berathungen über das Bild schon in
der Seele des kleinen Hartwig so große Veränderungen
hervorgebracht, wie viel mehr mußte das geschehen
in der Seele des Künstlers, der das Leben eines
Helden und einer Heiligen bildlich darstellen sollte?
Und dem war in der That so. Bei ihm war allerdings
noch das dazu gekommen, daß diejenige, die ihm täglich
anfing theurer zu werden, fast wie unauflöslich mit der
Heldin seines Bildes verschmolzen schien. Dachte er
an Maria Magdalena und wie er sie darstellen sollte,
er konnte sie unter keinem andern Bilde anschauen, als
unter dem derjenigen, der jetzt all sein Fühlen und
Denken galt, der im Stillen schon sein ganzes Herz
geweiht war. Bei den häufigen, abendlichen Zusammen=
künsten in ihrer Familie hatte es sich fast wie von
selber gemacht, daß sie entweder unmittelbar nebenein=
ander saßen, oder einander gegenüber. Was die laute
Rede des Mundes nicht sagte, das sagten beredt genug
die sprechenden Blicke ihrer Augen. Marien war es
stets, als könnte sie alle, selbst die geheimsten Gedanken
des schaffenden Künstlers schon von seiner Stirn und
aus seinen Mienen lesen. Und Siegfried kam es immer
so vor, als wenn die Bemerkungen, die Marie machte,
seine eigensten wären, als wenn dasjenige, was still

und unbewußt in seinem Herzen dämmerte, erst durch
ihre Worte wirklich Dasein und Festigkeit erhielt.

Es war mit Meister Bertram abgemacht worden,
daß Siegfried dieses Bild als sein Meisterstück machen
sollte. Man hatte Siegfried, dem Meisterssohn, wenn
auch aus einem fremden Amte, gern die Muthjahre
erlassen, zumal er dieselben schon in Braunschweig
abgedient hatte. Man wollte ihm die drei Morgen=
sprachen, in denen er das Amt eschen sollte, in Eine
legen, [118]) so daß er zu der großen Martini=Morgen=
sprache Meister werden konnte, wenn er sein Bild
vollendet hatte. Auch Meister Bertram, der ja selbst
Werkmeister war, wollte ihm darin nicht zuwider sein.
Dieser meinte, daß es eine leichte Sache sei, dieses
Bild in vier Wochen fertig zu machen, und er wollte
Siegfried alles Ernstes während dieser Zeit in seiner
Werkstätte einsperren, damit er keine fremde Hülfe
beim Entwerfen und Malen hätte. Er fragte sich aller=
dings nicht, wer in ganz Hamburg dazu im Stande
wäre, seinem Meisterknecht zu helfen. Siegfried aber
sträubte sich entschieden dagegen, sich vier Wochen
lang in Gewahrsam halten zu lassen, bis er das Bild
fertig hätte. Er wollte an keine Zeit gebunden sein,
selbst auf die Gefahr hin, daß er zu Martini noch
nicht Meister würde. „Im Gefängniß,“ sagte Sieg=
fried, „und zwischen den dumpfen vier Wänden kann
sich der Geist nicht frei regen und keinen kräftigen
Aufschwung nehmen, um herrliche Figuren auf das
Holz zu malen. Dazu muß er der Freiheit genießen

können, fröhlich und guter Dinge sein, damit seine heitere Seele auch heitere Bilder schaffe."

Meister Bertram murmelte darauf nur etwas wie „dummes Zeug" in den Bart und meinte, daß dies gegen alle Amtsgewohnheit sei. Und als die Morgen= sprachsherren auch nichts Bedenkliches darin fanden, so glaubte er, daß das löbliche Amt der Maler seine besten Zeiten in Hamburg bald gehabt haben würde.

Siegfried machte sich zunächst daran, die Skizzen der gewünschten Bilder, — es waren im Ganzen siebzehn, — auf Pergament und Papier mit Kohle zu entwerfen. Niemand sollte sie sehen, bevor sie fertig wären, selbst der Werkmeister nicht.

Für die einzelnen Bilder nahm er dann und wann mit Herrn Vicko, dem Stadtschreiber oder dem Guar= dian Rücksprache, um sich über diese und jene Einzelheit aus der Wappenkunde und heiligen Geschichte klar zu werden. Vicko von Geldersen hatte ihm aber dabei besonders eingeschärft, das Nesselblatt unter dem mittleren Thurm des Hamburger Wappens fortzulassen, weil das Hamburg zu einer von den Schauenburger Grafen abhängigen Stadt machte. Diese Einzelheiten benutzte Siegfried gewissenhaft für seine Entwürfe.

Nur der kleine Hartwig hatte Erlaubniß, so oft zu Siegfried in die Werkstätte zu kommen und ihn selbst beim Zeichnen der Skizzen zu beobachten, so oft er wollte. Hartwig's Nähe schien Siegfried nicht zu stören, sondern im Gegentheil ihn noch mehr zu er= muntern und anzuregen. War er doch der Bruder

der Angebeteten, und kam er ja aus ihrer unmittel=
baren Nähe mit freundlicher Nachfrage von ihr, wie
weit sein Werk gediehen sei. Die kleinen Bilder
schritten verhältnißmäßig rasch vorwärts, denn was
an der genauen Ausführung im Einzelnen fehlte, das
konnte er beim Malen des wirklichen Bildes durch
lebendige Modelle bald so natürlich als möglich haben.
Aber das Hauptbild des Altarschreins wollte ihm
nicht gelingen. Es sollte etwas ganz Besonderes
werden, sowohl in der Anordnung der Gruppen, als
auch in der Ausführung des Einzelnen. Selbst der
landschaftliche Hintergrund — wenn er auch Born=
höved nie gesehen, — sollte etwas Großartiges in
seiner Art sein. So viel wurde ihm täglich klarer, daß
das große schwebende Bild der Maria Magdalena
nur die Züge seiner geliebten Marie tragen könne.
Aber wie sollte er sie darstellen? Sie gerade konnte
er nicht als lebendes Modell in seine Werkstätte
kommen lassen. Ja, er wagte es nicht einmal, in
ihrem Hause so etwas zu äußern oder ihr Gesicht
dort zu zeichnen, denn er fürchtete, sein stilles Geheim=
niß würde verrathen und sein ganzes Glück könnte
zerstört werden. Bestand nicht dieses Glück in dem
süßen Geheimniß? Konnte diese Liebe bei dem Abstand
ihrer Verhältnisse jemals das Ziel der wirklichen Ver=
einigung erreichen? Dann versuchte er es, sich ihre
Züge, so gut es ging, aus dem Gedächtniß zu zeichnen,
aber es wollte und wollte nicht gelingen. Häufig saß
Siegfried Stunden lang in der Werkstätte, blickte vor

sich hin in die Luft, ohne einen Strich zu zeichnen. Dann zeichnete er wieder einige Stunden, aber alle Mühe war vergebens. Strich auf Strich mußte wieder ausgelöscht werden. Hartwig machte sich das Vergnügen, in seiner kindlichen Weise auch Skizzen zu entwerfen, denn er war durch die Berathungen über die Bilder und Siegfried's verworfene Entwürfe tief in Alles eingeweiht.

Zuweilen standen Siegfried die inneren Bilder seiner Seele, wenn er sich recht innig in seinen Gegenstand versenkt hatte, mit solcher Lebendigkeit und Klarheit vor Augen, daß er glaubte, sie fassen und greifen zu können. Aber ergriff er den Stift, um sie fest zu bannen, so waren sie fort, wie Nebelgestalten vom Winde verweht. Er arbeitete sich ab und mühte sich vergebens, die Gestalten des geistigen Auges wollten nicht in seine Hand kommen. Es war das Ringen des Handwerks mit der Kunst, die sich von ihrem Mutterschooß noch nicht gelöst hatte. Beide, Kunst und Handwerk, schlummerten noch friedlich in gemein= samer Knospe, wie Zwillingskinder, die man kaum unterscheiden kann. Es war ihm öfter begegnet, daß eine solche glückliche Stimmung, in der er klar gesehen hatte, als hätte er die Wirklichkeit vor Augen, ja, als wäre die Wirklichkeit noch überboten und veredelt durch einen wunderbar goldigen Schimmer, der aus über= irdischer Höhe herabstrahlte, — es war ihm geschehen, daß eine solche Stimmung plötzlich wieder auftauchte, wenn er sich hinaus begab in Wald und Feld, und

dort seinen Gedanken und Gefühlen nachhing. Was
er oft in tagelanger, mühevoller Arbeit und Selbst=
quälerei in der dumpfen Werkstätte nicht vollbracht
hatte, das gelang ihm nach einer Wanderung durch
den frischen Wald wunderbar leicht, als säße das
Auge ihm in der Hand. Zuweilen hatte er schon im
Walde eine flüchtige Skizze von den kleinen Bildern
entworfen, die er bald darauf zu Hause ausführte. So
dachte er denn, als alles Sitzen und Brüten in der
Werkstatt nichts helfen wollte, es auch mit dem großen
Bilde draußen versuchen zu wollen, ob ihm eine glück=
liche Idee dafür käme. Er verschloß die kleinen
Skizzen vor den spähenden Blicken des Meisters in
seiner Lade, zog das beste Zeug an, ging vors Mühlen=
thor und schaute vom Reesendamm den Schwänen auf
dem Alsterteich zu, schlenderte die Alster entlang in
den Grindelwald [119]) hinein und legte sich dort unter
eine der hochwipfligen Buchen, deren Blätter bei dem
gelinden October des Jahres soeben begonnen hatten
gelb zu werden, und schaute durch das grüne Laub
hinauf in den tiefblauen Herbsthimmel. Dann träumte
seine Seele sich wachend hinüber nach der Reichenstraße,
und das eine geliebte Bild, das seine Seele so ganz
beschäftigte, trat dann so deutlich und klar ihm wieder
vor Augen, daß er seine Maria Magdalena gar nicht
anders denken konnte. So blieb er dort wieder ein=
mal bis zur sinkenden Sonne, dann schritt er hinunter
durch den Wald zur Alster, die sich damals noch wie
ein bescheidenes Flüßlein durch wiesenreiche Gründe,

links und rechts umsäumt von stattlichen Wäldern, der
Stadt näherte und sich dort vor der Obermühle nur
zu einem recht ansehnlichen Mühlenteich erweiterte.
Aber welch herrlicher Anblick war es, wenn die schei=
dende Sonne die Stadt auf dem jenseitigen Ufer der
Alster und ihre ragenden Thurmspitzen mit einem
wunderbar violetten Hauch und Duft umgab! Das
war die glückliche, dämmerige, halbklare, halbdunkle
Stimmung, die er für das schönste Bild seines Altar=
bildes gebrauchte, für die Maria Magdalena, die im
innigen Gebet so verzückt war, daß sie sich von Engeln
in die Höhe erhoben wähnte, bis sie hörte, wie die
Cherubim und Seraphim die heilige Dreifaltigkeit
priesen, für die Maria Magdalena, die den deutschen
Kriegern bei Bornhöved hoch in den Wolken erschien
und sie vor den sengenden Strahlen der Sohne schützte.
Und jetzt war es ihm wirklich so, wenn auch nur für
wenige Augenblicke, als sähe er die heilige Maria
Magdalena in demselben duftigen Hauch hoch über der
Stadt schweben, gerade so, wie er sie auf seinem Bilde
darzustellen wünschte. Jetzt war es ihm klar, sein
Maria=Magdalenen=Bild sollte als Hintergrund Ham=
burg haben, wie man es über die Alster vom Grindel
liegen sah. Deutlich sollte nur das Maria=Magdalenen=
Kloster aus der Masse der Giebel hervorragen und
dadurch das erfüllte Gelübde Graf Adolph's andeuten.[120]
So war ein großes Stück gewonnen für die ganze
Anordnung des Bildes. Aber so sehr ihm auch sonst
alle Wanderungen durch Wald und Feld, an Bach und

Wiese neuen Gedankenschwung gegeben hatten, um die Bilder seiner Seele sofort festzuhalten, das Maria-Magdalenen-Bild wollte ihm auch jetzt nicht gelingen. Meister Bertram hatte seinen Meisterknecht still gewähren lassen und sich häufig über dessen sonderbar verzücktes Aussehen gewundert. Noch mehr aber darüber, daß er mit seinen Skizzen noch immer nicht fertig war.

Der Kistenmacher hatte die Tafel mit den Flügelthüren aus dem schönsten Eichenholz schon seit acht Tagen in Meister Bertram's Haus geliefert, aber noch immer stand dieselbe ohne jegliche Spur von Farbe da. Meister Bertram schwieg und schüttelte bedenklich den Kopf und dachte nur bei sich und sagte es des Abends zu seinen Amtsbrüdern beim Bierkrug: „Das kommt davon, wenn man so Amtsgewohnheit und Handwerks-brauch vernachlässigt."

Eines Tages, — es war etwa Mitte October —, nachdem Siegfried fünfzehn Entwürfe fertig gemacht hatte, und die beiden letzten bis auf die schwebende Maria Magdalena, saß er wieder in der Werkstatt und suchte sich ganz in seinen Gegenstand zu versenken. Er hatte an diesem Vormittag wiederum den Besuch des kleinen Hartwig gehabt, der ihm einen Gruß von seiner Schwester bestellte und zugleich eine mahnende Anfrage, ob die Skizzen bald beendigt wären. Hartwig hatte natürlich im Hause seines Vaters stets genau darüber berichtet, was Siegfried vollendet, und was ihm be-sondere Schwierigkeiten machte. Freilich hatte der Knabe keine Ahnung davon, welches die Klippe sei, woran die Kunst Siegfried's bis jetzt scheiterte. Seine Schwester sah tiefer und glaubte, dem tastenden Künstler etwas auf den rechten Weg helfen zu können. Dieser Gruß, der der erste war, der ihm bestellt wurde, war ein zündender Funke für seine Seele gewesen, der all sein Denken und Fühlen erwärmte. Eine Stimmung fast noch glücklicher und seliger, wie in der freien Natur, überkam ihn. Er sah den Alsterfluß beleuchtet von der untergehenden Sonne, den schattigen Wald bei St. Georg und die ragenden Thürme der Stadt, und über denselben in himmlischer Klarheit die heilige Maria Magdalena. Er hatte sich auf seinem Dreibein weit nach hinten zurückgelehnt, indem er das rechte, erhobene Knie zwischen den gefalteten Händen festhielt, und mit seligem Gesicht und verklärten Augen schaute er hinauf in die Höhe, als wollte er die innere Er=scheinung seiner Seele für immer fest einprägen. So saß er lange Zeit, stumm und bewegungslos. Er sah nichts und hörte nichts von dem, was in der Wirklich=keit um ihn her vorging, sondern nur die phantastischen Gebilde seiner Seele in künstlerisch verklärter Gestalt. Aber hinter ihm hatte sich leise die Thüre geöffnet und Meister Bertram war eingetreten. Er machte ein tief bekümmertes Gesicht, als er seinen Meister=knecht so dasitzen sah. Er war dicht hinter ihn getreten und beobachtete ihn einige Minuten schweigend. Aber als sich Siegfried nicht regte und rührte, sondern ver=zückt dasaß, fest und unbeweglich wie eine Bildsäule, da faßte ihn der Meister leise auf die Schulter und rief ihn bei Namen.

„Siegfried,“ sagte er, „wartest Du, daß der Himmel offen stehen soll?“

Erschrocken ließ Siegfried sein Knie los, blickte sich verwirrt um und sagte:

„Meister! Ihr seid's! Ja, ich sah den Himmel offen, aber Ihr machtet, daß er sich wieder schloß.“

„Siegfried, Siegfried!“ erwiderte der Meister. „Auf welchem gefährlichen Wege wandelst Du? Das ist der Pfad zur Thorenkiste [121]) oder zum Armenhause. Warum legst Du die Hände in den Schooß, anstatt zu schaffen und sie rüstig zu regen? Die faulen Maurer sagen allerdings: Alle Jahre steht der Himmel einmal offen und der liebe Gott sieht herunter auf die Erde. [122]) Und wie er dann Jemand sieht, sich plagend oder ruhend, so wird derselbe jenes Jahr glücklich leben können. Aber wohlgemerkt, diese Gnade Gottes ist wohl nur so zu nehmen, daß sie uns nur dann hilft, wenn wir zufällig den günstigen Augenblick getroffen haben. Doch wer sich das ganze Jahr auf die Lauer legt und allzeit müssig geht, damit er den glücklichen Augenblick nicht versäume, dem gereicht seine Schlauheit nicht zum Glück, sondern zum Unheil. Und auf diesem Pfade wandelst Du, Siegfried. Nie hätte ich das geglaubt, als ich Dich aus der Lehre entließ und Dich nun wieder als Meisterknecht in Arbeit nahm. Du wirst im Amt der Maler mit Deinem Meisterwerk keine Ehre einlegen. Noch steht die schöne Eichentafel unbenutzt im Holzschauer. Ja, Deine Entwürfe sind wohl noch in weitem Felde. Aber täusche Dich nicht, mit solchen trägen Knechten hat unser Herrgott kein Erbarmen. Und ist das Meisterstück nicht fertig zur Zeit, das kann kein Morgensprachsherr und keine Bitte der Herren gut machen." [123]

"Meister Bertram!" erwiderte Siegfried lächelnd. "Ja, ich sah den Himmel offen. Aber nicht in der Meinung, wie Ihr wähnt, sondern in einem ganz andern Sinne. Schön und herrlich trat mir die heilige Maria Magdalena entgegen. Sie stieg hernieder vom hohen Himmelszelt, kam auf mich zu und neigte sich zu mir. Mild und freundlich sah sie zu mir nieder, und es war mir, als sagte sie: "Liebe mich, und Du wirst erreichen, was Du suchst." Dann breitete sie ihre Arme aus, als wollte sie mich umfassen und mich emporziehen in lichte Himmelshöhen. Ich sah ihr mildes Lächeln, ich sah die strahlende Glorie um ihr Haupt, und diesmal wollte ich sie halten fest für immer und sie in mein Bild bannen für alle Ewigkeit, — da, da kamt Ihr, und die Erscheinung war verschwunden! Der Himmel schloß sich und das klarste Bild, das je vor meiner Seele stand, zerfloß in Luft und Nebel. Ich glaube, ich sehe es niemals wieder. Meister, könnt Ihr mir erklären, was die Erscheinung mit jenen Worten meinte?"

"Siegfried!" sagte Meister Bertram kopfschüttelnd. "Bist Du bei Sinnen? Ich bin ein geschworener Werkmeister und versehe mein Handwerk redlich und habe zu Gottes und der Heiligen Ehre manches wackere Bildniß gemalt. Aber mein Meister hat mir dergleichen nicht gelehrt und — Gott sei Dank! — ich kann es beschwören, das hast Du nicht von mir. Auf diese Weise kommst Du nicht vorwärts im Leben und wirst Dein Brod schwer finden. Was da! Warten auf einen Augenblick, wo man Lust hat zum Arbeiten? Wer das erst thut, der kommt nie zu etwas Rechtem, oder — zu spät, was dasselbe heißt. Nur immer frisch daran gesessen und frisch darauf los gearbeitet. Die leidliche Durchschnittsarbeit nährt am Besten ihren Mann. Die gar zu feine Arbeit wird nicht bezahlt. Solltest Du nicht in vier Wochen Dein ganzes Meisterstück fertig haben ohne fremde Hülfe? Und jetzt sind bald vier Wochen vorüber, und Du hast nicht einmal die Skizzen vollendet. Ich habe soeben bei den Selbstherren des Amtes den Michaelisumgang gehalten, und Du weißt, wir Maler sollen auch darauf sehen, daß man die Kunden nicht zu lange hinzieht mit ihrer Arbeit. [124] Was ich den anderen Malern nicht hingehen lasse, das darf ich auch Dir nicht gestatten in der Werkstatt des Werkmeisters. So komme ich denn endlich, nachdem ich Wochen lang geschwiegen, um Dich zu fragen, wie weit Du bist mit Deiner Arbeit?"

„Meister!" sagte Siegfried, „alle siebzehn Skizzen sind fertig. Nur auf zweien fehlt das schwebende Maria-Magdalenen-Bild. Heute hätte ich es sicher nach Wunsch zu Stande gebracht, wenn Ihr mich nicht geſtört hättet in der höchſten Verzückung des geiſtigen Schauens."

„Das ſagen alle trägen Arbeiter: Sie hätten es gethan, wenn dies und das nicht gekommen wäre. Jetzt ſoll ich die Urſache deſſen ſein, daß Du noch nicht fertig biſt! Ich habe es im Anfang nicht an guten Mahnungen fehlen laſſen; dann habe ich Dir Deinen freien Willen gelaſſen, wie Du wünſchteſt. Mach' nun keine Umſtände, zeige mir, was Du gearbeitet haſt. Nicht als Dein Meiſter, ſondern als Meiſter des ganzen Amts der Maler gebiete ich es Dir!"

Siegfried ging an ſeine Lade in die Kammer und holte eine dicke Rolle von Pergamenten hervor. Es waren die fünfzehn vollendeten Zeichnungen. Der Meiſter entrollte ſie, beſah ſie bedächtig und ſagte: „Siegfried, Du haſt Deine Sache recht gut gemacht, beſſer, als es vielleicht jemals in Hamburg geſchehen iſt. Die Figuren ſtehen da auf dem Pergament, als lebten ſie. Nun zeige die beiden unvollendeten Skizzen."

Siegfried hatte ſie aus einem Verſteck der Werk=ſtatt hervorgeholt und überreichte ſie dem Meiſter. Derſelbe betrachtete ſie und ſagte: „Ja, es ſind die ſchönſten Entwürfe. Die Geſtalten ſtehen ſo leicht da, als wären ſie nur ſo hingeworfen. Man merkt den vielen Fleiß und die Zeit nicht daran. Es iſt Alles ſehr gut, aber Du haſt zu lange daran gearbeitet, oder vielmehr nicht gearbeitet."

„Meiſter, Meiſter!" ſagte Siegfried. „Wißt Ihr

denn gar nicht, daß im Auge Vieles leben kann und lebendig vor der Seele steht, als wäre es wirklich? Aber auf dem langen Wege vom Kopf durch den Arm und die Hand in die Finger und bis in die Spitze des Stifts oder des Pinsels kühlt das Feuer der Seele ab und verliert sich die Klarheit der Anschauung. Da müht man sich, da quält man sich mitunter Tage lang und vergebens. Aber zuweilen steht es plötzlich da, so leicht und schlank, als lebte es."

„Diese Grübeleien," sagte Meister Bertram, „sind mir fremd. Wie's meine Hand fleißig und redlich hin= malt, damit ist mein Auge am Ende zufrieden, wenn's die Kunden mögen. Und das hat schon keine Noth. Die finden's immer so schrecklich natürlich. Ich sage Dir, das nährt seinen Mann, denn Handwerk hat einen goldenen Boden. Was Du da machst, schön ist's, das muß ich sagen, aber das ist kein Handwerk mehr."

„Nun ja!" sagte Siegfried, „es ist Kunst. Wehe dem Handwerk, wenn es sich von der Kunst trennt! Es verkommt in geistiger Armuth."

„Nein, wehe der Kunst, wenn sie sich vom Hand= werk trennt; sie verkommt in leiblicher Armuth und muß betteln gehen."

„Nun, Meister, das Beste ist, sie gehen beide Hand in Hand. Die Kunst erfrischt das Handwerk, und das Handwerk ernährt die Kunst. Wenn sich auch beide zuweilen trennen, sie fühlen sich am Wohlsten innig vereint."

„Hoffen wir's," sagte der Meister, „daß Du Deinen Weg wieder vom Himmel auf die Erde findest. Zeichne nun endlich das Bild der Maria Magdalena hinein, damit Du anfangen kannst zu malen." Und damit verließ der Meister den Meisterknecht.

Siebzehntes Capitel.

Inzwischen war die Zeit herangerückt, wo Kaiser
Karl seinen feierlichen Einzug in Lübeck halten sollte.
Der 19. October war für seine Ankunft festgesetzt, und
schon legte Lübeck sein Festgewand an, um den Kaiser
in gebührender Weise zu empfangen, denn seit des
Rothbart's Zeiten war kein Kaiser dort gewesen. [125]
Voller Neugierde hörte man auch in Hamburg jede
Kunde über die vorbereiteten Festlichkeiten, die das
Gerücht bis ins Unendliche vergrößerte. Fahrende
Leute, die nach Hamburg kamen, Spielleute, Bären-
führer, Pilger oder gemeine Bettler, erhielten reichlicher,
wenn sie erzählten, sie hätten etwas von den Festvor-
bereitungen gesehen oder gehört, denn Hamburg hatte
noch niemals das Glück gehabt, einen Kaiser festlich
in seinen Mauern begrüßen zu können. So rüstete
man denn von Rathswegen zwei Sendeboten an den
Kaiser aus, die der Stadtschreiber Tunderstede begleiten
sollte. Alles war aufs Sorgfältigste vorbereitet, bis
herab zu den hochzeitlichen Gewändern. Magister
Tunderstede aber hatte sich in dem neuen Anzug, dem
Meisterstück Hans Hesse's, wenigstens den beiden

Bürgermeistern zeigen müssen. Und sie hatten ihn durchaus würdig gefunden, in dem neuen Gewande vor Sr. Majestät zu erscheinen. — Nicht weniger sorgfältig war die Klageschrift über die Grafen von Holstein ausgearbeitet, welche die Sendeboten dem Kanzler des Kaisers überreichen sollten. Man hatte sie aus dem Säckel der Stadt reichlich mit Geld versehen, damit sie in Lübeck der Würde der neuen Reichsstadt entsprechend auftreten und etwaige Hindernisse leicht ebnen könnten. Insbesondere hatte man dem Reichskanzler zwei große holländische Käse mitgeschickt, von denen er ein sonderlicher Liebhaber war. [125a]) So ausgerüstet, hofften jene mit einem günstigen Bescheid nach Hamburg zurückkehren zu können, zumal der wackere Rathmann Heine Hoyer sich eine lange Begründung der Reichsfreiheit Hamburgs durch die Rolandssäule zurecht gelegt hatte, die er dem Reichskanzler oder wo möglich dem Kaiser selbst in Lübeck vorträgen wollte.

Klaus hatte mit großem Eifer alle Neuigkeiten gesammelt, die er über die Gesandtschaft hatte hören können. In des Stadtschreibers Hause hatte er von der harmlosen Frau Rahel erfahren, welche Bürger die Gesandtschaft aus Neugier begleiten wollten, denn es waren manche reiche Bürger in der Stadt, die den Kaiser nicht in so große Nähe kommen lassen wollten, ohne ihn zu sehen. Er hatte auch gehört, daß die Stadtschreiberin selbst ihren Mann begleiten wollte, weil in Lübeck viele ihrer jüdischen Verwandten sein würden, die aus den Nachbarstädten zu dem Feste

herbeieilen würden, um dort Geschäfte zu machen. Sie
selbst hatte eine Anzahl zierlicher hebräischer Gebet=
büchlein bereit, die Klaus theilweise geschrieben und
alle auf welsche Art zierlich gebunden hatte, und hoffte
so die Kosten der Reise reichlich herauszuschlagen. Auch
eine Anzahl geringere Leute, ja sogar Knaben, wollten
auf eigene Hand oder mit den Frachtwagen der Lübeck=
fahrer [126]) hinübereilen. Andere waren in größeren
oder kleineren Trupps schon zu Fuß ebendorthin unter=
wegs. Die Anzahl dieses geringen Volkes ließ sich
nicht einmal annähernd schätzen.

Klaus war zufrieden, als er bestimmt hörte, daß
einige reiche Hamburgische Bürger die Gesandtschaft
begleiten würden, und er hoffte mit dieser Nachricht
Bruno von Hummelsbüttel immerhin einen großen
Dienst zu erweisen und sich keinen geringeren. Vor
allen Dingen aber gönnte er dem Braunschweigischen
Geschlechter Godeke Porner einen tüchtigen Denkzettel,
denn dieser wollte mit zweien seiner Kumpane die Reise
mitmachen, um in Lübeck beim Rath und beim Kaiser
gegen die Gilden in Braunschweig zu wirken. Es
that Klaus allerdings leid, auch den Stadtschreiber
und dessen Frau der Gefahr des Ueberfalles auszusetzen,
aber er hoffte, da er noch nicht rücksichtslos genug war,
sich über alle Gewissensbedenken hinwegzusetzen, daß
er durch eine freundliche Empfehlung gerade diese aus
der Gefahr retten könnte. Im Uebrigen hatte bei ihm
Wendelin's keckes Auftreten von neulich einen so ge=
waltigen Eindruck gemacht, daß er sich ernsthaft be=

müßte, es ihm an Rücksichtslosigkeit und Weltverach=
tung gleich zu thun.

Als es endlich festgesetzt war, daß am Vormittag
des 15. Octobers die Gesandtschaft die Reise nach
dem Hoflager des Kaisers antreten würde, stand er
an demselben Tage früh auf, um sich nach Hummels=
büttel zu begeben. Um möglichst allen Verdacht zu
vermeiden, ging er nicht zum Mühlenthor hinaus den
nächsten Weg durch den Grindelwald, weil auf dem
Thurm des Mühlenthors der alte Kniper wohnte,
dessen spähende Augen er am liebsten vermied. Auf
dem Thurm des Steinthors dagegen wohnte Swertute,
dem er schon eher begegnen zu können meinte. Trotz
aller Entschlossenheit ging er doch kurz nach Oeffnung
des Thores mit pochendem Herzen zuerst durch das
düstere Thor der inneren Mauer und dann zum
äußeren Thor hinaus, wo Swertute gerade auf der
Zugbrücke stand und gemächlich in den Stadtgraben
hinuntersah. So keck wie möglich rief er ihm zu:
„Guten Morgen, Swertute!“ Dieser kehrte sich um,
erwiderte den Gruß und fragte: „Nun, Klaus, wohin
schon so früh? Wollt Ihr etwa auch nach Lübeck, um
den Kaiser einreiten zu sehen? Ich glaub', es sind gestern
mit den Jungen wohl an die Hundert zum Steinthor
hinausgewandert.“

„Nein,“ sagte Klaus, „mein Geldbeutel gestattet
mir eine so kostbare Reise nicht, denn wie ein fahrender
Mann mag ich unterwegs nicht leben.“

„Hoho!" sagte Swertute, „das haben wohl schon Andere vor Euch gethan. Wo Ihr nur so viel Feinheit herbekommen habt?"

„Ach, das mag der Kuckuk wissen," sagte Klaus. „Ich will nur hinaus in die frische Luft und meinen Brummschädel von gestern Abend verlaufen, damit ich nachher bei der verfluchten Schreiberei besser aushalten kann." Und damit ging er seines Weges fürbaß. Er athmete leicht auf, als er das Steinthor im Rücken hatte. Aber bald darauf erblickte er das Hochgericht mit dem neuen, erst wenige Male benutzten Galgen [127] und dem Rade, und er sah, wie der frische Morgenwind das klappernde Gebein der daran hängenden Uebelthäter hin- und herschüttelte, und wie die Raben dieselben krächzend umschwärmten. Er wandte sein Gesicht ab, denn heute gewährte ihm dieser Anblick, der ihm sonst so gewohnt war, ein eigenthümliches Grauen, und es fiel ihm die Redensart ein, die man auf die Diebe gemacht hatte: Rückt zusammen, ihr Knospen, ich gehöre auch an diesen Pfosten. Bald lenkte er von der Lübeckerstraße ab und ging durch die moorigen Gründe neben der Alster hin nach Winterhude und von dort über die Alster nach Eppendorf. Er erkundigte sich dort nach dem Hof des Dompropstes, der ihm auch bald gewiesen wurde. Es war einer der größten und ältesten Bauernhöfe. Das mit Moos dicht bewachsene Schilfdach senkte sich zu beiden Seiten des Hauses tief herab, so daß es ein Kind mit der Hand berühren konnte. Nur an der Giebelseite reichte das

Dach nicht so weit herunter, um Raum zu lassen für das große Thor. Auf der vordern First befanden sich die beiden Pferdeköpfe, wie sie die alten sächsischen Bauernhäuser zu schmücken pflegen. Auf der hintern First war das Storchnest bereits von seinen Bewohnern verlassen. Zu beiden Seiten des offenstehenden Thores lagen unter einem Vorsprung des auch hier tief herabhängenden Giebeldaches die Schweinekofen, leicht erkennbar an dem Grunzen der darin hausenden Thiere. Aus dem Innern des Hauses quoll Klaus ein fast erstickender Rauch entgegen, der sich durch alle Oeffnungen des Hauses seinen Weg suchen mußte. Er mußte sich erst an denselben gewöhnen, ehe seine Blicke denselben durchdringen und zu beiden Seiten der aus festgestampftem Lehm bestehenden Tenne die gemüthlich wiederkäuenden Kühe wahrnehmen konnten. Ueber diesen auf den Hilgen gackerten zwei Hennen, die bei dem wichtigen Geschäft des Eierlegens waren, um die Wette. Endlich erblickte er auch im Hintergrunde auf der Diele das schmauchende Torffeuer auf dem niedrigen Herde, über dem an dem grobgezackten Kesselhaken der große Kessel hing. Eine Frau saß auf einem niedrigen Holzschemel neben dem Feuer. Nicht fern von dem Herde lag eine alte, wie es schien, kranke Frau auf einem eilig bereiteten Lager, — wenigstens schliefen selbst die Bauern nicht so auf bloßem Stroh und so elend zugedeckt. Klaus brachte sein Anliegen vor, daß er vom Dompropst in Hamburg hierher geschickt wäre, um für diesen Tag ein Pferd zu entleihen. Die Frau war bereits

18*

unterrichtet, denn es gehörte dieses zu den Dienst=
leistungen des Hofes, und bat Klaus, hier auf der
Diele einige Zeit zu verweilen, bis Kors — so hieß
ihr Mann, — von ihr benachrichtigt, das Pferd her=
beigebracht hätte, was jedoch eine geraume Zeit dauern
würde, da sich Kors eben beim Pflügen ganz in der
Nähe des Nonnenklosters Harvestehude befände.

Darauf spornte sie Klaus mit einigen herrischen
Worten zur möglichsten Eile an, denen sie schleunigst
nachkam, indem sie ihr kleines Kind der Alten über=
ließ, vor deren Lager sie dasselbe hinlegte. Klaus setzte
sich auf den verlassenen niedrigen Schemel neben die
Alte, mit der er sich in ein Gespräch einließ. Die
Alte sah ihn mit rothen, triefenden Augen neugierig
an und fragte ihn dann in einem Niederdeutsch, das
nicht so breit wie die ländliche Sprache klang, sondern
runder und zierlicher, wie die städtische Sprache, woher
er käme.

„Ich natürlich,“ sagte Klaus, „aus Hamburg. Aber
woher seid Ihr, Mutter? Eure Sprache verräth, daß
Ihr nicht immer in einer solchen Rauchkathe gesessen
habt, denn sonst würden Eure Augen nicht so darunter
leiden? Ihr scheint überhaupt krank zu sein?“

„Ja, mein schöner Herr, recht krank, sonst wäre
ich nicht hier,“ erwiderte sie in ihrer Weise freundlich.
„Ich habe vor langen Jahren in Hamburg gedient,
ich weiß nicht, wie lange es her sein mag, es sind wohl
an die dreißig Jahre. Es war einige Jahre vor dem
schwarzen Tod, daß ich nach Hamburg kam. Jetzt

wollte ich wieder dorthin, da ich alt und schwach bin. Aber unterwegs ließ mich die Bande von fahrenden Leuten, die nach Lübeck ins kaiserliche Hoflager wollte, krank und dem Tode nahe hier zurück.“

Klaus äußerte einige Worte des Beileids und suchte dann das kleine, hülflose Bauernkind zu beschäftigen, da die Alte dazu unvermögend war, bis die Mutter desselben heimkehrte. Auch der Alten reichte er auf ihren Wunsch einen Trunk Wasser, legte ihr das Kopf= kissen zurecht und bedeckte sie, so gut es mit der zer= lumpten Decke ging, worauf jene in einen sanften Schlummer zu sinken schien.

So saß er dort etwa eine halbe Stunde am Lager der Alten und beobachtete ihre Athemzüge. Er wollte sie fragen, aus welchem Ort des Stiftes Bremen sie stamme, wenn sie wieder erwachte, denn er selbst stammte ja dort her. Doch bevor er dies abwarten konnte, war die Bäuerin mit dem Pferde vom Acker zurückgekehrt. Jene nahm dem Gaul sogleich selber das Ackergeschirr ab und legte ihm das Reitzeug auf. Nachdem Klaus der Bäuerin für die kranke Alte einige Pfennige zur Pflege gegeben, schwang er sich aufs Pferd und ritt eiligst auf Hummelsbüttel zu.

Bald war er dort vor einem ziemlich verfallenen Herrenhause angelangt. Dasselbe war in früheren Zeiten befestigt gewesen, wie noch die Spuren eines schlecht zugeschütteten Grabens und eines halb abgetra= genen Walles zeigten. Das Haus war zweistöckig, und ein großes Thor führte unter einem Thurme in dasselbe hinein. Aus dem Erdgeschoß des Hauses schallte ihm ein lauter Gesang entgegen, denn so früh es auch noch war, — es war eben neun Uhr, — so war Bruno von Hummelsbüttel mit seinen Kumpanen doch schon beim Imbiß, den sie sich durch ein Tönnchen Hamburgischen Biers angenehmer machten. Obgleich der Ritter noch von seinem Vater her ein abgesagter Feind der Hamburger war, so ließ er ihrem Bier doch alle Gerechtigkeit widerfahren, denn es war eine sonderliche Gabe Gottes an diesem Bier, daß einem das Haupt darnach nicht weh that. [128] Selbst das ließ er den Hamburgern, daß ihre Bierprüfer einen guten Geschmack und ein scharfes Urtheil hätten. Denn der Preis des Bieres, das sie betrunken, stimmte stets auffallend mit seiner Kraft, seiner Farbe und seinem Geschmack. Aber ein Feind der Hamburger blieb er, denn er konnte es ihnen nicht verzeihen, daß sie seinem Vater die festen Häuser zu Hohenstegen an der Alster und zu Wohldorf gebrochen hatten und daß jener gegen ein Sündengeld von fünftausend Mark alle seine Besitzungen in Stormarn und Holstein hatte herausgeben und das Land hatte räumen müssen. Es war jetzt schon ein Menschenalter her. [129] Die Städte Lübeck und Hamburg hatten sich seitdem sichtlich erholt. Hamburg war hinterher wiederholentlich in langwierige Streitigkeiten mit den Grafen gerathen, so daß die Hummelsbüttel bald nicht mehr ungern am gräflichen Hofe gesehen wurden und häufig von Mecklenburg in das Land ihrer Väter herüberkamen. Unter der Hand hatte der Ritter das Dorf Hummelsbüttel, wonach sich sein Geschlecht benannte, vom Grafen wiedererworben, und er hoffte, trotz aller Handfesten und Gelübde auf ewige Zeiten, dennoch bald von hier aus im Busch fischen und die Beute hier wieder hinter Wall und Graben in Sicherheit bringen zu können. Vorläufig hatte er das ja nicht nöthig, denn er wirkte im höheren Auftrage. Und für die Gefangenen, die er jetzt machen wollte, standen ihm mindestens alle gräflichen Schlösser im ganzen Lande offen und viele andere ritterliche dazu.

Man hatte Klaus herankommen hören und sehen, und der Ritter, dem Wendelin soeben auf einen Trunk Bescheid gethan hatte, sagte zu diesem: „Halloh! Das ist Dein Schreiber aus der Stadt! Geh und frag ihm seine Künste ab! Wir wollen den Hamburgern jetzt bald für das Brechen von Hohenstegen und Wohldorf und für die gute Absicht von neulich, mir mein Pferd abpfänden zu wollen, den Dank sagen!"

Wendelin ging ans Thor, öffnete Klaus und führte das Pferd in den Stall, und stieg mit dem Schreiber in einen der Kellerräume, wo die Dienerschaft ihren Aufenthalt hatte.

Klaus theilte ihm eiligst seine Nachrichten aus Hamburg mit. Aber er fügte hinzu, daß er auf keinen Fall wünsche, daß dem Stadtschreiber und seiner Frau etwas zu Leide gethan würde, weil diese merkwürdige Frau, deren Geist man in ganz Hamburg bewundere, sich seiner so angenommen und dies gewiß nicht um ihn verdient hätte. Doch Wendelin entgegnete ihm scherzend:

„Ach was, Klaus, der Himmel fragt nicht darnach, wem er seinen Sonnenschein oder seinen Regen sendet, ob er den Gerechten oder Ungerechten trifft, ob er schadet oder nützt. Wir können auf derlei zarte Bedenken keine Rücksicht nehmen. Stadtschreiber oder Stadtschreiberin, Rathmann oder Bierbrauer, Hamburger oder Braunschweiger, uns gilt's gleich, wenn sie sich nur auslösen können. Wer Böses thun will, wie Du es thust, der soll sich nicht besinnen. Es kommt dann auf eine Hand voll mehr oder weniger nicht an, wenn man erst damit angefangen hat. Wie sagt der Dachdecker? Wer auf Reisen ist, muß vorwärts; da fuhr er das Dach hinunter. So geht's Dir auch. Du hast jetzt einen schönen Anfang gemacht. Fahre nur so fort, und es wird schon werden. Einige Anlagen hast Du ja dazu. Wer die Hand an den Pflug legt, soll sie nicht wieder zurückziehen. Das will mir nicht recht gefallen an Dir. Damit Du aber siehst, daß ich's ehrlich mit Dir meine, so will ich Dir nur gleich sagen, daß uns die dicken Hamburgischen Brauer zwar nicht unangenehm sind: denn wenn sie kein baares Geld dran wenden wollen, sich auszulösen, so werden wir allenfalls mit einigen Brauen guten Hamburgischen Biers zufrieden sein. Ich denke, daß es unter diesen Umständen die Bierprüfer mit der Probe nicht gar zu genau nehmen, und der Rath gar die Zise davon schenkt. Aber der Stadtschreiber ist gerade der, auf den wir es abgesehen haben, denn er ist's, der dem Grafen in Lübeck besonders beim Kaiser schaden will.

Wir haben Auftrag, gerade ihn zu fangen, ob todt oder lebendig. Außerdem ist uns ein gutes Lösegeld gewiß, da die Stadt verpflichtet ist, ihn auszulösen, wenn er in ihrem Dienst gefangen wird. [130] Was die Frau anbelangt, darüber steht nichts in unserer Instruction. Aber vielleicht nimmt sich der Ritter von Hummelsbüttel ihrer besonders an, denn er ist ein großer Freund des andern Geschlechts."

Klaus wußte nicht, wie er bekehrt war. Daß die Sache hätte so gemeint sein können, war ihm nicht im Traume eingefallen. Jetzt wurden ihm diese Dinge vorgestellt, als verständen sie sich eigentlich von selbst. Er wollte erwidern, abmahnen, aber Wendelin wußte ihn mit einer solchen Fülle von kecken und übermüthigen Reden zu überschütten, daß er gar nicht zu Worte kommen konnte.

„Und nun, mein lieber Klaus, müssen wir daran gehen, unsere Rosse zu satteln. Du kannst Dich hier unterdeß stärken. Das Uebrige werden wir schon besorgen. Deinen Lohn sollst Du bekommen, sobald wir das Lösegeld empfangen haben. Dafür bürgt Dir die Ritterwürde des Herrn von Hummelsbüttel."

Damit überließ er Klaus seinen Gedanken, der kaum angefangen hatte, Hunger und Durst mit der vorgesetzten Speise und dem Bier zu stillen, als er auch schon Pferdegetrappel im Hof hörte und gleich darauf sechs Reiter im sausenden Galopp davon sprengen sah. Sie ritten über die Alster nach Wellingsbüttel, dann nach Sasel und neben Volksdorf hin an den

Mellenberg, wo sie am Rande des Waldes abstiegen und die Straße hinter Rahlstedt beobachteten, um hier die Hamburgische Gesandtschaft anzugreifen. Zugleich schickten sie einige Boten an benachbarte Edle ab, um sie zur Hülfe zu rufen.

Klaus aber ritt mit einem unbehaglicheren Gefühl nach Eppendorf zurück, als er von dort aufgebrochen war. Hier angekommen, fand er die Alte wieder munter und allein, die ihm mit schwacher Stimme für seine Wohlthat dankte. Da Klaus es nicht für gerathen hielt, so früh nach Hamburg zurückzukehren, sondern am Liebsten gegen Abend heimzukehren wünschte, so setzte er sich wieder an das Lager der Alten und ließ sich mit ihr in ein Gespräch ein. Diese hatte sich sichtlich erholt, und durch die ihr erwiesene Wohlthat zutraulicher gemacht, erzählte sie mehr, als Klaus wissen wollte. Endlich fragte sie ihn, ob er nicht den Schmied Schütt kenne, mit dem ihre Schwester verheirathet sei, und die sie aufzusuchen gedächte.

Klaus fragte, erstaunt aufhorchend: „Den Schmied Schütt? Ist dessen Frau Eure Schwester? Seid Ihr aus Harsefeld? Sprecht! Redet! Spannt mich nicht auf die Folter!"

Nicht weniger erstaunt sah die Alte Klaus an und fragte neugierig, wenn auch mit matter Stimme: „Warum wundert Euch das so? Ja, ich bin aus Harsefeld!"

„Ich auch!" sagte Klaus aufspringend. „Des Schmieds Frau hat mich einst groß gezogen, als mich meine Mutter verließ. Nie hörte ich wieder von ihr seitdem. Vergebens suchte ich und forschte ich nach meinem Vater. Jetzt endlich, heute gerade muß ich eine Spur meiner Herkunft finden, wo ich — —" Er unterbrach sich, denn der Gedanke, daß er heute zum Verbrecher geworden, daß vielleicht soeben die Früchte seines schmählichen Verraths reiften, machte ihn bis ins innerste Herz erbeben. Er bedeckte sein Gesicht mit beiden Händen, und dann, vor dem Lager der Alten knieend, sagte er mit schmerzlich bewegter Stimme, indem er ihre Hand ergriff: „Mutter, warum hast Du mich so in die Welt hinausgestoßen und meiner so vergessen?"

„Glauben sie noch immer, Du seist mein Sohn?" fragte die Alte, sich etwas aufrichtend. „Ich sagte die Wahrheit. Werdet ruhiger, Klaus, und hört mich an. Ich will Euch sagen — Alles, was ich weiß. Doch erzählt mir zuvor, wie's Euch ergangen. Ja, ich handelte schlecht an Euch! Und meine Schwester, die gute Seele, that so viel für Dich?"

„Ja und nein!" sagte Klaus, ruhiger werdend, als er die Worte der Alten hörte, und setzte sich wieder auf den Schemel neben dem Lager. „Ich erinnere mich nur, daß Hilleke, Schmied Schütt's Ehefrau, mich groß zog als ihr Kind. Als sie sich später nach Hamburg verheirathete, überließ sie mich ihren Eltern, die mich als einen unnützen Fresser, wie sie sagten, in allen Winkeln herumstießen, bis sie mich als Gänsejungen vernietheten. Aber selbst dazu soll ich nicht zu brauchen gewesen sein. Am Liebsten hätte ich ein Handwerk erlernt, sei es Maler oder Kistenmacher; aber mich, das unechte Kind, nahm kein Amt auf. Der Pfarrer des Orts hatte Mitleid mit mir, und wegen meiner Anstelligkeit brauchte er mich häufig als Meßknaben, und er hoffte, mich zu einem Pfaffen zu machen. Auf seine Empfehlungen erbarmten sich die Väter des Klosters zu Harsefeld meiner und nahmen mich in ihre Schule auf, während ich zugleich als Knecht bei dem Pfaffen diente. Das Lesen und Schreiben war mir lieber als Viehhüten, und ich machte schnelle Fortschritte im Lateinischen und im Schreiben. Aber als ich schließlich Mönch werden sollte, mochte ich das Klosterleben nicht. Noch vor Ablauf des Novizenjahres lief ich davon, und als Lotterpfaffe zog ich zwei Jahre im Reiche umher, bald als Spielmann oder Gaukler, bald als Schreiber mein Geld verdienend, bis mir endlich dies Leben zuwider ward und ich mich entschloß, nach Hamburg zu gehen, wo ich eine feste Stütze an dem Schmied Schütt zu haben hoffte. Dort versuche ich seit einem halben Jahre als Schreiber fleißig und ehrlich mein Brod zu verdienen; für Kost und Wohnung zahle ich dem Schmied wie einem Fremden, denn er ist ein Säufer und schlechter Wirth und ernährt seine Kinder nur mit großer Mühe. Aus Dankbarkeit gegen Hilleke gebe ich häufig mehr als ich muß, denn ich kann die Kinder nicht hungern sehen. Aber es ist, als wenn sich ein Fluch an meine Fersen heftet. Zu regelmäßiger, fester Arbeit kann ich nicht kommen. Der un=

echte Mann ist nun einmal ein Ausgestoßener, wenn nicht gerade ein König oder Bischof oder sonst ein reicher Mann sein Vater ist, der zugleich ein Herz im Leibe hat."

„Armer Klaus," sagte die Alte. „Wie schwer habe ich an Dir gefrevelt! Du bist vielleicht nicht einmal ein unechtes Kind."

„Ich kein unechtes Kind? Hat man mich nicht Zeit meines Lebens so gescholten? Hat Frau Hilleke, des Schmieds Frau, es mir nicht immer gesagt?"

„Ja, sie mußte es selbst nicht besser; sie konnte es kaum anders glauben, da ich Grund dazu hatte, sie und andere Leute bei diesem Glauben zu lassen. Habsucht und Armuth verleiteten mich. Dein Leben habe ich vernichtet. Aber der Herr hat mich dafür schwer gestraft, daß ich hier wie auf der Straße enden muß. Und doch ist der Herr gnädig und barmherzig, da er mir noch Gelegenheit giebt, mein Unrecht ganz zu bekennen. Höre denn aufmerksam zu, Du sollst Alles wissen. Ich diente im Jahre des großen Todes bei dem reichen Brauer Bickelstedt. Derselbe hatte zwei Söhne, Werner und Tideke. Werner sollte das Brauhaus erben, Tideke aber wurde Knochenhauer. Werner war unverheirathet und hatte kein echtes Weib. Ich war sein unechtes Weib, und er hatte mit mir einen unechten Knaben erzielt. Da führte er mich in einer pechschwarzen Nacht in ein Haus, wo verschiedene Kinder an der Pest krank darniederlagen, daß ich einer Frau in ihrer Noth helfen sollte, denn Niemand mochte in

Pesthäuser gehen. Ich that's um Gottes willen und Werner's freundlicher Bitte wegen. Es schien mir ein vornehm Haus zu sein, und die Frau desgleichen. Aber wie sie heißt, ich weiß es nicht. Werner bat mich ebenfalls, das Knäblein, — Du warst es, Klaus — mit dem meinigen, erst wenige Wochen alten zu nähren. Nur ein Andenken hattest Du mitbekommen, einen Ring, darstellend eine Schlange, die sich in den Schwanz beißt, mit allerlei Zeichen. Nach wenigen Tagen raffte der schwarze Tod Werner Bickelstedt dahin, und kurze Zeit darauf auch meinen und Bickelstedt's Sohn. Ich hätte aus dem Hause Bickelstedt's müssen, da ich nach dem Tode meines unechten Sohnes dort nichts mehr vom Hause zu fordern hatte. Aber wohin sollte ich mich sogleich wenden? Ich verhehlte oder vertuschte des Kindes Tod und sagte, das fremde Kind, um das sich nach Bickelstedt's Tode Niemand mehr kümmerte, sei gestorben, und sein Kind lebe. So hatte ich wenigstens Ansprüche auf eine Entschädigung seitens seines Hauses. Man wünschte mich los zu sein und fand mich mit einer größeren Summe ab, wofür ich aber das Kind nähren und anziehen sollte, ohne jeg=lichen ferneren Anspruch.

Darauf ging ich wiederum zu meinen Eltern nach Harsefeld, wohin ich Dich, Klaus, mitnahm. Kurze Zeit darauf mußte das Haus Bickelstedt Verdacht ge=schöpft haben, daß ich jene Summe fälschlich erschwindelt hätte, denn allerlei geheimnißvolle Erkundigungen zogen Pfaffen und Burmeister ein. Ich fürchtete wegen Be=

trugs angeklagt zu werden, und blieb daher standhaft bei meiner Behauptung, daß das Kind mein Sohn sei. So glaubten auch Eltern und Geschwister. Und als ich später ihnen andeutete, daß es anders sei, so glaubten sie mir nicht, oder mochten es nicht auskommen lassen, da alle fürchteten, die Summe, die längst aufgezehrt war, könne wieder gefordert werden.

Später litt es mich nicht mehr in Harsefeld. Ich hinterließ Dich meinen Eltern und ging nach Hildesheim, wo ich die Haushälterin eines Domherrn wurde, da ich noch ansehnlich genug war. Hier war ich eine Reihe von Jahren, bis mich die heilige Krankheit ergriff und ich mit den Veitstänzern im römischen Reiche umherzog. [131]) Zuerst war mir wohl dabei. Aber es griff mit der Zeit meine Gesundheit stark an, so daß ich von diesem Leben ließ und mich Spielleuten anschloß, wo ich als alte Köchin noch einige Dienste leisten konnte. Zuletzt schloß ich mich einer Bande von fahrenden Leuten an, die nach Lübeck wollten, um in des Kaisers Hoflager zu spielen, ich aber wollte nach Hamburg zu der Schwester, die dort sein sollte, um da meine Tage zu beschließen. Die Fahrenden treiben sich noch im Holsteinischen umher, sich zur rechten Zeit in Lübeck einzufinden. Aber da ich alt war und häufig kümmerlich und siech, so ließen sie mich hier, wo ich Hamburg und meinem Lebensziel so nahe war, halb todt auf der Straße liegen, bis mich diese guten Leute fanden und in ihr Haus nahmen. Will's Gott, so sehe ich meine Schwester noch wieder! Aber der Herr hat es wohl so gefügt, daß es nicht mehr geschehen soll, und er hat Dich zur rechten Zeit hierher gesandt, damit Du noch die Spur von dem Geheimniß Deiner Herkunft erführest. Wäre Werner Bickelstedt nicht so bald gestorben, nachdem er Dich zu mir gebracht hatte, er würde mir Deine Herkunft wohl verrathen haben, denn mir schien, als wüßte er mehr davon, als er vorläufig sagen wollte. Jedenfalls stammst Du von keinen schlechten Eltern. Ich weiß nicht, ob ehelich oder unehelich, denn zur Zeit des schwarzen Todes geschahen manche wunderliche Dinge. Trotz aller Noth, in die ich häufig gerieth, habe ich jenen Ring sorgfältig bewahrt, den Dir, wie es scheint, Deine Mutter um den Hals gehängt hatte."

Sie holte aus ihrem Gewande eine kleine Schnur hervor, an der ein kleines Beutelchen hing, das sie loslöste, und woraus sie einen goldenen Ring hervornahm, der eine Schlange darstellte, die sich in den Schwanz biß. Darauf standen auf der innern Seite einige Buchstaben, und auf der äußern Seite waren mit einem spitzen Instrumente drei unregelmäßige Kreuze eingeritzt. Sie zeigte Klaus den Ring und übergab ihm denselben mit dem Beutel. „Vielleicht führt Dich der auf die richtige Spur Deiner Geburt. Es ist das Alles, was ich davon weiß." Sie sank erschöpft auf das Kopfkissen zurück, denn diese lange Auseinandersetzung hatte sie sichtlich angegriffen.

Sinnend saß Klaus lange neben dem Bett der Alten, bis ihn der heimkehrende Bauer daraus emporschreckte. Seine Bemühungen, noch mehr von der Alten zu erfahren, waren vergebens, denn sie wußte selbst nicht mehr. Sie sagte ihm nur: „Verzeiht mir und schickt mir meine Schwester Hilleke; denn ich fühle es, daß mein Ende naht."

Er brach darauf, nachdem er der Alten Alles versprochen, eiligst von Eppendorf auf, aber planlos lief er Stunden lang im Grindelwald umher, sich selbst zerquälend und zermarternd mit Vorwürfen wegen seines Verbrechens. Jetzt endlich war er auf die richtige Spur seiner Geburt geleitet, aber zugleich ein Verräther geworden. Auf der einen Seite malte ihm seine Phantasie die kühnsten Bilder vor, daß er der eheliche Sohn irgend eines angesehenen Hamburgers und daß ihm ein großes Vermögen widerrechtlich entzogen sei, daß er dasselbe noch wieder erlangen und in den Besitz und zu dem Genuß aller bürgerlichen Rechte kommen könne, — aber auf der andern Seite trat ihm riesengroß sein Verrath entgegen! Alles Unglück, das ihn bisher verfolgt, war die Schuld anderer Leute und einer wunderbaren Verkettung von Umständen gewesen. Aber, was er heute gethan, sogar gegen seine Freunde und Wohlthäter gefrevelt, das war mit voller Ueberlegung von ihm allein vollbracht, das mußte ihn in sicheres Verderben stürzen, kam es an den Tag! Kein Gesetz, kein Reichthum, keine eheliche Geburt konnte ihn schützen! Warum konnte die Alte ihm diese Eröffnung nicht vor seinem Ritte nach Hummelsbüttel machen? Warum hatte er nicht sogleich nach ihrem Heimathsort gefragt, als sie erwähnte, daß sie aus dem Bremischen stamme? Alle diese Gedanken durchjagten in wilder Hast sein Gehirn. Aber geschehen war es! Nichts ließ sich daran ändern! Grausames Geschick!

Erst gegen Abend wagte es der Schreiber, sich der Stadt zu nähern.

———

Achtzehntes Capitel.

In derselben Zeit bereitete die Gesandtschaft des Rathes zur Reise Alles vor. Noch eine Stunde eher als gewöhnlich war man an diesem Tage aufgestanden. Die Pferde im Marstall[132]) der Stadt standen für die beiden Rathmannen, den Stadtschreiber und sogar die Stadtschreiberin bereit, aber es hieß auch hier: Früh gesattelt und spät geritten. Dieses und jenes war noch vergessen. Besonders war allerlei an dem Speise=wagen des Rathes und an dem Tischzeug nicht in Ordnung.[133]) Einige zinnerne Flaschen, die umgegossen werden sollten, hatte der Kannengießer Lütt erst am vorigen Tage vollendet, obgleich er fest versprochen hatte, dieselben schon zwei Tage vor der Abreise fertig zu haben. Und erst an dem Morgen, an welchem die Reise stattfinden sollte, hatte der Riemenschneider sie mit Riemen beziehen können. Auch war die Waschfrau mit der Wäsche der Tischtücher und dem Bleichen der=selben erst jetzt fertig geworden, da es in den letzten Tagen geregnet hatte. Endlich war alles nöthige Tisch=geräth und die nöthigen Vorräthe, die man vorsorglich in jenen Zeiten bei dem Mangel guter Herbergen mit=

19*

zunehmen pflegte, schön auf den Wagen gepackt, ebenso die hochzeitlichen Gewänder der Sendeboten. Dann wurde der Leinwandplan über den Wagen gespannt, und langsam setzte sich der Wagen vom Marstall in Bewegung nach dem Berg, auf dessen leidlich großem Platze die meisten Pferde für die Reisegesellschaft bereit standen, denn man vermied es gewöhnlich, durch die Straßen der Stadt zu reiten, weil deren Enge dies kaum erlaubte. Aber die Reiter ließen noch eine geraume Zeit auf sich warten.

Auch Godeke Porner hatte noch wichtige Dinge zu besorgen. Seit jenem Abend, wo er mit Klaus fast in einen Faustkampf gerathen war, hatte Herr Geldersen ihn etwas freundlicher behandelt. Aber Porner merkte nicht, daß es nur aus Rücksicht darauf geschehe, daß der Hausherr die Verletzung des Gastrechts wieder gut zu machen wünschte. Er ging deswegen häufiger als früher in das Geldersen'sche Haus und bemühte sich unablässig um die Tochter des Hauses. Aber dieser war er fast noch lächerlicher geworden, als er es früher schon war. Denn man sang wieder ein neues Spott-lied auf ihn, das die beiden Knaben in der Schule und auf der Gasse bald gehört und triumphirend nach Hause gebracht hatten. Der Verfasser dieses neuen, bösen Liedes war Klaus. Porner selbst würde den Verfasser wohl errathen haben, wenn das Lied ihm zu Ohren gekommen wäre. Aber wie es mit Ver-leumdungen zu gehen pflegt, sie schleichen und fliegen umher zu Jedermann, nur selten zu dem, den sie angehen. Porner's Freunde verschonten ihn damit, und wenn irgend ein frecher Knecht einmal einen Satz davon trällerte, während Porner soeben über die Straße ging, so merkte er nichts davon. In dieser glücklichen Selbsttäuschung ging er noch am Morgen der Reise in das Haus Geldersen's in feierlicher Kleidung und hielt bei Herrn Vicko und seiner Frau um die Hand ihrer Tochter an, denn es könne den Verfesteten ja nicht fehlen, daß sie in Lübeck beim Kaiser ihre baldige Heimkehr nach Braunschweig durchsetzten. Herr Vicko nahm den Antrag des Braunschweigers kühl entgegen, seine Frau dagegen mit unverhohlener Freude. Vor allen Dingen machte ihn Herr Vicko darauf aufmerksam, daß vom Kaiser gar nichts zu erlangen sein werde, denn er sei zwar seiner Erbländer Vater, aber des heiligen römischen Reiches Erzstiefvater. Er bezweifelte sogar, ob es den Braunschweigern in Lübeck überhaupt gelingen würde, den Kaiser selber zu sprechen. Und ohne Heimath und Herd könne er ja unmöglich heirathen. Außerdem würde er seine Tochter keinem Andern geben, als dem, welchen sie selbst zum Manne wünsche, weil er das Zutrauen zu ihr habe, daß sie ihre Liebe keinem Unwürdigen schenken würde. Sonst aber wünschte er ihm alles Gute in Lübeck und Erfüllung aller seiner Wünsche, worüber man aber viel besser nach der Reise als vor der Reise unterhandeln könne. Zum Ueberfluß rief man die Tochter noch herein; aber als ihr von ihrem Vater der Antrag Porner's in würdigen Worten mitgetheilt wurde, lehnte sie den

Antrag mit Entschiedenheit ab, so daß Porner sich in großer Verlegenheit verabschiedete, über die ihn dies=mal selbst die freundlichen Worte der Hausfrau nicht hinwegtäuschen konnten. Herr Vicko begab sich darauf, als wäre nichts geschehen, an seine Arbeit, aber Frau Geldersen hatte einen unangenehmen Auftritt mit ihrer Tochter. Als sie dieselbe nach dem Grunde fragte, weswegen sie den Braunschweiger ausschlüge, und jene erwiderte, weil sie ihn nicht liebe, da fuhr sie plötzlich heraus und sagte: „Hab' ich denn Deinen Vater lieb gehabt, als ich ihn heirathete?"

„Das ist ja eben unser Unglück," sagte die Tochter mit Festigkeit, indem sie die hervorbrechenden Thränen zurückzuhalten suchte.

„Wir unglücklich!" rief zornig mit zusammen=gepreßten Händen die Mutter. „Sind wir nicht eins der ersten Geschlechter in Hamburg und haben Geld und Gut die Fülle? Dein Vater will ja leider nicht dasjenige thun, was noch fehlt zum vollen Glück und Glanz des Hauses."

„Mutter!" sagte die Tochter. „Nicht im äußern Glanz besteht das Glück, sondern in der innern Zu=friedenheit. Nehmt es mir nicht übel, aber Euch fehlt einmal der Sinn dafür."

„Du scheinst ja ganz in die Fußstapfen der Muhme Elsbeth zu treten, die auch nur stets von innerem Glück, von Zufriedenheit und Demuth schwärmt. Aber ich sage Dir, ich werde nie dulden, daß diese Dinge hier im Hause die Oberhand bekommen."

Obgleich die Tochter innerlich der kalten Mutter stets fremd gegenüber gestanden hatte, während sie sich mit aller Innigkeit ihres Gefühls an ihren Vater angeschlossen hatte, den sie bewunderte und für den sie schwärmte, wie ein junges Mädchen sonst nur für einen jungen Mann zu schwärmen pflegt, so war sie ihr doch nie mit solcher Offenheit und Entschiedenheit entgegengetreten. Auf diese harten Worte der Mutter erwiderte sie daher mit einem Anflug von Spott: „Ich als Tochter des Hauses kann es in diesem Hause leider nicht ändern. Aber so sehr ich mich auch gefügt habe in Eurem Hause, Mutter, das Glück meines eigenen künftigen Lebens lasse ich mir durch Deine Ansichten nicht stören. Sei Du in Deiner Weise glücklich, ich will es künftig in meinem Hause in meiner Weise sein." Und damit entfernte sie sich und überließ die Mutter ihrem Nachdenken.

Während sich in dem Hause Geldersen's diese Scene abgespielt hatte, waren auf dem Berg inzwischen fast alle Personen eingetroffen und schon zu Pferde gestiegen. Mit den zehn reichen Bürgern war noch ein eigener Speisewagen mitgekommen. Die Leute, die auf dem Berge wegen des Fleischschrangens und des Viehmarktes am Vormittage zahlreich zu verkehren pflegten, hielten sich heute dort länger als gewöhnlich auf, und die Mägde konnten heute am Brunnen nicht fertig werden. Auch hatte sich eine Menge anderes müssiges Volk dort eingefunden, und die Schüler vom Dom und der Nicolaischule hatten von ihren Lehrern durch

Bitten und Geschenke erlangt, daß ihnen heute frei=
gegeben werde. [134])

So war der nicht überflüssig große Platz fast ge=
drängt voll, so daß der Kniper für die Reiter und
Wagen kaum den nöthigen Raum frei halten konnte.
Jedesmal, wenn einer der Reisenden ankam und sein
Pferd bestieg, hörte man aus der Menge allerlei Be=
merkungen, lobende oder tadelnde, aber mehr der
tadelnden. Als die beiden Rathmannen von ihren
Häusern herangeritten kamen und noch einen prüfenden
Blick auf den Speisewagen warfen, sagte der Knochen=
hauer Bickelstedt, der mit seiner weißen Schürze und
dem langen Messer in der Hand hinter dem Block gar
stattlich auf= und abging, zu seinem Nachbar: „Gevatter
Hauschild, es wird wieder eine schöne Menge Geldes
kosten, und wiederum hat der Rath die Wittigsten und
die Werkmeister nicht darum befragt. Die Ausgaben
steigen von Jahr zu Jahr, und die Herren verfügen
ohne Weiteres über den gemeinen Säckel.“

„Ja, ja! Gevatter Bickelstedt,“ sagte Hauschild,
„so kann’s nicht weiter gehen. Haben sie sich da neu=
lich auf dem Haus neue geschnitzte Lehnsessel mit
Kissen machen lassen, kostet wohl an die hundert Mark.
Sind die Bänke nicht gut genug, wenn die Rath=
mannen nur gut rathen?“

Ein schallendes Gelächter mehrerer Käufer belohnte
diese Rede des derben Hauschild, und dieser fuhr fort:
„Daher müssen sie auch den Schoß erhöhen. Es ist
nicht mehr menschenmöglich, die vielen Auflagen auf=

zubringen, und noch dazu können uns die Bürger stets das billige Vieh erst vor der Nase fortkaufen, und hernach sollen wir das Fleisch vom theuren Vieh billig verkaufen. Seht dort hin," rief er und zeigte auf eine um ein Schwein streitende und scheltende Gruppe. „Da hat schon wieder ein Knochenhauer den Preis heruntergedingt, und ein Anderer kauft es." [135]

„Nun, darin hat der Rath nicht Unrecht!" sagte der dicke Grapengießer Drinkut, „wenn er Euch die Preise setzt, denn sonst thätet Ihr Knochenhauer, als regiertet Ihr die Welt allein und wären die Bürger nur dazu da, Euch reich zu machen. Ist es nicht un=erhört, dieses Viertel vom Schaf," und dabei hob er ein Vorderviertel, das gerade auf dem Tische lag, in die Höhe, so daß es alle Umstehenden sehen konnten, „für einen Schilling und drei Pfennige zu ver=kaufen?" [136]

„Meister Drinkut, kommt zu mir," rief ein anderer Knochenhauer von seinem Block. „Ich gebe Euch das Viertel zu einem Schilling, wie es des Rathes Schragen ansagt."

„Das sollst Du in der Morgensprache büßen," rief der Werkmeister Bickelstedt herüber, „daß Du einem Andern seine Kaufleute von dem Block rufst. Wie soll das Amt bestehen, wenn es der Eine immer um weniger Pfennige giebt als der Andere? Zuletzt könnt Ihr den Leuten noch Geld dazu geben und Eure Bude zuschließen."

Einige der Umstehenden wollten soeben dem Werk=

meister in die Rede fallen, als ein Ruf des Staunens durch die Menge lief und verschiedene Stimmen riefen: „Seht da die Jüdin zu Pferde!" Soeben nämlich kam von der langen Brückenstraße her der Stadt=schreiber und seine Frau geritten. Letztere auf einem kleinen Schimmel aus der Stadt Marstall, den ihr der Rath bereitwillig geliehen. Als das Thier vor der Menge etwas unruhig wurde und anfing sich auf den Hinterbeinen zu erheben, und Frau Rahel es mit Geschicklichkeit wieder zur Ruhe brachte und durch die Menge lenkte, war die Bewunderung unter den Männern und Frauen allgemein. Frau Rahel wollte die größte Strecke nach Lübeck zu Pferde zurücklegen. Nur für den Fall der Ermüdung oder des schlechten Wetters wollte sie auf einem der Speisewagen fahren. Endlich setzte sich der Zug in Bewegung, dem des Rathes Pfeifer voranschritten, die die Herren zum Thore hinausblasen sollten. Unmittelbar hinter den Pfeifern ritten die beiden Rathmannen, denen der Stadtschreiber mit seiner Frau folgte, und an sie schlossen sich paar=weise die Brauer und Kaufleute an. Langsam rollten die beiden Speisewagen hinter ihnen her, bei denen zwei reitende Diener als Bedeckung waren. Man zog unter Begleitung einer großen Menge von Erwachsenen und Kindern an der Petri=Kirche und dem Dom vor=bei durch die Steinstraße und das Steinthor auf die Lübecker Landstraße. Ueberall sahen Neugierige zum Fenster hinaus oder standen auf den Kellertreppen. Schon hatte der Zug das Thor erreicht, da kam erst

Godeke Porner auf dem Berge angeritten, wo er von
dem Hohngeschrei der Menge empfangen wurde, als
er sich neugierig umsah und weder Reiter noch Wagen
erblickte. Da er nun rasch durch die Menge sprengen
wollte, um den Zug einzuholen, wurde das Volk noch
aufgeregter, und man sang ihm dieses Mal deutlich
das neue Spottlied in seinem ganzen Text vor. Der
arme Mann wußte kaum, wohin er sich wenden sollte.
Es schien ihm, als hätte sich ganz Hamburg gegen
ihn verschworen, und um nur dem Spottliede zu entgehen, sprengte er in rasendem Galopp die Steinstraße
hinauf, trotzdem ihm der Kniper nachrief, daß das
Jagen mit Wagen und das schnelle Reiten auf den
Straßen verboten sei.[137] Swertute aber, der gemüthlich bei seinem Imbiß auf dem Thurm des Steinthors saß und einen Blick zum Fenster hinaus warf,
ließ ihn ungestört traben, denn er fand es begreiflich,
daß er die übrige Reisegesellschaft schnell wieder einholen wollte.

Die Gesellschaft war keine halbe Stunde aus
Hamburg fortgeritten, da meldete sich ein Eilbote der
Lübecker beim wortführenden Bürgermeister Krauel und
überreichte diesem einen Brief mit der Bitte, ihn sogleich zu lesen. Der Bürgermeister ließ den Brief sofort von seinem Kleriker lesen und hörte daraus, daß
die Lübecker unter der Hand erfahren, wie die Grafen
von Holstein die Hamburgische Gesandtschaft in der
Nähe von Hamburg aufzuheben gedächten, und daß der
junge Ritter von Hummelsbüttel diesen Anschlag über-

nommen habe. Guter Rath war theuer. Verschiedene
der reitenden Diener waren in wichtigen Aufträgen
aus Hamburg entsandt, und doch kam Alles darauf
an, schnelle Hülfe zu schaffen. Jeder Augenblick des
Zögerns vergrößerte die Entfernung zwischen der Stadt
und den Sendeboten, zumal diese gerade in den ersten
Stunden der Reise am Schnellsten vorwärts kommen
mußten. Eine außerordentliche Rathssitzung zusammen-
zuberufen, war unter den gegebenen Umständen zu
langwierig, und wer wußte, ob Alle zusammen einen
bessern Rath finden würden, als Einer; und so war
der Bürgermeister genöthigt, auf eigene Hand zu handeln.
Aber alles, was ihm in den Sinn kam, verwarf er im
nächsten Augenblick wieder. Bei ähnlichen Fällen pflegte
man die Bürger, die alle zu Fuß dienten, auf Wagen
zu setzen, um schneller ein solches Unternehmen zu
vollenden. Doch welches Amt sollte man jetzt aus-
senden? Denn es war vorauszusehen, daß die Aemter
einen Auszug verweigern würden. Er warf sich daher
schnell einen langen, weiten Hoyken über, um nicht erst
gute Kleider anziehen zu müssen,[138] und ging zu
Herrn Vicko, den er auch glücklicherweise zu Hause
traf.

Geldersen stimmte ihm vollkommen darin zu, daß
man es nicht wagen dürfe, jetzt eins der Aemter aus-
zusenden. Wohl hätte er die Gelegenheit wahrnehmen
können, dem Bürgermeister vorzuhalten, wie sehr man
im Rath Unrecht gethan hätte, ihm zu widersprechen,
als er vorschlug, in gegenwärtiger Zeit die Empfindlich-

keit der Aemter zu schonen; doch nach kurzem Besinnen
sagte er: „Das Beste wird sein, wir fordern die
beiden Buhurdirkumpanien der jungen Kaufleute und
der jungen Brauer auf, jetzt einmal zu zeigen, daß sie
ihr Ritterspiel nicht vergebens geübt haben.“

„Aber wie theilen wir es ihnen schnell mit?“ er=
widerte der Bürgermeister.

„Schnell auf's Haus!“ sagte Vicko, „und alle an=
wesenden Diener ausgesandt, um auf den Gassen aus=
zurufen, daß das Amt der Knochenhauer, das an der
Reihe ist auszuziehen, aufgefordert werde, sich sofort
zur Ausfahrt auf die Lübeckerstraße zu rüsten, zugleich
aber zu verkündigen, daß der worthaltende Bürger=
meister bitte, die Buhurdirkumpane sollten sich zu
Pferde in voller Rüstung mit scharfer Lanze zum Aus=
ritt bereit machen. Welche Gesellschaft am Ersten zum
Ausritt bereit sein würde, deren Kumpane würde der
Rath für die getreuesten Bürgersöhne halten.“

Gesagt, gethan! Der Bürgermeister eilte aufs
Rathhaus und schickte die dort anwesenden Hausdiener
aus, um seinen Befehl unter Trommelschlag auf dem
Berge für die Knochenhauer, auf dem Ködingsmarkt
und in der Bäckerstraße für die Brauer zu verkündigen.
Alle Rathmannen wurden zugleich aufs Haus beschieden.
Der Diener, welcher auf dem Berge vor den Fleisch=
schrangen diesen Befehl verkündete, rief die größte Auf=
regung hervor. Die Knochenhauer weigerten sich ent=
schieden, nachdem sie eine kurze Berathung gehalten
hatten, auszuziehen. Aber die Buhurdirkumpane rüsteten

sich so schnell als möglich zum Ritt. In drei Viertel=
stunden waren etwa dreißig junge Brauer in voll=
ständiger Rüstung vor dem Rathhause versammelt.
Auf dem Hopfenmarkt fanden sich einige junge Kauf=
leute ein. Aber ihre Anzahl war zu gering, denn
viele von ihnen waren außerhalb der Stadt, andere
im Hafen oder in den Speichern beschäftigt, so daß sie
nicht früh genug zu Platz kommen konnten. Inzwischen
war auch der Rath zur Sitzung auf dem Rathhause
zusammengekommen. Man beschied den Hauptmann
der jungen Brauer in die Rathshalle, wo ihm der
Bürgermeister in kurzen kräftigen Worten die Gefahr,
in der die Sendeboten schwebten, vorhielt und ihn bat,
diesen möglichst schnell nachzueilen, da dieselben vor=
aussichtlich hinter Rahlstedt angegriffen werden würden,
weil der Wald bei Volksdorf vortrefflich zu einem
Hinterhalt geeignet sei. Auf jeden Fall, ob sie noch
früh genug kämen, um die Ritter vom Angriff ab=
zuhalten, oder ob sie den schon gemachten Ueberfall
glücklich abschlügen, sollten sie die Gesandtschaft nach
Lübeck geleiten und von dort wieder nach Hamburg.
Sie sollten eine Art Ehrenwache für dieselbe sein.
Ihre besten Kleider und Speise und Bier würde man
ihnen nach wenigen Stunden mit dem Wagen eines
Lübeckfahrers auf Stadtkosten nachsenden.

Sofort machten sich die dreißig jungen Brauer auf
und ritten, so schnell es in den engen Straßen ging,
und sprengten bald mit verhängten Zügeln die Stein=
straße hinauf und zum Steinthore hinaus.

Im raschen Lauf durcheilten sie den Weg über Wandsbeck und Rahlstedt und kamen gerade noch zur rechten Zeit, um das größte Unglück zu verhüten. Die Raubritter nämlich, welche sich noch in aller Muße von den benachbarten Dörfern her bis auf etwa zwanzig Mann verstärkt hatten, waren frühzeitig genug im Walde von Volksdorf angekommen, an dessen Rand sie sich gelagert hatten, weil sie von jenem erhöhten Punkt aus die ziemlich ebene Gegend hinter Rahlstedt bequem übersehen konnten. Die Rathmannen und ihre Begleiter ritten fröhlich und guter Dinge die Straße entlang, bis sie plötzlich am Walde eine verdächtige Bewegung von Reitern sahen, die, sich in zwei Trupps theilend, die Straße vor und hinter ihnen zu erreichen suchten, was ihnen mit ihren frischen Pferden leicht genug wurde, so daß an ein Entkommen nicht zu denken war. Es wurden zwischen den Hamburgern und dem Ritter von Hummelsbüttel verschiedene trotzige Reden gewechselt, wobei der Rathmann Horborch den Hummels= büttels vorwarf, daß sie ihr Wort gebrochen hätten, da sie vor dreißig Jahren das Land verschworen, und worin der Ritter von Hummelsbüttel andererseits betheuerte, daß er unschuldig sei, da er damals noch ein Kind gewesen wäre, daß er aber jetzt für jene Schmach seiner Familie Genugthuung haben müsse.

Während der hintere Trupp anfing, die Wagen zu plündern, wobei einer der reitenden Diener, der sich standhaft zur Wehre gesetzt hatte, schwer verwundet wurde, schien es der vordere Trupp besonders auf den

Stadtschreiber und seine Frau abgesehen zu haben, denn der Ritter von Hummelsbüttel meinte scherzend, man müsse die Hamburger Rathmannen von einer so ketzerischen Gesellschaft befreien. Aber als der Stadt=schreiber diese Absicht merkte, — denn Wendelin drängte sich dreist an das Pferd der Stadtschreiberin und faßte es schon beim Zügel, um mit demselben davon zu eilen, — da lenkte er in der Angst um das Leben und die Ehre seiner Frau, zumal er ein kräftiger und streitbarer Mann war, sein Pferd kühn zwischen Wendelin und seine Frau, zog sein Schwert und schlug jenen so über den Arm, daß er denselben sinken ließ. Und mit einem zweiten Schlag, der freilich fehlging, durchhieb er ihm den Zügel, so daß Wendelin vom Pferde stürzte und das Pferd wiehernd in großen Sätzen davon lief. Auch die Uebrigen zogen jetzt ihre Schwerter und suchten sich, so gut es ging, zu ver=theidigen. Doch schon waren einige der wohlbeleibten Brauer unter dem Hohngelächter der Ritter mit leichten Stößen vom Pferde geworfen, denn man schonte das Leben eines Jeden, weil für die Lebendigen ein sicheres Lösegeld zu erlangen war, die Todten aber unfehlbar die Rache heraufbeschworen. Aber der Braunschweiger Porner entkam, wie es schien, glücklich aus dem Ge=tümmel und wendete sich querfeldein und in einen Waldweg des Volksdorfer Waldes.

Da erscholl plötzlich von dem hintern Trupp der Ritter ein lautes Schreien, und auf einmal stoben die=selben nach verschiedenen Richtungen auseinander. Ein=

zelne derselben kamen auf den vorderen Trupp zu=
gesprengt und riefen: „Wir sind verrathen! Ein großer
Trupp junger, kräftiger Ritter, — wer weiß, was es
für geworbene Leute sind, aber sie führen das Ham=
burgische Wappen im Schilde, — ist diesen Bierfässern
und Pfeffersäcken zu Hülfe gekommen. Macht, daß
Ihr davon kommt!“ Alles dieses war das Werk
weniger Augenblicke gewesen. Die Hamburgischen
Herren von der Gesandtschaft hatten noch kaum etwas
von dem ganzen Zusammenhang der Dinge errathen.
Hummelsbüttel's Begleiter aber, jedenfalls eine Gefahr
ahnend, ließen ab, auf die Gesandtschaft loszuschlagen
und zu stechen. Aber Alles wurde sofort klar, als
gegen zwanzig junge gepanzerte Reiter heranstürmten,
worin die Hamburger sogleich die jungen Brauer er=
kannten, die sie mit lautem Jubelruf empfingen. Der
gesunkene Muth wurde wieder lebendig, und man schickte
sich jetzt dreist an, hinter den fliehenden Rittern her=
zujagen. In einem Augenblick wandten sich diese alle
zur Flucht und sprengten dem Volksdorfer Walde zu.
Nur einer von ihnen wurde durch einen Lanzenstich
so schwer verwundet, daß er nach wenigen Minuten
todt vom Pferde sank. Die anderen entkamen entweder
unversehrt oder mit unbedeutenden Verwundungen in
den Wald. Aber Wendelin, der sein Pferd vergebens
wieder zu erhaschen versucht, nachdem er sich aufgerichtet
hatte, wurde mit leichter Mühe gefangen und im
Triumph auf den Kampfplatz zurückgeführt. Man ver=
folgte die Ritter nicht weiter in den Wald, zumal sich

dieselben zunächst in das dichte Gehölz geschlagen hatten, wo eine Verfolgung sehr schwer war, dann aber auf kleinen Waldwegen vereinzelt ihren Dörfern zuritten.

Bald sammelten sich die jungen Brauer wieder auf dem Kampfplatz, wo sie von den Gesandten mit aufrichtiger Freude begrüßt wurden und ihnen der wärmste Dank für ihre glückliche That zu Theil wurde. Als man nun die Folgen des Kampfes übersah, denn der vorausgerittene Theil hatte sich wieder zurückbegeben zu den Speisewagen, da ergab sich, daß von der feindlichen Seite ein Mann todt auf dem Platze geblieben und daß Wendelin gefangen war, den man bereits an Händen und Füßen gebunden auf den Boden gelegt hatte. Zwei der alten Brauer waren leicht am Arm verwundet, einer aber gefährlich am Schenkel, welchem jetzt Frau Rahel schnell einen nothdürftigen Verband umlegte. Sie erklärte zugleich, daß die beiden Leichterwundeten die Reise nach Lübeck unbedenklich fortsetzen könnten, daß der Schwerverwundete aber schleunigst nach Hamburg zurückgebracht werden müßte, ebenso der verwundete reitende Diener. Der Sohn des schwerverwundeten Brauers erbat sich von den Rathmannen Urlaub, die Reise nach Lübeck nicht mitmachen zu dürfen, und erklärte sich sogleich bereit, nach Hamburg zurückzureiten, um einen Wagen herbeizuholen, der dann zugleich den todten und den gefangenen Ritter mit nach Hamburg führen sollte, damit er dort sein Urtheil fände. Die Gesellschaft war damit einverstanden, und so sprengte jener nach Hamburg davon.

Kaum aber war eine Viertelstunde vergangen, so kamen von Lübeck drei Frachtwagen der Lübeckfahrer herangefahren. Der erste Lübeckfahrer, Tewes, ein alter, wettergebräunter Mann, trat in seinem alten Schafpelz, den er schon mit der Wolle nach innen trug, ehrfurchtsvoll auf die Rathmannen zu und fragte, was geschehen sei. Mit fliegenden Worten wurde ihm Alles erklärt, wozu die Verwundeten die besten und sprechendsten Beweise lieferten. Der Fuhrmann dagegen erwähnte, daß die Straßen außerordentlich sicher seien, wie überhaupt in den letzten Jahren, daß sie Hunderten von Hamburgern unterwegs begegnet, und in der letzten Nacht in Bargtehaide mit einer großen Anzahl derselben zusammen in der Herberge gewesen wären.

Jetzt erst wurde Godeke Porner von der Gesellschaft vermißt. Man brachte aus den Aussagen der Einzelnen, die alle mehr auf sich selbst, als auf jeden Andern geachtet hatten, so viel heraus, daß er waldwärts entkommen wäre. Es war Allen sogleich deutlich, daß er hier noch leicht eine Beute der fliehenden Räuber werden könne, zumal der Muth nicht gerade seine starke Seite war. Aber als nun ein Rathmann den Vorschlag machte, die Hälfte der jungen Brauer abzusenden, um ihn aufzusuchen, oder ihn womöglich noch aus den Händen der Räuber zu befreien, da fand dieser Vorschlag sowohl bei der Reisegesellschaft wenig Beifall, als auch bei den jungen Kumpanen selber, da diese Jenem eigentlich einen kleinen Denkzettel gönnten, weil er in der Kumpanie der jungen Kaufleute mit

20*

solcher Verachtung auf die jungen Brauer herabzusehen pflegte. Als diese Ansicht sogar laut wurde, verwies der Rathmann Bertram Horborch dieselbe mit ernsten Worten als ungeziemend, und beauftragte zwölf der jungen Brauer, sich aufzumachen und Godeke Porner zu befreien, und daß sie dann sogleich auf Ahrensburg zureiten sollten, um sich dort mit der Gesellschaft zu vereinigen. Der Rathmann mußte aber erst die zwölf namentlich bezeichnen, wenn er überhaupt wollte, daß diese Unternehmung ausgeführt würde. Endlich machten sich die zwölf jungen Männer auf den Weg in den Volksdorfer Wald. Inzwischen war man auf den Ge= danken gekommen, daß es besser sei, die Verwundeten auf die Frachtwagen zu laden, die ja unzweifelhaft dem Wundarzt des Raths begegnen müßten, so daß die Schwerverwundeten dessen Hülfe sogar noch eher genießen konnten. Es fragte sich jetzt aber, was mit dem gefangenen Räuber zu machen sei, ob dieser zu= gleich mit nach Hamburg gesendet werden, oder ob man ihn auf einen der Speisewagen mit nach Lübeck nehmen sollte, damit man dort an ihm einen lebendigen Zeugen gegen die Grafen von Holstein und ihre fre= ventliche Ermunterung des Räuberunwesens hätte. Denn jetzt war ihnen so viel klar geworden, daß dieser ganze Ueberfall von den Grafen ins Werk gesetzt sei. Einer der Lübeckfahrer stieß den gefangenen Wendelin mit dem Fuße an und sagte: „Nun, mein Junge, das ist auch wohl Dein letzter Ritt gewesen und wird nun Deine letzte Reise sein."

Als er ihn dabei ganz auf den Rücken gedreht hatte und ihm ins Gesicht sehen konnte, rief er: „Straf mich Gott, wenn das nicht der verfluchte Wendische Knecht ist, den die Werkmeister in die Büttelei setzen ließen, und der am andern Morgen daraus verschwunden war!"

Auf diesen Ruf kamen Alle herbei und betrachteten ihn genauer, obgleich Niemand den gefangenen Knecht gesehen hatte. Man berieth jetzt aufs Neue, was zu thun sei. So viel ihn die jungen Brauer auch mit den Lanzenstielen stießen, er sagte nichts als: „Und wenn ich's wäre, was könnte es mir übler ergehen?" Sein Schweigen und diese trotzige Rede wurden für ein Zugeständniß gehalten. Umsomehr war man geneigt, den Gefangenen mit nach Lübeck zu nehmen, weil er in der großen Gesellschaft mehr Wächter fand, und er in Lübeck seiner Strafe ebenfalls nicht entgehen konnte, da die Lübecker mit den Hamburgern gemeinsam das Privileg erworben hatten, die Straßenräuber fangen und hängen zu dürfen, wo sie dieselben träfen. [139] Nachdem der Gefangene in Lübeck Alles ausgesagt hätte, was man von ihm über die Urheber des Ueberfalls wissen wollte, könne er ja dort seine Strafe ebenso gut empfangen, als in Hamburg. Freilich sah man ein, daß die Werkmeister der Aemter nicht damit zufrieden sein würden, wenn ihnen das Schauspiel entzogen würde, ihren verfesteten Mann in Hamburg an Leib und Leben gestraft zu sehen. Bald war man darüber einig geworden, anstatt des lebenden Wenden

den todten Räuber mit nach Hamburg zu schicken, damit er dort noch nachträglich, wie er verdient, den Galgen ziere.

Die beiden Gesellschaften waren gerade im Begriff, sich auf den Weg zu machen, da sah man schon die zwölf jungen Brauer von Volksdorf zurückkehren, allerdings ohne den Braunschweiger. Wie dieselben meldeten, wäre gar keine Hoffnung mehr vorhanden gewesen, die Räuber wieder einzuholen. Diese wären in voller Stärke durch Volksdorf geritten und hätten den Braunschweiger mit gebundenen Händen neben sich hergeführt, und sie hofften mit demselben von der Stadt Hamburg noch ein gutes Lösegeld zu erpressen, wie im Dorfe ihre Knechte prahlend geäußert hätten. Man war darüber nicht gerade erfreut, aber auch nicht niedergeschlagen, ausgenommen die beiden anderen Braunschweiger. Und gerade die, welche vorher am Liebsten in ein Mauseloch gekrochen wären, aber nur noch Zeit gehabt hatten, vom Pferde zu fallen, wurden jetzt die Vorlautesten und meinten, daß der Feigheit des Braunschweigers schon Recht geschehen wäre.

Endlich trennten sich die beiden Züge. Die Sendeboten, geleitet von dem stattlichen Gefolge der jungen Brauer, zogen auf Ahrensburg zu. Die schwer beladenen Planwagen der Lübeckfahrer aber, belastet mit den beiden Schwerverwundeten und dem todten Ritter, fuhren so eilig, als es die schlechte Straße erlaubte, auf Rahlstedt zu, denn sie mußten das Versäumte wieder einholen, wenn sie an diesem Abend noch Ham=

burg erreichen wollten, obgleich es erst gegen ein Uhr
war. Lustig mit ihren Peitschen knallend, schritten die
stattlichen Fuhrleute in ihren Schafpelzen neben den
Wagen her, indem sie die mit klingelnden Messing=
schildern[140]) versehenen Pferde dann und wann durch
einen kleinen Hieb im gewohnten Schritt erhielten,
während ihre kleinen Spitzhunde mit mehr als nöthigem
Gebell Pferde und Wagen umsprangen. Zwischen
Wandsbeck und Hamburg trafen sie den Wagen, der
aus der Stadt geschickt war, auf dem Kniper, Swertute
und des Raths Wundarzt saßen. Die Diener fragten
die Fuhrleute sogleich, wo und wie sie die Gesandtschaft
gefunden hätten, und diese theilten ihnen das Geschehene
mit. Des Raths Wundarzt ließ die Verwundeten ab=
laden und fand den Verband derselben in so vor=
züglicher Ordnung, daß er die Stadtschreiberin schier für
eine heimliche Zauberin hielt, die von Beelzebub selber
ihre Künste erlernt. Als aber Kniper hörte, daß der
gefangene Knappe nach Lübeck mitgenommen sei, und
sogar erfuhr, daß dies der verfestete Wendische Knecht
sei, da war er außer sich. Und da er Niemand hatte,
an dem er seinen Aerger auslassen konnte, da konnte
er sich nicht die Genugthuung versagen, das Visir des
todten Ritters aufzuschlagen und, ihm höhnisch ins
Gesicht lachend, unter dasselbe zu sehen und ihm zu=
zurufen: „Als Du heute Morgen ausrittest, hättest Du
Dir das wohl nicht träumen lassen, daß Du morgen
an Deinem besten Hals hängen würdest. Ja, ja, unsere
Hamburgischen Jungen lassen nicht mit sich spaßen

und verstehen auch das Ritterspiel. Aber der Kniper läßt auch nicht mit sich scherzen. Wäre ich auf dem Kampfplatz gewesen, der Wendische Knecht wäre mir mit nach Hamburg gewandert. Swertute," fuhr er dann fort, „ich sage Dir, das ist nicht klug von den Rathmannen! Paß auf, der Kerl geht ihnen zum zweiten Mal durch. Merk' es Dir, ich hab's gesagt."

Damit fuhren alle vier Wagen, die die beiden Diener jetzt ebenfalls zu Fuß begleiteten, langsam mit der scheidenden Sonne Hamburg zu, wo indeß die Kunde von den Ereignissen des Tages auf der Lübecker=straße schon große Aufregung hervorgerufen hatte.

Neunzehntes Capitel.

Als es Marie Gelderſen am Nachmittage desselben Tages nicht mehr im Hause vor den bösen Worten der Mutter aushalten konnte, begab sie sich ins Barfüßerkloster zu ihrem Ohm, dem Guardian, und klagte diesem ihr Leid. Derselbe tröstete sie mit bewegten Worten und verwies sie auf die Hülfe Gottes und seiner Heiligen. Als sie die Zelle des Ohms verlassen, ging sie in die Kirche des Klosters, und an dem Maria Magdalenen-Bilde, das auf dem Hauptaltar stand, betete sie inbrünstig, daß die Heilige ihr gnädig sein möge, wie einst den kämpfenden Deutschen am Tage von Bornhöved gegen die Dänen, daß sie den harten Sinn ihrer Mutter wende und daß sie ihr denjenigen Mann beschere, den sich ihr Herz wünsche. — So kniete sie dort eine geraume Zeit im heißen Gebet vor dem Bilde der Heiligen.

Zu derselben Zeit befand sich Siegfried in der geräumigen Zelle des Guardians, die auch sonst in ihrer Einrichtung einen wohnlicheren und heimlicheren Eindruck machte, als die gewöhnlichen Mönchszellen. Siegfried nämlich hatte seine Entwürfe auf Meister

Bertram's Mahnen endlich abgeschlossen und wollte sie jetzt dem Guardian zeigen. Derselbe hatte gerade auf seiner mit einer weichen Bärenhaut belegten Schlaf=bank der Ruhe ein wenig pflegen wollen, nachdem ihn Marie Geldersen verlassen, aber er hatte nicht ein=schlafen können, da ihn die aus dem verwandten Hause mitgetheilten Auftritte ziemlich ergriffen. Er war mit dem Rathmann Geldersen etwa von gleichem Alter, und Beide waren zusammen aufgewachsen. Alle Leiden und Freuden der Jugend, ihre kindischen Befürchtungen und überschwenglichen Hoffnungen hatten sie miteinander getheilt. Wenn ihnen zuweilen die rauhe Behandlung als Kaufmannslehrling unerträglich erschienen war, dann hatten sie sich wohl damit zu trösten gepflegt, daß dies einst Alles anders sein würde, wenn sie erst herangewachsen wären, wenn sie ihre eigenen Herren geworden wären und gemächlich mit Weib und Kind im eigenen Hause walteten. Aber wie war das Glück stets vor ihnen entflohen, wie vor dem thörichten Knaben die Stelle der Erde, wo sie mit dem Himmel zusammenstößt. Ihm selbst war seine ganze Familie im Jahre des schwarzen Todes binnen wenigen Tagen entrissen worden, und er allein war übrig geblieben. Das Leben hatte hinfort keinen Reiz mehr für ihn gehabt, und er war zuerst auf eine lange Wallfahrt zum heiligen Jacob von Compostella gegangen, sodann nach Rom, um wenigstens für das Seelenheil seiner verstorbenen Familienmitglieder zu beten. Dann war er in das Franziskanerkloster getreten, wo er nicht nur

durch sein eingebrachtes Vermögen, sondern auch durch
seine persönlichen Eigenschaften bald ein angesehener
Bruder und vor wenigen Jahren sogar der Guardian
des Klosters geworden war. Im Hause seines Freundes
und Vetters Gelderien hatte das Schicksal allerdings
nicht ganz so ungestüm und rauh gewaltet als in dem
seinigen. Aber der Guardian wußte, daß die stolze
Hausfrau dort wahres Glück nicht heimisch werden
ließ. Manches erfuhr er als langjähriger Freund des
Hauses, als naher Verwandter und endlich auch als
Beichtvater, was dem Auge der Welt verborgen war.
So ergriff und beunruhigte ihn Mariens Leid ge=
waltig. Aber es war nicht mehr jene heftige Auf=
regung, die sich seiner bemächtigt, wie sie die Jugend
zu ergreifen pflegt, die stets nur die eine Seite der
Welt sieht, sondern es war jener gelinde Schmerz,
von dem das Alter ergriffen zu werden pflegt, das
der Leiden schon so viele selbst erlitten und die Anderer
miterlebt hat, und welches weiß, daß Jedem sein Theil
Mißgeschick auf Erden beschieden ist, und daß Niemand
ganz ungestraft davonkommen kann. Was ihn in diesem
Falle aber am Meisten zur Betrachtung anregte, war
die Aehnlichkeit der Familienzwiste in der früheren
Generation und in der jetzigen. Es war ihm, als
käme die Menschheit niemals weiter in ihrem Fühlen
und Denken, als verfielen die Kinder immer wieder in
die Fehler der Eltern, und als wenn die Eltern selbst
diejenigen Fehler und Bestrebungen der Kinder nicht
fassen könnten, denen sie selber einst am Meisten ge=

huldigt hatten. So traf ihn der dienende Bruder, der Siegfried anmeldete, wachend auf der Schlafbank, und sofort erhob er sich, sogar schneller als gewöhnlich, vom Lager, schnürte seinen Strickgürtel fest um die lose Mönchskutte und rief Siegfried herein. Dieser entrollte seine Entwürfe, nahm einen nach dem andern und legte sie dem Guardian vor, der sie, in die Fenster= nische tretend, mit großer Aufmerksamkeit betrachtete und sie dann auf dem großen Tisch vor der Schlaf= bank, der zu diesem Zweck aufgeklappt wurde, neben und über einander hinlegte. Zuerst zeigte ihm Sieg= fried die kleinen Bilder der Seitenthüren, die Graf Adolph's Leben darstellten, dann die acht Bilder aus dem Leben der heiligen Maria Magdalena und zuletzt das auch in dem Entwurf größer gehaltene Mittel= und Hauptbild von der Schlacht bei Bornhöved. Der Guardian war mit allen Bildern durchaus zufrieden und spendete dem Meisterknecht reichlichen Beifall. Nur als er das Hauptbild ansah, wunderte er sich, daß die schwebende Maria Magdalena über den beiden Heeren und dem Maria Magdalenen=Kloster im Hintergrunde nur mit einigen flüchtigen Strichen angedeutet war, und daß sogar der Kopf noch fehlte. Erstaunt fragte er, weswegen dieser Theil noch nicht vollendet wäre. Siegfried theilte ihm offen mit, daß ihm der Mittel= punkt der ganzen Darstellung durchaus schön und herr= lich vorschwebe, aber daß er ihm noch nicht so hätte gelingen wollen, wie er gewünscht. Den vorläufigen

Entwurf habe er auf ein Blatt gezeichnet; und dieses zeigte er darauf dem Guardian.

Jener betrachtete das Bild genau und sagte dann verwundert: „Kennt Ihr denn meine Base Elsbeth, die Meisterin der Beginen? Mit der nämlich hat dieses Gesicht ausnehmende Aehnlichkeit.“

„Ich kenne sie nicht!“ erwiderte Siegfried. „Und ich weiß auch nicht, daß es Eure Base ist.“

„Ja, es ist Frau Elsbeth Holdenstede, Herrn Vicko's Schwester. Merkwürdig genug, daß mir jetzt gerade ihr Bild entgegentreten muß. Vor einer Viertel= stunde habe ich lebhaft an dieselbe gedacht. Hoffent= lich gelingt es Euch recht bald, die richtigen Züge zu treffen, denn die Helden und die Heiligen sind einmal ewig jung. Etwas jugendlicher muß Eure Maria Magdalena wohl sein. Auch ist die Haltung für eine schwebende Figur nicht leicht genug.“

Der Guardian nöthigte darauf Siegfried zum Sitzen, der dann mit ihm auf einem der Stühle, die mit Stuhlkissen in der Farbe der Franziskanertracht bedeckt waren, in der Fensternische Platz nahm. Er ließ dem Kellermeister sagen, daß er ein halbes Stübchen vom besten Rheinwein herauf bringen möchte, und Beide plauderten gemüthlich über Dieses und Jenes, wobei der Guardian noch immer ein oder das andere Bild vom Tische nahm und von Neuem betrachtete. Als die Kanne Wein und die schweren silbernen Becher gebracht und auf ein kleines Tischchen in der Nische gestellt waren, stieß der Geistliche auf eine glückliche

Ausführung des Meisterwerks an und vor Allem auf
das glückliche Festhalten und Darstellen der Hauptfigur
des Bildes. „Möge die Heilige Euch,“ setzte er freund=
lich und zugleich würdig hinzu, „so viel Liebe und Eifer
um ihretwillen vergelten und Euch recht bald eine
würdige, schöne Frau Meisterin bescheren.“

Um dem Gespräch, das verfänglich zu werden be=
gann, ein Ende zu machen, äußerte Siegfried, er
wünsche noch ein Mal in der Kirche die Stelle zu be=
trachten, wohin das Bild kommen sollte, und ging,
da ihm der Guardian gesagt, er werde die Thür vom
Kreuzgang her offen finden, durch die Seitenthür in
die Kirche. Der Jüngling hoffte, daß die Heilige sein
Flehen an ihrem Altar wohl erhören und sein Auge
noch einmal und dauernder erleuchten würde. Sinnend
schritt er durch das kleine Seitenschiff, und war eben
im Begriff, in das Hauptschiff zu treten und auf den
Hauptaltar zuzugehen, — da, — wer beschreibt sein
Erstaunen! — sah er am Hauptaltar eine Frauenge=
stalt knieen, die er zu kennen glaubte! Dieselbe erhob
sich langsam, — es war kein Zweifel mehr, — sie
war es, deren Bild er Tag und Nacht strebte festzu=
halten! Die Gestalt wandte sich jetzt um, und als sie
Siegfried wahrnahm, erhob sie, wie erstaunt, die Rechte
zu ihrer Stirn, und mit der Linken faßte sie ihren
Mantel und hob ihn in die Höhe, als wollte sie ihre
Augen damit bedecken. Da stand jetzt das Bild, das
sich seine Seele seit Wochen vorstellte, in dem magischen
Licht, wie es sich durch die buntgemalten Fensterscheiben

ergoß, von zauberiſchem Duft umfloſſen, ſo ſchön und herrlich, wie es ihm einſt ſeine Phantaſie in dem ſeligen, kurzen Augenblick künſtleriſcher Empfängniß vorgezaubert hatte. Gerade ſo, wie es jetzt vor ihm ſtand, war damals für einen Moment das Bild in ſeiner Seele emporgeblitzt; vergebens hatte er ſeitdem gerungen, es ſo wieder zu ſchauen. Staunend ſtand er ſtill und betrachtete die herrliche Erſcheinung, als wollte er ſie ſeiner Seele für immer einprägen. Er wagte es nicht, ſeinen Fuß vorwärts zu ſetzen, noch ſeine Rechte zu be= wegen, die ehrfurchtsvoll die abgezogene Kappe hielt, während die Linke die Rolle der Entwürfe faßte. Es war ihm, als müſſe das Bild ſeine Stellung verändern, wenn er die ſeinige veränderte, als müſſe es wie ein Trugbild ihm entſchwinden, wenn er ſich demſelben nähern wollte. Was hätte er darum gegeben, hätte er dieſen Augenblick ſeligen Schauens feſtbannen können für alle Ewigkeit. Obgleich in den Herzen beider Ge= ſtalten eine Fluth gleicher Gefühle und Empfindungen auf= und abwogte, die ruhig abzudenken ſonſt Stunden gekoſtet hätte, ſo waren es doch nur wenige Augen= blicke, die ſie ſich ſo ſtumm und ſprachlos gegenüber ſtanden. Marie Gelderſen, — denn ſie war es, — ließ ihre Linke mit dem Mantel herabſinken und ſchritt langſam die Stufen des Altars herunter. Es war Siegfried wie in jenem wonnigen Augenblicke, da das Bild ſeiner Heiligen ſich zu ihm hernieder neigte und ſagte: „Liebe mich, und Du wirſt erreichen, was Du ſuchſt," bevor ihn Meiſter Bertram jäh aus all ſeinen

Himmeln aufschreckte. Aber damals war es nur ein Spiel seiner Phantasie, das vor der rauhen Wirklichkeit in Nebel und Dunst zerfloß; heute war es Wirklichkeit. Damals war seine Seele noch befangen in ängstlichen Befürchtungen und Rücksichten; heute war dies Alles fortgebannt, wie mit einem Zauberschlage. Das lange bekämpfte und unterdrückte Gefühl der Liebe ließ sich nicht mehr beherrschen und in die Formen freundschaftlichen Verkehrs zwängen. Von der siegenden Allgewalt der Liebe war plötzlich sein ganzes Sein durchdrungen. Da galt kein Besinnen, kein Erwägen des nüchternen Verstandes mehr, verschwunden waren alle Bedenken, und all sein Fühlen und sein ganzes Streben gipfelte in dem einen Gedanken: Sie muß die Deine werden, und sie wird die Deine werden. „Liebe mich, und Du wirst erreichen, was Du suchst," klang es ihm, zwar nicht laut, aus dem Munde der Erscheinung entgegen, aber es stand auf ihrer von himmlischer Röthe übergossenen Stirn geschrieben, es war zu lesen in ihren überirdisch schön strahlenden Augen und in ihren selige Freude athmenden Mienen. Und hielt er sie einmal, dachte er, keine Macht der Erde und der Hölle sollte sie ihm wieder rauben, Geliebte und Bild zugleich!

Während die weibliche Gestalt langsam die Stufen des Altars herabstieg, näherte er sich derselben, und wie von einer höheren Macht getrieben, fielen sich Beide in die Arme mit dem Ruf: „Siegfried, Marie!" — —

Lange standen sie so, sich im seligen Glück des ersten Liebesrausches umschlungen haltend, Küsse und Schwüre

ewiger Liebe mit einander austauschend, bevor sie
wieder zur Wirklichkeit der sie umgebenden Welt her-
abstiegen, um sich gegenseitig darüber aufzuklären, wie
sie an diesen Ort gekommen. Marie erzählte in fliegenden Worten von Porner's Werbung und der Noth
ihres Herzens, und Siegfried erzählte ihr von seiner
Absicht, hier die Heilige zu bitten, sein Künstlerauge
zu erleuchten, damit er sein Bild schön und herrlich
vollenden könne, daß er sie geliebt hätte, seitdem er
sie in Maria Magdalenen zuerst als Jungfrau wieder-
gesehen, aber daß er, den Abstand der Familien fürch-
tend, gezögert hätte, sich ihr zu nähern, und wie plötzlich alle seine Bedenken bei ihrem Anblick vor dem
Altar geschwunden wären, als er die erhörte Liebe
klar auf ihrem Antlitz las. Er erzählte ihr auch, wie
der Guardian, der soeben mit ihm auf das glückliche
Gelingen seines Bildes und eine schöne Frau Meisterin
angestoßen habe, wohl in besonderer Gunst bei der
Heiligen stehen müsse, da nicht nur seine Gebete im
priesterlichen Ornat, sondern auch seine einfachen Wünsche
so schnelle Erhörung fänden. Dann kamen sie darauf
zu sprechen, wie sie sich zuerst an jenem Sonntage in
Maria Magdalenen gesehen, und Marie erzählte ihm,
wie sie an jenem verwitterten Bilde auch für Den
gebetet, der die Blumen damals dort verloren, obwohl
sie ihn nicht gekannt hätte, die Heilige möge ihm Segen
und Glück verleihen, wie sie dann der Heiligen ein
anderes, würdigeres Bild gewünscht habe, und nun
Alles wunderbar so gekommen sei.

Als Siegfried ihr sagte, daß seine Gedanken bei dem Bilde ganz ähnlicher Art gewesen seien, dachte er wieder lebhaft an seine Arbeit, und er war der Erste, der sich losriß aus dem süßen Geplauder des ersten stürmischen Liebesjubels. Er wickelte die Rolle auf und holte das Hauptbild und den vorläufigen Entwurf für die Heilige hervor, und sogleich rief Marie lebhaft: „Muhme Elsbeth!" Sodann setzte er sich auf eine Bank, und nachdem er eine in der Nähe befindliche Tafel unter das Pergament auf's Knie gelegt hatte, zeichnete er, während Marie neben ihm saß und aufmerksam zuschaute. „Sollte es dennoch nicht gelingen wollen, mein Geliebter," sagte sie, „dann werde ich Dir vor dem Altar Modell stehen, wie Du wünschest." Aber schnell und sicher zeichnete Siegfried jetzt das Bild in der Haltung, wie er Marien vor dem Altar gesehen hatte, und unverkennbar trug das Bild ihre Züge.

Mit klopfendem Herzen und hochgeröthetem Gesicht betrachtete sie dasselbe, und den Geliebten wiederum umfangend, sagte sie: „Wie ist's möglich, daß Du nur aus der innern Vorstellung jetzt plötzlich das Bild triffst, als lebte es? Ja, das bin ich!"

„Weil ich Dich so unendlich lieb habe, meine Heilige," erwiderte Siegfried, „weil mir jetzt Dein Bild ewig im Herzen lebt."

„Hast Du mich wirklich so lieb, daß Du, mich auch nicht mit leiblichen Augen sehend, doch geistig so deutlich schaust, mein Siegfried?"

„Kind," sagte er sanft, das Bild fortlegend und sie wiederum umfassend und ihr in die Augen schauend. „Ein kleines Lied, das freilich wohl ursprünglich einem Zweifler oder einer Zweiflerin anderer Art galt, hörte ich auf der Wanderschaft einst singen, das macht es Dir vielleicht deutlich:

> Wie magst Du nur so fragen:
>   Hast Du mich wirklich lieb?
> Frau Minne mit ihrem Pfeile
>   Dein Bild ins Herz mir schrieb.
>
> Sieh nur in meine Augen,
>   Dann schaust Du ins Herz mir hinein:
> Du siehst nur Dich darinnen,
>   Und gläubig mußt Du sein.

Sieh," fuhr er fort, „so steigt Dein Bild mir durch die Liebe wieder vom tiefen Herzensgrunde herauf in die Augen, weil Du mir einmal in dieselben geschaut."

„Gieb her, mein Künstler, Deine schönen, klaren, blauen Augen, daß ich noch einmal in dieselben schaue und immer wieder, und mein Bild Dir für ewige Zeiten in den tiefsten Grund Deiner Seele hinabschaue, daß es nie, nie wieder darin erbleiche." Dann bog sie sein Haupt zu sich hernieder, zog es an sich, strich ihm über Haar und Bart, sah ihm in die Augen und küßte dieselben und schaute ihm dann immer wieder von Neuem in dieselben hinein, ihr eigenes Bild darin betrachtend. „Welch herrlicher Spiegel, Siegfried! Was meinst Du, wenn ich künftig keinen Spiegel von Silber oder Zinn mehr gebrauche, worin sich Jede schauen darf nach Belieben? Aber dieser Spiegel Deiner Augen ist ganz allein mein Besitz, darin darf sich nie eine Andere schauen."

„Um so herrlicher für mich," sagte Siegfried, „dann strömen immer von Neuem schöne Bilder in meine Seele, so daß meine Kunst nie ermattet. Jetzt erst versteh' ich, was mir einst eine Erscheinung sagte: „Liebe mich, und Du erreichst, was Du suchst!" Er erzählte sodann der Geliebten jene wunderbare Erscheinung seiner Phantasie, als das wirkliche Bild für einen kurzen Moment in seiner Seele aufgeblitzt war, was Meister Bertram nicht verstehen konnte und nur als Thorheit auslegte.

„Und wie, mein Geliebter, verstehst Du jene Erscheinung und ihre Worte?"

„Ja, ich fühle und empfinde jetzt diese Worte in ihrer ganzen Tiefe und Wahrheit, verstehe sie so klar und deutlich, als ich vorher das Bild schaute. Treuer Fleiß und das Gefühl schwerer Pflichterfüllung erreichen viel, aber sie leisten nur das, was die Noth erfordert. Sie dienen dem Bedürfniß des schweren Daseins, des Lebens, sie gehen nicht darüber hinaus und erreichen nicht mehr. Es ist das Handwerk, das sich nähren will. Das Höchste erreicht nicht der Fleiß, nicht das Gefühl der Pflicht; das kann nur die Liebe leisten, die übermächtig aus dem tiefsten Born des Herzens hervorquillt. Sie, die heftige Liebe des Schaffens, sie fragt nicht lange, sie zagt nicht bange, ob sie soll, ob sie darf, sie erfaßt mit glühender Wärme den geliebten Gegenstand, und ebenso muß sie von ihm ergriffen werden, wenn sie Frucht bringen will. Und die Liebe kommt, man weiß nicht wie, warum, woher? Sie wird nicht errungen, gewonnen mit Fleiß und Pflichtgefühl, sie wird uns geschenkt von oben herab wie eine Gabe des Himmels. So bist auch Du mir geschenkt und Deine Liebe. Warum, ich weiß es nicht. Womit habe ich Dich, Du Holde, Du Lieblichste unter den Weibern, deren Herz mir jetzt warm von Liebe entgegenschlägt, deren Auge des Himmels ganze Selig= keit ausstrahlt und wieder in mir erzündet, Du Holde, Du Liebliche, womit habe ich Deine große Liebe ver= dient, ich, der geringe Malerknecht?"

„Mein Siegfried," sagte Marie, „durch Deine große Liebe hast Du die Liebe verdient. Könnte ich nicht ebenso gut fragen, womit habe ich Deine Liebe verdient, die mich künstlerisch verschönt und zu einer Heiligen verklärt hat? Ich fühle mich viel zu gering, der heiligen Maria Magdalena auch nur die Schuh= riemen zu lösen, und dennoch freue ich mich, daß sie mich arme, unwürdige Magd gewürdigt hat, Gnade vor ihren und Deinen Augen zu finden, daß sie, die Heilige, in der Gestalt meines Leibes dargestellt wird. Aber wir wollen uns nicht darum quälen, warum wir uns lieben, woher unsere Liebe entstanden, sondern wir wollen uns derselben freuen. Aber wie ist's möglich, Siegfried, daß die Liebe so große Wunder wirkt, mehr als Pflicht und Fleiß? Geschieht es nur bei Dir, mein Geliebter, oder auch bei Andern?"

„Du thörichtes Kind," sagte Siegfried, sie innig anschauend und wie zur Begütigung sie küssend, „mußt Du gleich einen Gott aus mir machen, der vor Allen etwas voraus hat? Einem Jeden geschieht dies, wenn er in Liebe ist, Jedem in seiner Weise. Es geschieht der ganzen Natur, der todten und der lebenden, wenn sie in Liebe ist."

„Der ganzen Natur? Ich glaubte, nur den Künstlern."

„Nein, der ganzen Natur, vom geringsten Staub=korn und Wassertropfen, vom kleinsten Wurm bis zum Herrn der Schöpfung, dem Menschen. Ist nicht die Natur die größte Künstlerin? Wann ist die Natur am Schönsten? Nicht im Sommer, wenn das Korn reift, oder im Herbst, wenn das Laub abfällt und die Traube gekeltert wird, nicht im Winter, wo still das Samenkorn im Schooß der Erde liegt, wo Alles in den Banden von Schnee und Eis befangen liegt. Nein, im Frühling ist sie am Schönsten. Ist der Frühling nicht die Hohe Zeit, die Hochzeit der ganzen Natur? Dann strömt der geschmolzene Wassertropfen lustig wieder zu Thal, dann umfassen voll Ungestüm Bach und Fluß die Mutter Erde. Dann durchdringt neue Lebenskraft Gras und Kraut, die Blätter sprießen aus den Knospen hervor, und die ganze Natur zieht ihr Feierkleid an, ihr hochzeitliches Gewand; das sind die tausendfarbig bunten Blüthen, die mit einander wett=eifern, wer von ihnen am schönsten ist, die wohl nicht laut jubelnd und jauchzend, doch festlich lauschend und prunkend im schönsten Farbenschmuck, die ewige Schöpfungskraft der Natur bezeugen. Und sehen wir's nicht ebenso an den befiederten Sängern der Natur? Ist's nicht im Frühling, wenn sie ihr Haus bauen, wo auch ihr kleines Herz von Lust und Freude geschwellt ist, wo Frau Lerche und Frau Nachtigall ihre süßesten Freudelieder, herrliche Hochzeitslieder singt? Und welches Fest feiern die Menschen am Schönsten und am Großartigsten? Wo jauchzt und jubelt selbst der gewöhnliche Mensch am lautesten, der Tag aus, Tag ein sich im Staub der Arbeit abmüht? Wo, bei welchem Fest wird aller Prunk der Gewänder entfaltet, wo schmückt sich Jung und Alt am Prächtigsten, wo schmaust und zecht und jubelt man am Meisten? Es ist das Hochzeitsfest des Menschen, wo das eine Geschlecht vollendet ist in Jugend und Kraft, und wo das neue Geschlecht werden soll. So äußert sich die ewige Schöpfungskraft der Natur bei den gewöhnlichen Menschenkindern. Aber die edleren Menschen nehmen alsdann auch im Geist einen höhern Aufschwung. Ihr Denken und Fühlen, Schaffen und Streben tritt heraus aus dem ersten Jugendalter, welches wie das Handwerk nur der eigenen Noth und dem Bedürfniß dient, sich nur selber nähren will. Die Jugend ist vollendet und strotzt vom Ueberschuß der Lebenskraft, die Arbeit wird zur Schöpfung, zur Kunst, sie denkt nicht mehr allein daran, zu ernähren, sie will auch ergötzen, erfreuen. Sieh den fahrenden Mann, der Lieder dichtet und singt. Nimmt sein Lied nicht einen höhern und schönern Ton an, wenn die Liebe ihm lächelt und winkt? Und wie anders soll bei mir, dem Maler, sich die ewige Schöpfungskraft der Liebe im höhern Sinne zeigen, als darin, daß mein Handwerk zur Kunst wird? Und warum ist mir das Höchste erst heute gelungen? Heute feiern wir Hochzeit im Herzen, wenn auch nicht in der Form, die die Menschen ge= setzt haben. Wo zwei Herzen zum ersten Mal treu in Liebe an einander schlagen, da ist wahrhaft ihre Hochzeit. Und wie meine Liebe zum ersten Mal die Geliebte umfaßt hat, so hat auch meine Kunst zuerst die Geliebte erfaßt und künstlerisch begriffen. Das Handwerk ist der äußere Trieb, das Nöthige und Nütz= liche zu schaffen, aber die Kunst ist der allgewaltige, innere Trieb, die Liebe zum Schaffen des Schönen und Angenehmen, ohne nach dem Nutzen zu fragen.“

„Wenn nun bei Dir die Liebe so Großes gewirkt hat, Siegfried,“ sagte Marie, ihn fast furchtsam be= trachtend, „wie beschämt fühl’ ich mich, daß die Liebe in mir nichts Größeres wirkt, als bei allen liebenden Frauen!“

„Du wirst Großes, Schweres überwinden müssen in Deinem Hause, geliebtes Kind. Aber was Fleiß, Eifer, Pflicht nicht vermöchten, die Liebe wird es über= winden.“

„Ja, Siegfried, die Liebe soll Alles überwinden, und mögen die Schwierigkeiten noch einmal so groß sein,“ sagte sie, ihn stürmisch umarmend. „Die Heilige hat wunderbar geholfen, komm, laß uns ihr dafür danken und sie um fernere Hülfe bitten.“

Damit stiegen Beide die Stufen des Altars hinauf und beteten innig, in verschiedenen Worten zwar, aber doch in demselben Sinne.

Mittlerweile war der kleine Hartwig, der sich bei Vater Berthold im Kloster Legenden hatte erzählen lassen, in die Kirche getreten, und mit seinem leichten, kaum hörbaren Schritt ging er in den Seitenschiffen umher, hier ein Bild, dort eine Schnitzerei betrachtend.

Als die Liebenden wieder den Altar verlassen, standen sie noch lange Zeit, Hand in Hand, sich Aug’ in Auge schauend, leise Worte der Liebe wechselnd, da hörten sie plötzlich eine Stimme hinter sich, welche freudig rief: „Ei, ei, das wußte ich schon lange, daß Ihr Euch lieb hättet, und daß Ihr den närrischen Braunschweiger nicht gern sähet. Ich wünsche Euch zuerst viel Glück zu Eurem Verlöbniß.“

Beide fuhren erschrocken auseinander, als sie eine Stimme hörten. Aber als sie Hartwig erkannten und seinen kindlichen Glückwunsch hörten, da lächelten Beide, und Marie zog den Kleinen an sich und küßte ihn, und alsdann nahm ihn Siegfried und küßte ihn ebenfalls. Ehe man ihm noch die Aufklärungen und Anweisungen geben wollte, die für die nächste Zeit nöthig schienen, sagte er vorwurfsvoll und wichtigthuend zu Siegfried: „Aber warum hast Du mir nicht das Maria Magda=lenen=Bild gezeigt, bevor es der Ohm sah? Nun hat er es doch zuerst gesehen. Du hast sogar zwei gemacht, eins, wo sie allein, und eins über den feind= lichen Heeren. Das erstere ist unsere gute Muhme Elsbeth, die Begine. Die Muhme mag ich sehr gern, aber dies Bild durchaus nicht als Maria Magdalena. Das andere Bild gefällt mir aber so sehr, daß ich's Dir gar nicht sagen kann, Siegfried. Wenn das erst schön ausgemalt ist mit allen bunten Farben, das wird eine Pracht und Herrlichkeit sein, wie man in Ham= burg noch nicht gesehen hat. Das wird eine Freude sein für unser ganzes Haus, daß unsere Marie nun für alle Zeiten im Barfüßerkloster prangen soll, und ich denke, für die lieben Engelein dazu."

„Wer sagt Dir denn," erwiderte Marie, daß ich es sein soll?"

„Meine beiden Augen. Das sieht ja ein Jeder!" sagte der Kleine beleidigt. „Aber, Siegfried, Du hast mir noch gar nicht auf meine Frage geantwortet, warum Du mir nicht die Bilder gezeigt hast?"

„Weil ich das mißlungene erst heute Morgen ge= zeichnet habe. Da hatte aber Herr Hartwig keine Zeit, denn er mußte auf dem Berge sein und die Frau Stadtschreiberin nach Lübeck abreiten sehen. Das zweite Bild aber habe ich erst vor einer Viertelstunde hier in der Kirche gemacht. Ohne Mariens Gegenwart wäre es mir nimmer so gelungen. Ich habe mein Bild gefunden und meine künftige Frau dazu."

„Das ist herrlich," sagte Hartwig, in die Hände klatschend, „daß Du Mariens Mann wirst und nicht der närrische Braunschweiger, dem sie heute auf dem Berge das neue Spottlied vorgesungen haben. Dann werde ich Euer erster Lehrknecht, und ich hab's gewiß gut, wenn Marie die Frau Meisterin ist."

„Gewiß, mein lieber Hatty," sagte Marie, indem sie ihm das Haar zurückstrich, „sollst Du's gut haben bei uns, wenn wir erst glücklich in den Hafen der Ehe eingelaufen sind. Aber Du darfst vorläufig nichts zu Hause davon sagen, weder zur Mutter, noch zum Vater, noch zu Bicko. Auch von der Aehnlichkeit des Marien Magdalenen=Bildes mit mir, und wo Siegfried mich gezeichnet hat, darfst Du nichts verlauten lassen. Erst zu Martini, wenn Siegfried Meister geworden ist, wird er um mich werben."

„Das ist schön!" rief freudig der Knabe. „Nun weiß ich ein Geheimniß! Nein, Niemand soll es er= fahren, und wenn Ihr Euch Botschaften senden wollt, dann will ich Euer treuer und schweigsamer Bote sein, denn Liebende, die nicht zu einander kommen dürfen, müssen ja stets einen treuen Liebesboten haben, wie es in den schönen Liedern heißt."

„Auch das hat die heilige Maria Magdalena wunderbar gefügt," sagte Marie, „denn wir müssen uns wohl sehr behutsam vor den vielen Spähern zeigen und jetzt vor allen Dingen vor den argwöhnischen Augen der Mutter. Aber ich hoffe, die heilige Noth= helferin dieses Klosters wird uns auch ferner gnädig sein."

Nach einer langen Umarmung trennte sich endlich

Marie mit ihrem kleinen Bruder von dem Geliebten und verließ mit diesem das Kloster und ging der Reichenstraße zu. Siegfried aber verweilte absichtlich noch länger, als nöthig war, in der Kirche und ging dann schnell nach Meister Bertram's Haus, wo er seine Entwürfe jetzt offen auf die Werktafel hinlegte. Aber es duldete ihn heute nicht in der Werkstatt. Es war ihm zu eng und dumpf darin. Hinaus, hinaus in die freie Natur stand sein Sinn, wo er die reine, frische Herbstluft einathmen konnte. So schritt er schnell auf das Mühlenthor zu und zu demselben hinaus in den Grindelwald, den er so oft aufgesucht hatte, um sich sein ganzes Bild vorstellen zu können. Wie klangen ihm heute die Klänge der Musik, die gerade einige fahrende Leute auf der Straße machten, aus der Ferne so festlich, fröhlich in sein Herz! Wie erschien ihm heute die ganze Landschaft in einem wahrhaft zauberischen Lichte! Er fühlte Muth und Kraft in sich, als könnte er bis ans Ende der Welt wandern, als wäre er im Stande, alle Gefahren zu überwältigen. Ja, es war ihm, als sollte er hinaufwachsen bis zum Himmel, der heute noch einmal in herbstlich schöner, dunkler Bläue glänzte, und als könnte er ihn zu sich herniederziehen und an seine wonneerfüllte Brust drücken. Er ging hinunter in den Grindelwald bis zum Kloster Harvestehude, wo die Stelle war, an der ihm zuerst der Gedanke aufgegangen war, das Maria Magdalenen=Kloster in den Hintergrund seines Bildes zu stellen. Heute schaute er klar das Ganze und vorzüglich klar

die schwebende Heilige, die rechte Hand zur Stirn er=
hoben, die linke den Zipfel des Mantels in die Höhe
haltend, und Zug für Zug sah er deutlich jede Miene
derselben. Für dieses Bild brauchte er zum Malen
kein Modell. Es stand, wie mit unvergänglichen Farben
gemalt, fest in seiner Seele. Nachdem er das geistige
Schauen seines Bildes nicht mehr stückweise, sondern
im ganzen Zusammenhang genossen, rief er den Fischer
vom St. Georgs=Hospital an, der gerade auf der Alster
beschäftigt war, und ließ sich von demselben an das
gegenüber liegende Ufer setzen. Und auf diesem ging
er, am Siechenhaus schnell vorübereilend, auf's Spitaler=
thor zu.

Dort, seinen Gedanken nachhängend, angekommen,
wurde er plötzlich von zwei kleinen Knaben angeredet
mit den Worten: „'t ward sammelt för'n Ehren=
port!“ 141) Obgleich gewöhnt an diese hübsche Sitte
der Hamburgischen Kinder, konnte er sich doch nicht
sogleich aus seinen Gedanken herausreißen und in die
Wirklichkeit wieder hineinfinden, so daß er die Kinder noch
einmal nach ihrem Wunsche fragen mußte. Sie wieder=
holten ihm jetzt deutlicher die vorher nur schnell ge=
murmelten Worte und zeigten dann beide zugleich auf
die Seite der Brücke hin, wo sie aus gelbem Sand
eine Burg zu bauen versucht hatten. Man sah wenigstens
eine Mauer mit drei darauf gesetzten Thürmen, die
eine gewisse Aehnlichkeit mit dem Hamburgischen Wappen
zeigten. Besonders deutlich aber war die offene Pforte
unter dem mittleren Thore angedeutet, in diesem Falle

sogar künstlicher als gewöhnlich durch eingefügte Holz=
brettchen vor gar zu schnellem Einfallen gesichert.
Um diesen Hauptbau zog sich etwas entfernt im Halb=
kreise herum eine niedrigere Sandmauer, die vorne
dem Thor des Hauptthurmes gegenüber eine weite
Oeffnung ließ, die oben nicht thorartig abgeschlossen,
sondern offen war. Dafür aber war diese eigentliche
Ehrenpforte an beiden Seiten mit hohen Buchsbaum=
sträußen und prunkenden Herbstblumen ausgeziert, wie
überhaupt grüne Blätter und Blumen an allen nur
erdenklichen Stellen der kleinen Burg angebracht waren,
so daß der Bau einen ungemein heiteren Eindruck
machte. Erhöht wurde aber die Pracht des Ganzen
durch einige kleine Lichter, die auf den drei Thürmen
und vor dem Eingangsthor brannten.

Siegfried begriff sofort den Zusammenhang des
Ganzen, denn er selbst hatte als Knabe dieses an=
muthige Spiel oft genug getrieben, und obwohl der
Sohn eines angesehenen Amtmannes, harmlos die Vor=
übergehenden um einen Scherf oder Pfennig für
Lichter zu der Ehrenpforte gebeten, wie es noch bis
auf diesen Tag ein Privileg der lieben Hamburgischen
Straßenjugend geblieben ist. Dort um die Ehren=
pforte herum lagen oder standen noch einige kleine
Mädchen und Knaben, theils beschäftigt mit der wei=
teren Ausschmückung des Baues, theils wichtig mit
einander über den billigsten Kerzengießer streitend.
Einer der Knaben, der etwas älter schien als die
übrigen, belehrte dann die streitenden Theile endlich

folgendermaßen: „Mein Vater hat gesagt, die Kerzen= gießer dürfen die Lichter pfennigweise nicht theurer abgeben als pfundweise, wenn viele kleine Lichter auch mehr Arbeit machen, als ein großes Licht, damit die Armuth wohlverwahrt sei und wir Jungen dazu.“[142]

„Und meine Mutter hat gesagt,“ sagte ein flachs= haariges Mädchen, „wenn die Pfennigslichter theurer sind, als es im Pfund ausmacht, dann sollen wir es nur dem Kniper sagen, und der wird es dem Rath sagen.“ Dieses Mädchen aber war die Tochter eines Lübeckfahrers, dessen Brüderschaft treu zum Rath und zu den Kaufleuten stand.

Siegfried übersah lächelnd die ganze Scene und fragte dann, den Geldbeutel an den Oesen sich bequem zurechtschiebend und die Klappe desselben halb öffnend: „Jungen, für wen habt Ihr denn die Ehrenpforte gebaut?“

„Für den schönen Herrn und seine Jungfer Braut,“ sagte schlau der eine der Knaben.

Siegfried fühlte sich eigenthümlich freudig berührt von den Worten des Knaben, und da er sie als ein gutes Vorzeichen nahm, griff er tiefer in seinen Geld= beutel, als man es sonst bei diesen Gelegenheiten zu thun pflegte, und gab dem Jungen, der die Hand auf= hielt, drei Pfennige, die die Jungen schleunigst ihren Kameraden heimlich tuschelnd brachten und zeigten. Während Siegfried herantrat, um die Ehrenpforte näher zu betrachten und zu bewundern, kam schnell ein etwas größerer Knabe herbeigelaufen und rief dem flachshaarigen

Mädchen zu: „Vater ist zurück von Lübeck und hat uns Allen etwas mitgebracht und für den Rath einen todten Raubritter. Du sollst sehen, das ist ein grimmiger Kerl gewesen, als er noch lebendig war. Aber jetzt rührt er keinen Finger mehr. Er ist mausetodt. Morgen soll er an den Galgen.“

Einige Knaben schienen darauf fast geneigt, die Ehrenpforte zu verlassen, und Lust zu haben, unter dem Schutze ihres Freundes im Thorweg des Lübeckfahrers den todten Raubritter anzustaunen, da überraschte sie der große Knabe mit einer andern Neuigkeit: „Die jungen Brauer haben die Raubritter glücklich besiegt. Nur ein reitender Diener ist halb todtgeschlagen und einige von den dicken Brauern sind verwundet. Gabel=bein aber, denkt Euch, Gabelbein, den haben sie gekriegt, und der muß nun in Hummelsbüttel Wasser und Brod essen.“

Siegfried hörte staunend diese Nachrichten, und eben fragte er: „Wer ist Gabelbein?“ Da klopfte ihm die Hand eines Erwachsenen freundschaftlich auf die Schulter, und eine bekannte Stimme rief ihm zu: „Ihr wißt das nicht! Das ist unser Freund, der Braunschweiger, Godeke Porner, der heute seine Ritterschaft glänzend bewiesen hat.“

Siegfried kehrte sich um und erkannte den Schreiber Klaus, der soeben von Eppendorf nach der Stadt zu=rückgekehrt war. Beide erkundigten sich bei dem Fuhr=mannssohn nach den Einzelheiten des Scharmützels, und während ein Theil der Knaben nach dem Kattrepel ging, um den todten Ritter zu sehen und zugleich neue Lichter einzukaufen, gingen Siegfried und Klaus die Spitalerstraße hinunter, sich über das große Ereigniß des Tages unterhaltend, wovon die Kunde sich bereits wie ein Lauffeuer durch die ganze Stadt verbreitete. Beide begegneten bald dem Wagen des Frohns mit dem todten Ritter, den eine unzählige Menschenmenge zur Büttelei begleitete. Sie aber vermieden den Strom der Mitziehenden; denn so freudig auch Siegfried von Neuem die Kunde von des Braunschweigers Gefangennahme erregte, da sein Nebenbuhler für lange Zeit vom Schauplatz entfernt war, er mochte diesen glücklichen Tag nicht entweihen mit dem Anblick eines Todten, und Klaus war jede Erinnerung an seinen Verrath zuwider. Selbst der gestillte Rachedurst an Porner, dessen Beinamen Gabelbein er mit dem Lied in Umlauf gesetzt, den er den Raubrittern in die Hände gespielt hatte, vermochte nicht, seine Seele irgendwie zu beruhigen. Beide trennten sich am Dom von einander, der Eine nagende Gewissensbisse im Herzen über die eigene Schuld und quälende Gedanken über sein dunkles Schicksal, das Andere ihm bereitet und das er abbüßen sollte, der Andere die Brust geschwellt von stolzem Lebensmuth und den freudigsten Hoffnungen.

Ende des ersten Bandes.

Anmerkungen zum ersten Bande.

1) **Muthzeit**, diejenige Zeit, die ein Geselle, der Meister werden wollte, hintereinander bei Einem Meister dienen mußte, ein bis drei Jahre. Vgl. Rüdiger, Die ältesten Hamburgischen Zunftrollen und Brüderschaftsstatuten. Hamb. 1874, No. 8,3. Wehrmann, Die ält. Lübeck. Zunftrollen, S. 123.

2) **Gilde**. In Braunschweig und andern Städten links von der Elbe gleich Zunst; in Hamburg Amt; in Köln Gaffel.

3) **Meisterknecht**, Geselle, welcher die Meisterschaft erwerben will. Vgl. Glossar z. d. ält. Hamb. Zunftroll.

4) **Geschlechter**, Patricier, rathsfähige Familie.

5) **Garbraderstraße**, der jetzige Dornbusch.

6) **Werkmeister**, Vorsteher der Zunft, später Aeltermann. Vergl. Wehrmann, Aelt. Lüb. Zunftrollen, S. 129 f. Vgl. Glossar z. d. ält. Hamb. Zunftrollen u. d. W.: „wert" und „meister."

7) **Naugarten**, Nowgorod am Ilmensee.

8) **Ewer**, Boot.

9) **Garbraderstr.** Vgl. Anm. 5.

10) **Das Hohe Haus** ist vielleicht das Rathhaus der Altstadt Hamburg gewesen; seit dem 15. Jahrhundert heißt es das Eimbeckische Haus. Vgl. Lappenberg=Gädechens,

Gesch. d. Hamb. Rathhauses, S. 2. Nebdermeyer, Topographie d. fr. u. Hansestadt Hamburg, S. 257.

11) Kogel, Kopfbedeckung. Vgl. Lübben und. Wörterbuch.

12) Rathsglocke. Die Glocke, welche zum Weggehen aus dem Wirthshause läutet. Vgl. Kriegk. Deutsch. Bürgerthum im M. A. Franff. a/M. 1868. S. 340.

13) Halbirte Hosen. S. dies Verbot für die Schneider bei Wehrmann, Aelt. Lüb. Zunftr., S. 422.

13a) Eigene Arbeit der Schneidergesellen. S.. bei Wehrmann a. a. O. S. 424.

14) Liliencron, Die hist. Volkslieder der Deutschen. I, S. 79 ff.

15) Schoß, Vgl. Tratziger's Chronica der Stadt Hamburg, herausgeg. v. Lappenberg, S. 95.

16) Die Hamburgischen Aemter haben vor dem 16. Jahrhundert keine eigenen Amtshäuser erworben, ebenso in Lübeck. Vgl. Wehrmann a. a. O. S. 46.

17) Vgl. über die Sitte des Buschaufsteckens und Ausrufens Kriegk a. a. O. S. 324.

18) M. Schlüter's Tractat von denen Erben in Hamb., S. 138.

19) Limburg. Chron. ed. Rossel. z. Jahr 1378, S. 68. Detmar. Lüb. Chron. ed. Grautoff. I, S. 325. Tratziger, S. 325.

20) De Bull von Bardowick. Vgl. Otto Benefe, Hamburg. Gesch. und Sagen. Hamb. 1854. S. 48. Die derbe Antwort ist wohl nur bei einigen Alten mündlich aufbewahrt.

21) Nach Hänselmann in Chroniken d. deutsch. Städte, Bd. 6. Braunschweig. S. 313 ff. u. Shigtbok der Stab Brunswyk, herausgegeb. v. Scheller, S. 21 ff.

22) Reventer, Refectorium, Speisesaal.

23) Hänselmann a. a. O.

24) Kornzise, Einfuhrsteuer auf Korn. Vgl. das moderne Wort Accise.

25) Bauermeister, Vorsteher einzelner Theile der Gemeinde.

26) Morgensprache, feierliche Zunftversammlung. Vgl. Wehrmann a. a. O. S. 70 ff. und Glossar z. d. ält. Hamb. Zunftrollen.

27) Leineweber vom breiten u. schmalen Werk. Vgl. Rüdiger, Aelt. Hamb. Zunftrollen No. 34, 1, 4, 5. Wehrmann a. a. O. S. 321, Anm. 136.

28) Schauteufel, Maske, überhaupt Mummenschanz.

29) Vgl. über den Krieg der Hansa gegen Waldemar IV. Atterdag v. Dänemark (1361—1370): Sartorius-Lappenberg, Urk. Gesch. des Ursprungs der deutschen Hanse, S. 61 ff. Die Hamb. Ausgaben für Kriegsschiffe im Jahre 1362 s. in Koppmann's Kämmereirechnungen der Stadt Hamburg Bd. I, S. 81 ff.

30) Die Wittigsten, die Weisesten, d. h. Vorsteher der einzelnen Kirchspiele und die Werkmeister der Aemter wurden in wichtigen Angelegenheiten befragt. Vgl. Lappenberg, Programm z. dritten Secularfeyer der bürgerschaftl. Verfassung Hamburgs. 1828. S. 16 s. und Urk. Litt. A. Vgl. Einl. z. Hamb. Stadtrecht v. 1270 u. 1292, herausg. v. Lappenberg, S. 1 u. S. 99.

31) Das Verhältniß des ältern Brauwesens in Hamburg ist selbst aus Schlüter's Tractat von denen Erben in Hamburg nicht zu erkennen, da er die ältesten Burspraken nicht kannte. Meine Darstellung des Brauwesens beruht zum größten Theil auf den Burspraken des Hamb. Stadtarchivs, welche dem 14. u. 15. Jahrhundert angehören. Dieselben sind noch nicht gedruckt. Vgl. K. Koppmann, Die mittelalterl. Geschichtsquellen in Bezug auf Hamburg. 1868. S. 50. Anm. 4. Doch hat K. K.

wohl schwerlich Recht, wenn er die einzig datirte B. v. 1383 für die älteste hält.

32) Hauerbrauer, Brauer, der nur ein Brauhaus ge=
miethet hat. Er durfte nur in der Stadt und landein=
wärts sein Bier verkaufen. Vgl. Schlüter, Tractat von
denen Erben in Hamb., S. 319 f.

33) Gelag, Trinktisch mit den beiden dazu gehörigen Bänken.

34) Wendische Städte sind eigentlich nur diejenigen
deutschen Städte, die auf wendischem Boden angelegt
sind, wie Lübeck, Wismar, Rostock, Stralsund, Greifswald.
Im Sprachgebrauch der Hanse kommt manche andere
Stadt dazu, wie häufig Hamburg und Lüneburg u. a. m.
Diese Städte machten schon früh Vereinigungen gegen
die Knechte. Die frühste ist die der Böttcher von 1321.
Vgl. die ält. Hamb. Zunftr. No. 7, 3 ff. Vgl. auch
Rüdiger, Aelt. Hamb. u. Hansestädtische Handwerks=
gesellendocumente. Separatabdruck aus d. Z. d. V. f.
H. G. Bd. 6. Hamb. 1875. No. 5a, Einl. No. 10a, 10
u. No. 14, 1. Wenden durften nicht in die Zunft treten.
Vgl. Wehrmann a. a. O., S. 114. Vgl. Hamb. Arm=
brustmacherrolle in d. ält. Hamb. Zunftr. 2b. 3.

35) Umschauen, der Altgeselle führt den Knecht bei allen
Meistern der Reihe nach herum. Vgl. Glossar z. d.
ält. Hamb. Zunftrollen.

36) Ueber das Senden des Abendessens in den Krug vgl.
Kriegk, Frankfurter Bürgerzwiste, S. 401.

37) Beizeit heißt jede Zeit außer den regelmäßigen Um=
zugsterminen zu Ostern und Michaelis.

38) Vgl. Kriegk, Deutsches Bürgerthum im M. A. N. F.
1871. S. 199. Die Vornamen und die Zunamen.

39) Freimeister, ein außerhalb der Zunft stehender Meister,
der nur für seine Person arbeitet, vielleicht nur die Er=
laubniß zur Arbeit für kurze Zeit hat. Vgl. ält. Hamb.
Zunftr. No. 48. Wehrmann a. a. O. S. 64 ff.

40) Die Schneider hatten eine Brüderschaft des H. Euwold in der Petrikirche. Aelt. Hamb. Zunftr. No. 49 b.

41) Gaffel, Zunft, vgl. Anm. 2.

42) Ein H. Antonius war Schutzpatron der Schweinemast.

43) Weddeherr, der Rathmann, der allerlei Brüche gegen Polizeiverordnungen einzunehmen hat.

44) Bursprake, Sammlung von Polizeivorschriften, die alljährlich zweimal dem versammelten Volk von der Laube des Rathhauses verlesen wurde.

45) Aelt. Hamb. Zunftrollen. S. 24, 17.

46) Morgensprachsherr, der Rathmann, der die Morgensprache zu überwachen hat.

46a) Vgl. die in der Anmerkung 29 zu diesem Werke angeführten Bücher.

46b) Fleth, Kanal, wie es deren viele in Hamburg giebt. Fast alle alten, großen Handelshäuser haben ihren Speicher an einem solchen Fleth.

47) Auslucht, erdfester, sich durch mehrere Stockwerke erstreckender Vorbau.

47a) Vgl. Koppmann, Kämmereirechnung. I, S. 245.

48) Leuchterbaum, Kronleuchter, häufig aus Holz, de dieselben bemalt werden.

49) Hoyken, Mantel.

50) Schiffsherr, Schiffscapitän.

50a) Ewerführer, Bootsführer.

51) Höge, Festlichkeit.

52) Dieses Geschäftsbuch des Hauses Gelderfen ist noch auf dem Hamburger Stadtarchiv. Im Auszug herausgeg. von Laurent, Hamb. 1841.

53) Als frühere Jüdin aus dem Kamminer Sprengel wird die Frau des Stadtschreibers Tunderstede in dessen Testament bezeichnet, welches noch auf dem Stadtarchiv vorhanden ist, so daß nicht daran gezweifelt werden

kann, daß die Stadtschreiber verheirathet waren. Koppmann Kämmereirechn. I, S. CXI, Anm. 2.

54) Vgl. Lappenberg's Einl. zu Tratziger's Chronica S. XV:
Dok zo schal he hebben dat hus, endes deme schafferhus,
dar Johannes Tunderstede inne was.

55) Beguinen, oder Beguinen, Halbnonnen, die bei der
Verheirathung austreten konnten aus dem Konvent. Vgl.
Otto Beneke, Hamb. Gesch. u. Sagen, S. 67.

56) Buhurdirkumpanien werden in einer alten ungedruckten Bursprake (Stadtarchiv) erwähnt. Es gab eigene
Ordnungen dafür, um Unzuträglichkeiten zu vermeiden.
Vgl. dagegen Wehrmann's Ausführungen: Das Lübeckische Patriciat in d. Hans. Geschichtsblättern 2, S.
121 ff. Für Hamburg jedenfalls ist das Buhurdiren
der Bürger unzweifelhaft.

57) Mühlenthor, etwa an der Ecke der jetzigen Binnen-
alster und kleinen Alster.

58) Die Beschreibung der Tafel entnommen aus d. Bremisch.
Urkb. 2, No. 451 z. J. 1339.

59) Grapenbraten, geschmortes (?) Rindfleisch, Gegensatz
zu Spießbraten. mnd. Vgl. Wb.

60) Das älteste Hamb. Handelsbuch, herausg. v. Laurent,
S. 6.

60a) Vgl. Kriegk, Deutsch. Bürgerth. im M. A., S. 422.

61) Wattenbach, Das Schriftwesen im M. A. Leipzig 1871.
S. 315.

62) Wattenbach, ebenda S. 228.

63) Koppmann, Kämmereirechnungen I, S. 211 zum Jahr
1375. Pro novis sedilibus in consistorio 73 $\frac{1}{2}$ ℔.
6 ß. Hermanno Slichtecrul 60 ℔. pro suis labo-
ribus. Pro pulvinaribus ad eadem sedelia 4$\frac{1}{2}$ ℔. 8 ß.

64) Briefbüchse. Regelmäßige Läufer, im Dienste der
Stadt stehend, besonders zwischen Lübeck und Hamburg,
besorgten die Briefe der Stadt. Sie trugen dieselben in

einem Brieffaß oder einer Büchse. Vgl. C. W. Pauli, Lübeckische Zustände im M. A. 1872. S. 84.

65) Ein Theil des Raths, der neue, der sitzende R., besorgte die laufenden Geschäfte, ein anderer Theil, der alte, der ruhende R., kam nur zu besonderen Berathungen. Vgl. Koppmann, Einl. zu den Kämmereirechn. I, S. XX.

66) Das Grasweib hatte das Gras zu besorgen für das Streuen des Rathhauses. Kämmereirechn. I, S. 222, z. J. 1375 8 β deme graswive.

67) Die reitenden Diener existirten schon im 14. Jahrhundert, wie ihr Brüderschaftsbuch v. J. 1383 beweist. (Stadtarchiv.)

68) Das alte Rathhaus, S. 10. Dort auch die Beschreibung von Halle und Gehege, wozu das alte Lüneburger Zimmer im Ganzen stimmt.

69) Aehnliche Tintenfässer besitzt das Lübeckische Alterthumsmuseum.

70) Gallois, Chronik d. Stadt Hamb. u. ihres Gebiets I, S. 261 nach Lappenberg in der Z. d. Vereins f. Hamb. Gesch. B. 5. S. 326.

71) Vgl. die Liste der Rathmannen bei Tratziger, S. 100.

72) Das alte Rathhaus S. 10.

73) Ein solcher ist abgedruckt in Tratziger, S. XV.

74) Ebenda. Derselbe wurde 1376 Stadtschreiber.

75) Alb. Krantzii Saxonia X, 2. Aderant comites Holsatiae, querimoniam deferentes adversus Hamburgenses, qui et ipsi aderant rei exitum videre cupientes. Comites devocabant eos in suum jus, ut ab antiquo semper habitus fuerit. Illi imperialem desuper declarationem audire cupientes, invenire se asseruerunt in privilegiis, quod comitibus prope nihil debentes exempti censerentur etc. Vgl. Chronicon Holzatiae auctore presbytero Bremensi ed. Lappenberg, p. 82 sq.

76) Zu 1375. Kämmereirechn. I, S. 223. 10 *ll. 8 β* pro duabus falconibus domino comiti Ottoni in Schowenborch missis.

77) Die alten ungedruckten Bursprafen enthalten oft den Satz: en jewelik bake unde bruwe na der tyd. Vgl. Alt. Hamb. Zunstr. Einl. S. I.

78) Dieselbe ist nicht erhalten. Vgl. jedoch zu 1372 Kämmereirechn. I, S. 165: 1 β ad scribendum de bursprake Thome et Petri et vestitum mulierum unde de mekeldye.

79) Westphalen, Hamburgs Verfass. und Verwaltung. 2. Aufl. I, S. 420. W. schöpfte auch aus dem Originalberichte, der 1842 verbrannte. Vgl. Einl. zu d. ält. Hamb. Zunstr. S. XIX. Ich folge lieber Westphalen aus innern Gründen als Tratziger (S. 94), der für die Kannengießer die **Kerzengießer** nennt.

80) Vgl. Hänselmann a. a. O. S. 351.

81) Vgl. über d. spätere Sühne Tratziger a. a. O. S. 102 f.

82) Bernhard, Dompropst von Hamburg, gest. 1419, Sohn Adolf's VII. Vgl. Stammtafel bei Waitz, Schleswig-Holst. Gesch. Bd. I, Anhang.

83) Vorsprecher, d. i. Vertheidiger.

84) Vgl. Aelt. Hamb. Zunstr. S. 307, No. 58, §. 18.

85) Die Wandschneider haben höchst wahrscheinlich schon im 14. Jahrhundert eine eigenthümliche Stellung eingenommen. Sie stehen in den Kämmereirechnungen zwar zusammen mit den andern Aemtern, aber ihre Rolle wurde 1375 **nicht** aufgezeichnet. Sie nannten sich in späterer Zeit **Societät** oder **Gesellschaft**.

86) In allen Stücken war der Einkauf zum eigenen Bedarf vor dem zum Gewinn begünstigt.

87) Schlüter, Tractat v. d. Erben, S. 312. Dechsel, nd. Decssel, ein Krummhammer, um Spunde zu lösen und Tonnenbänder nachzutreiben.

88) Vgl. Rolle d. Goldschmiede in Aelt. Hamb. Zunftroll. S. 97, No. 17, §. 5.

89) Klaret, gewürzter Wein.

90) Vgl. Tratziger, S. 87.

91) Vgl. J. Ph. Cassel, Histor. Nachricht v. d. Märtirer St. Hulpe in Bremen.

92) Wollen und barfuß, d. h. im härenen Gewand und barfuß wurde die Wallfahrt für peinigender gehalten. Vgl. Jacob a Melle, De itineribus Lubecensium sacris. Lüb. 1711. S. 81.

93) Aelt. Hamb. Zunftr. S. 24, No. 5a, §. 21. Aehnlich alle Rollen von 1375. Die der Schneider ist verbrannt.

94) Aelt. Hamb. Zunftr., S. 72, No. 121.

95) Tappert, talarartiger Rock. Vgl. auch Limb. Chonik. ed. Rossel, S. 77.

96) Vgl. über diese Begünstigung der Meisterssöhne z. B. Aelt. Hamb. Zunftr., S. 23, No. 5a, §. 7, S. 250, No. 48a, §. 5. Nach dieser Analogie ist die Begünstigung von Kindern fremder Aemter anzunehmen, zumal der Rath und gute Leute durch Bitten die Strenge der Zunft mildern konnten. Vgl. z. B. Aelt. Hamb. Z. S. 22: ib en were, dat de rad dor bede willen heren ebber guder lude eme dat werk orloveden.

97) Nach ungedruckten, ält. Hamb. Testamenten.

98) Leibzucht, Lebensunterhalt.

99) Vgl. Limburg, Chron. ed. Vogel, 2. Aufl., S. 23: lange Hoicken, die waren geknäuft vornen nieder bis auff die Füß.

100) Settinge, Satzung, Zunftrolle.

101) S. Bestallungsurk. eines Stadtschreibers in Einl. z. Tratziger's Chron., S. XV.

102) Jetzt ist es noch Sitte der Landschmiede, eine Anzahl Hufeisen Morgens vor dem Frühstück für vorkommende Fälle halb fertig zu machen.

103) Vgl. Aelt. Hamb. Zunftr. S. 145, No. 30, und S. 251, No. 48a, 18.

104) Wortlaut nach einer alten ungedr. Bursprake auf dem Stadtarchiv.

105) Aelt. Hamb. Zunftr., S. 251, No. 48a, 17.

106) Alte ungedr. Hamb. Bursprake.

107) Tratziger's Chron., S. 82 und 83.

108) Aelt. Hamb. Zunftrollen, S. 157, No. 33, Einl.

109) Aelt. ungedr. Hamb. Bursprake.

110) Klagen über Vorkäuferei sind ungemein häufig im M. A. u. machen sich sogar in Versen Luft, z. B. Stader Archiv I, S. 129 ff.

111) Nesselblatt. S. das Wappen mit N., z. B. in Andreas Angelus' Holst. Städte = Chronica. Lpz. 1597, S. 17 Neuerdings ist zwar das Nesselblatt als ein heraldisches Unding nachgewiesen, aber für uns kam das nicht in Betracht. Hanns v. Weißenbach, Das Wappen der Grafen von Schauenburg u. Holstein. Schleswig 1877.

112) Die Kornträger wurden vom Rathe belehnt und be= zahlten dafür eine gewisse Summe.

113) Kämmereirechn. I, S. 183, z. Jahr 1373: 8 ℔. 8 ß vor twe kopperne bussen.

114) Siehe einen Hummersbutle im Dienst der Stadt. Kämmereirechn. I, S. 485.

115) O. Beneke, Hamb. Gesch. u. Sagen, S. 69.

116) Slikut. S. Neddermeyer, Topographie v. Hamburg, S. 295.

117) Limburger Chronik, herausg. v. Rossel, S. 14 ff. u. S. 56.

118) Der Ausdruck aus einem handschriftl. Lüneburgischen Morgensprachsformular der Schneider vom Jahre 1552.

119) Kämmereirechnungen I, S. 10, z. J. 1350, pro lignis de Grindel 29 ℔. 3 ß.

120) Ein Lübecker niederdeutsches Passional, gedruckt im
Jahre 1507 von Steffan Arndes, zeigt auf Blatt 80 in
einem Holzschnitte offenbar eine ähnliche Auffassung,
denn auch in Lübeck wurde ein M. M. Kloster zum
Dank für diesen Sieg gebaut. Vgl. Deecke, Lübische
Gesch. u. Sagen, 2. Aufl., S. 34.

121) Die Thorenkiste ist ein hölzernes Gefängniß für Geistes-
kranke, das schon im 14. Jahrhundert in Hamburg vorkommt. Gernet, Aelt. Medicinalgesch. Hamburgs, S. 80.

122) Mündlich von pommerschen Maurergesellen.

123) Vgl. Anm. 96.

124) Wehrmann, Aelt. Lüb. Zunftrollen, S. 329, führt eine
interessante Stelle dafür an.

125) Vgl. über Kaiser Karl's Hoflager in Lübeck: Mantels
in d. Hans. Geschichtsblättern Jahrg. 1873, S. 109 f.

125a) Hamb. Kämmereirechnung I, S. 223, z. J. 1375:
11 β pro duobus caseis missis domino Conrado,
cancellario imperatoris.

126) Die Lübeckfahrer bildeten im 14. Jahrhundert eine
eigene, 40 Mann starke Corporation, über die wir nichts
Näheres wissen, da sie im 15. Jahrhundert wegen des
Stecknitzcanals einging. Westphalen a. a. O. S. 421.

127) Hamb. Kämmereirechn. I, S. 192, z. J. 1374: vor
feden to dem nigen galgen 4 ℔.

128) Vgl. Anm. 18.

129) Tratziger S. 80 ff. z. Jahr 1347. Für 5000 Mark
übergab das Geschlecht seine Güter und verließ das Land.

130) Bestallungsurk. in Einl. zu Tratziger S. XV.

131) Vgl. Anm. 117.

132) Marstall. Vgl. Nebbermeyer Topogr., S. 35.

133) Kämmereirechnungen I, S. 203, z. J. 1374: 2 marc
pro panno ad currum cibariorum. S. 223,
z. J. 1375: 6 β vor en sperlake up den spizewaghen to
neyende. Und I, S. 222, z. J. 1375: pro 2 paribus

flasculorum Thiderico kannenghetere: vor vlaschen
to remende.

134) Kriegk, Deutsches Bürgerth., N. F. S. 96.

135) Aelt. Hamb. Zunftr., S. 140, No. 28a, 10.

136) A. a. O. No. 28a, 9.

137) Aelt. Hamb. Bursprake.

138) Bremisch. Wörterbuch I, S. 644 u. d. W. Hoyken. Der H. bedeckt die schlechte Kleidung.

139) Tratziger, S. 88 u. 89 z. J. 1359.

140) Aelt. Hamb. Zunftr., S. 47, No. 9a, 30. Diese Schilder hießen früher Munster.

141) Das Bauen der Ehrenpforten ist noch jetzt ein beliebtes Spiel der Hamb. ärmern Kinder; früher wurde es jedenfalls auch von den Kindern d. bessern Stände geübt. Vgl. C. Beneke, Hamb. Gesch. u. Denkwürdigkeiten, S. 470 f.

142) Aelt. Hamb. Zunftr., S. 131, No. 25, 9.

G. Pätz'sche Buchdruckerei (Otto Hauthal) in Naumburg a/S.